Les Disparus de la lagune

DU MÊME AUTEUR

chez le même éditeur

Mort à la Fenice
Mort en terre étrangère
Un Vénitien anonyme
Le Prix de la chair
Entre deux eaux
Péchés mortels
Noblesse oblige
L'Affaire Paola
Des amis haut placés
Mortes-Eaux
Une question d'honneur
Le Meilleur de nos fils
Sans Brunetti
Dissimulation de preuves
De sang et d'ébène
Requiem pour une cité de verre
Le Cantique des innocents
La Petite Fille de ses rêves
Brunetti passe à table
La Femme au masque de chair
Les Joyaux du paradis
Brunetti et le Mauvais Augure
Deux Veuves pour un testament
L'Inconnu du Grand Canal
Le garçon qui ne parlait pas
Brunetti entre les lignes
Brunetti en trois actes
Minuit sur le canal San Boldo

DONNA LEON

Les Disparus de la lagune

Traduit de l'anglais (États-Unis)
par Gabriella Zimmermann

CALMANN LÉVY NOIR

Titre original :
EARTHLY REMAINS
Première publication : William Heinemann, Londres, 2017

COUVERTURE
Maquette : Diogenes Verlag AG Zürich
Adaptation : Olo Éditions
Photographie : PaoloBis/Getty Images

ISBN 978-2-7021-6325-2

Pour Justice Ruth Bader Ginsburg

« Et nous descendrons la rivière
Et la mer nous aura en son sein avant le point
[du jour. »

HÄNDEL, *Ottone*, acte II, scène IX

1

Après les politesses d'usage, l'entretien se poursuivit pendant une demi-heure encore. Brunetti commençait à se sentir oppressé. L'homme assis en face de lui, un avocat de quarante-deux ans, fils d'un des notaires les plus connus – et donc les plus puissants – de Venise, avait été convoqué à la questure ce matin-là à la suite de la déposition de deux témoins l'ayant vu proposer des cachets à une jeune fille lors d'une soirée privée organisée l'avant-veille dans une villa.

Ils déclarèrent aussi que la victime les avait avalés avec un verre de jus d'orange qui lui avait également été servi par le suspect. Elle s'était évanouie peu de temps après et avait été amenée aux urgences de l'*ospedale civile*[1], où les médecins avaient réservé leur pronostic.

Antonio Ruggieri arriva à 10 heures précises et sans avocat, affichant ainsi sa confiance absolue dans la compétence et l'honnêteté de la police. Il ne se plaignit pas non plus de la chaleur régnant dans la pièce percée d'une seule fenêtre, même si ses yeux s'arrêtèrent un moment sur le ventilateur qui, installé dans un des angles, luttait de son

1. Hôpital civil, situé dans la très belle Scuola Grande di San Marco, sur le campo San Giovanni e Paolo.

mieux – mais en vain – contre l'humidité étouffante de ce mois de juillet, le plus chaud de mémoire d'homme.

Brunetti s'excusa en expliquant que cette longue vague de chaleur avait forcé la questure à répartir son faible approvisionnement en électricité entre les climatiseurs et les ordinateurs, et qu'elle avait décidé de privilégier ces derniers. Beau joueur, Ruggieri répondit simplement qu'il enlèverait sa veste s'il y était autorisé.

Brunetti, qui garda la sienne, commença par préciser qu'il ne s'agissait là que d'une conversation informelle, censée fournir à la police davantage d'informations concernant les faits évoqués.

Il était évident aux yeux de Ruggieri que, malgré sa tentative maladroite pour n'en rien montrer, le commissaire admirait la stature de sa famille, ainsi que le cercle fort célèbre en ville de leurs clients et de leurs amis, sans oublier la richesse et l'aisance dont Ruggieri lui-même jouissait de façon bien légitime. L'avocat adopta rapidement une attitude plutôt condescendante envers son interlocuteur pourtant plus âgé.

Quant au jeune homme assis à côté de Brunetti, parce qu'il était en uniforme, Ruggieri l'ignora – non sans s'assurer de temps en temps qu'il réagissait de manière appropriée au discours de ses aînés et supérieurs. Comme l'officier semblait insensible à la fausse modestie de l'avocat, celui-ci cessa de parler aux deux hommes pour ne s'adresser qu'à Brunetti.

« Comme je vous le disais, commissaire, reprit Ruggieri, c'était une fête pour l'anniversaire d'un ami d'enfance.

— Connaissiez-vous les invités ? demanda Brunetti.

— Pratiquement tout le monde ; nous nous sommes, pour la plupart, rencontrés à l'école.

— Et la jeune fille ? s'enquit Brunetti, feignant la confusion.

— Elle a dû accompagner l'un des invités. Je ne vois pas, sinon, comment elle aurait pu entrer. »

Puis, pour montrer à Brunetti comment ses amis et lui défendaient leur cercle intime, il spécifia : « L'un d'entre nous jette toujours un coup d'œil à l'entrée pour voir qui vient, juste au cas où.

— Effectivement, dit Brunetti en hochant la tête. C'est toujours mieux. » Puis il se pencha en avant pour rapprocher un peu le micro de l'avocat.

« Savez-vous qui était la personne qui l'accompagnait ? »

Ruggieri mit un moment à répondre. « Non. Je ne l'ai vue parler à personne de ma connaissance.

— Comment en êtes-vous venu à lui adresser la parole ?

— Oh, vous savez comment ça se passe. Avec tous ces gens qui dansent, ou qui discutent… J'étais seul, en train de regarder les danseurs, quand elle est apparue à mes côtés et m'a demandé comment je m'appelais.

— L'aviez-vous déjà vue ? s'informa Brunetti d'un ton précautionneux.

— Non, rétorqua Ruggieri, catégorique. Et elle m'a tutoyé d'emblée. »

Brunetti secoua la tête en signe de désapprobation. « De quoi avez-vous parlé ?

— Elle m'a dit qu'elle ne connaissait pas grand monde et qu'elle ne savait pas où trouver à boire. Alors je lui ai proposé d'aller lui chercher un verre. Comme tout homme galant qui se respecte, non ? » Brunetti gardait le silence ; Ruggieri enchaîna précipitamment : « Je trouvais indélicat de lui demander pourquoi elle ne connaissait personne, mais la question m'a traversé l'esprit.

— Bien sûr », approuva Brunetti, comme si ce genre de situation lui était familier. Il afficha son air le plus concentré et attendit.

« Elle voulait une vodka-orange et je lui ai demandé si elle avait l'âge d'en boire. »

Brunetti sourit. « Et qu'a-t-elle dit ?

— Qu'elle avait dix-huit ans et que si j'en doutais, elle trouverait quelqu'un d'autre disposé à la croire. »

Imitant une expression qu'il avait souvent vue sur le visage de sa grand-tante maternelle Anna, Brunetti pinça les lèvres en une petite moue contrariée. Près de lui, Pucetti s'agita sur sa chaise.

« Ce n'est pas bien poli, comme réponse », observa Brunetti sagement.

Ruggieri passa la main dans ses cheveux foncés et haussa les épaules en un geste de lassitude. « Les jeunes d'aujourd'hui sont ainsi, malheureusement. Ce n'est pas parce qu'ils ont l'âge de voter et de boire qu'ils savent se comporter en société. »

Brunetti trouva intéressant que Ruggieri souligne de nouveau l'âge de la jeune fille.

« Maître, commença-t-il, faisant mine de prendre la parole à contrecœur, la raison pour laquelle je vous ai fait venir est que l'on dit que vous lui avez donné des cachets.

— Pardon ? fit Ruggieri, étonné, avant de se fendre d'un sourire entendu. On dit beaucoup de choses sur moi. »

Brunetti lui sourit nerveusement en retour et continua : « La jeune fille – je suis sûr que vous l'avez lu – a été emmenée à l'hôpital. Les *carabinieri* ont interrogé un certain nombre de personnes et on leur a dit que vous aviez parlé avec une fille portant une robe verte.

— Qui a prétendu cela ? » demanda Ruggieri d'une voix perçante.

Brunetti leva les deux mains, en un aveu éloquent de faiblesse. « Hélas, je n'ai pas la liberté de vous le dire, maître.

— Les gens sont donc libres de mentir à mon sujet et je ne peux même pas me défendre contre eux ?

— Je suis sûr que cette heure viendra, signore, déclara Brunetti en laissant le soin à l'avocat de réfléchir à cette perspective.

— Qu'ont-ils dit d'autre ? »

Brunetti remua sur sa chaise et croisa les jambes. « Je ne suis pas libre de le dire non plus, signore. »

Ruggieri détourna le regard et observa le mur, comme si quelqu'un pouvait se cacher derrière. « J'espère qu'ils ont dit quelque chose sur la fille.

— Comme quoi, par exemple ?

— La façon dont elle m'a mis le grappin dessus », rétorqua Ruggieri, en colère. C'était la première fois qu'il cédait à l'émotion depuis son arrivée.

« Eh bien, quelqu'un a dit que son comportement était, comment dire, plutôt osé, affirma Brunetti, en butant sur le mot.

— C'est un euphémisme. Elle s'est collée à moi, après que je lui ai apporté son verre. Puis elle a commencé à bouger au rythme de la musique, contre ma jambe. Elle a placé son verre rempli de glaçons entre ses seins, qui pointaient sous sa robe. » Ruggieri s'indignait de ce comportement éhonté de la jeunesse.

« Je vois, je vois », fit Brunetti, qui sentait la tension monter chez son subalterne, assis à ses côtés. Pucetti avait interrogé, peu de temps auparavant, un jeune homme accusé de violence à l'encontre de sa petite amie, mais avait produit, en bon professionnel, un rapport tout à fait objectif.

« Que vous a-t-elle dit, signore ? »

Ruggieri prit cette question en considération, hésita, puis se lança : « Elle m'a dit que je l'excitais. » Il marqua une pause pour laisser les deux hommes s'imprégner de ses propos. « Puis elle m'a demandé s'il y avait un endroit où nous pourrions être seuls.

— Oh mon Dieu ! s'exclama Brunetti, en proie à l'étonnement. Que lui avez-vous répondu ?

— Que ça ne m'intéressait pas. C'est ce que je lui ai dit. Je n'aime pas quand c'est si facile. » Voyant le hochement approbateur de Brunetti, l'avocat continua : « Et quoi qu'on vous dise, j'ignore tout de ces cachets.

— Est-ce que la fille à qui vous parliez portait une robe verte ? »

L'avocat esquissa un sourire espiègle.

« C'est possible. Mais je regardais surtout son décolleté, pas sa robe. »

Brunetti sentit venir la réaction de Pucetti. Pour couvrir la lente inspiration du jeune homme, il plaqua sa main sur sa bouche, sans parvenir à étouffer un gloussement complice.

Le sourire de Ruggieri s'élargit et, peut-être encouragé par cette attitude, il conclut : « Je suppose que j'aurais dû l'amener quelque part et me la faire, mais ça n'en valait guère la peine. Jolis nichons, mais aucun neurone. »

Brunetti et Pucetti avaient appris une heure plus tôt que la jeune fille venait de mourir à l'hôpital. La cause directe de sa mort était une crise d'asthme, mais la présence d'ecstasy dans son sang n'avait rien arrangé. Brunetti entendit l'âpre grincement de la chaise de Pucetti contre le sol en ciment de la salle d'interrogatoire. Du coin de l'œil gauche, il le vit qui s'apprêtait à se lever.

Le cœur de Brunetti fut saisi de crainte à l'idée des conséquences de ce geste ; il leva brusquement son bras gauche et émit un grognement sourd, qui se métamorphosa en une plainte lancinante allant crescendo, comme sous l'effet de la douleur. Il chancela en haletant et en poussant des gémissements torturés.

Les deux autres, en proie au choc, se figèrent, les yeux fixés sur lui. Brunetti pivota sur la gauche, tout son corps entraîné par ce mouvement, et s'écroula sur Pucetti : son bras finit par s'écraser sur l'épaule du jeune officier, qui se leva de sa chaise.

Par réflexe, sans doute, Brunetti saisit le col de Pucetti et le tira d'un coup sec vers lui. Pucetti posa immédiatement sa main gauche à plat sur le bureau, le bras tendu, le coude bloqué, afin d'amortir la chute de Brunetti qui tombait de tout son poids. Il se tourna et entoura la poitrine du commissaire de ses deux bras, le soutint fermement et le laissa glisser progressivement vers le sol, luttant contre la panique.

Pucetti hurla à Ruggieri : « Allez chercher de l'aide ! » Penché au-dessus de Brunetti, son cœur battant la chamade, il vit les jambes de l'avocat de l'autre côté du bureau, toujours immobiles.

« Mais il n'a… », commença à dire Ruggieri. Pucetti lui coupa la parole et lui cria de nouveau : « Allez chercher de l'aide ! » Les jambes bougèrent ; la porte s'ouvrit et se referma.

Pucetti était penché au-dessus de son supérieur désormais allongé sur le dos et qui respirait normalement. « Commissaire, commissaire, m'entendez-vous ? Qu'y a-t-il ? Que s'est-il passé ? »

Brunetti ouvrit les yeux et les plongea dans ceux de Pucetti.

« Allez-vous bien commissaire ? » s'inquiéta ce dernier, en s'efforçant de retrouver son calme.

D'une voix tout à fait normale, comme s'il évoquait une simple question de procédure, Brunetti demanda : « Sais-tu ce qu'il serait advenu de ta carrière si tu t'en étais pris à lui ? »

2

Pucetti s'écarta du commissaire. « Que voulez-vous dire ? demanda-t-il.

— Tu allais le saisir au collet, n'est-ce pas ? » insista Brunetti, sans chercher à tempérer son reproche.

Pucetti était sans voix, les yeux encore rivés sur Brunetti qui avait retrouvé tout son calme. Il cherchait ses mots. « La fille est morte et voilà ce qu'il ose dire, finit-il par bafouiller. Ça ne se fait pas. C'est indécent. Quelqu'un devait lui fermer le clapet.

— Mais pas toi, Pucetti, rétorqua Brunetti d'un ton incisif, en se hissant sur ses coudes. Tu n'es pas là pour lui enseigner les bonnes manières. Ton rôle, c'est de le traiter avec respect parce que c'est un citoyen et qu'il n'a pas été accusé formellement d'un crime. » Il réfléchit un instant et rectifia : « Et même s'il l'avait été. » Pucetti avait le visage crispé. Brunetti ne savait pas si c'était par dépit ou par gêne et n'y prêta aucune importance.

« Comprends-tu cela, Pucetti ?

— Oui, signore, affirma le jeune homme en se levant.

— Pas si vite. » Brunetti l'arrêta, il avait entendu des éclats de voix. Face à la confusion de l'officier, il ajouta : « Tu as entendu ce qu'il a dit en partant, n'est-ce pas ?

— Non, signore.

— Il pense que je n'ai rien. » Les voix se rapprochaient. « Penche-toi de nouveau sur moi, mets tes mains sur ma poitrine et fais-moi un massage cardiaque, au nom du ciel. »

Le visage vide et l'air perdu, Pucetti s'exécuta et s'agenouilla près de Brunetti, qui s'était recouché, les yeux fermés. Pucetti posa ses deux paumes sur la poitrine du commissaire et commença son massage, en comptant les secondes à voix basse.

« Il est là », déclara Ruggieri dans le couloir.

Brunetti entrouvrit les yeux et vit deux paires de jambes en uniforme gagner la porte, suivies de près par le pantalon gris foncé du costume de Ruggieri. « Que se passe-t-il ? » C'était la voix du lieutenant Scarpa.

Pucetti suspendit son décompte, mais non pas sa pression régulière et expliqua : « Je pense que c'est le cœur, mon lieutenant. » Puis il se remit à scander les secondes.

« Une ambulance arrive », déclara Scarpa. Brunetti vit les autres jambes en uniforme s'agiter et le lieutenant ordonna : « Descendez l'attendre et faites-les monter ici. » Les jambes pivotèrent et quittèrent la pièce.

« Que s'est-il passé ? demanda Scarpa.

— J'ai cru qu'il allait m'attaquer, commença Ruggieri, puis il s'est levé et il s'est affaissé contre lui. » Espérant que cette confusion entre les pronoms suffise à décontenancer le lieutenant, Brunetti ferma les yeux et commença à haleter en rythme avec la pression des mains de Pucetti.

Le commissaire entendit Scarpa se déplacer dans la pièce, puis s'approcher. « A-t-il des antécédents médicaux ?

— Je l'ignore, mon lieutenant. Vianello doit le savoir. »

Après un long silence, Scarpa proposa : « Voulez-vous que je prenne le relais ? » Brunetti était ravi d'avoir les yeux fermés, et continua à haleter.

« Non, signore, j'ai pris le rythme.

— D'accord. »

Il entendit le hululement typique de la sirène de l'ambulance et le sentit s'insinuer dans sa conscience. Mon Dieu, qu'avait-il fait là ? Il avait espéré distraire momentanément Pucetti pour l'empêcher d'agresser cet homme, mais la situation avait complètement échappé à son contrôle et à présent il était là, allongé au sol, avec Pucetti en train de simuler un massage cardiaque et le lieutenant Scarpa prêt à lui offrir son aide.

Iraient-ils chercher Vianello ? Ou essaieraient-ils d'appeler Paola ? Elle dormait encore quand il était parti ce matin-là, ils ne s'étaient donc pas parlé.

Il avait agi spontanément pour sauver Pucetti, mais sans mesurer les conséquences de ses actes. Il pouvait expliquer cette erreur par le fait qu'il n'avait pas dormi la veille, ou trop ; qu'il avait mangé ou sauté des repas ; bu trop de café, ou pas assez. Mais il était allé trop loin en s'écroulant sur Pucetti, et voilà où ils en étaient, avec en prime l'équipe de l'ambulance.

Des pas, des bruits ; plus de Pucetti ; des mains différentes ; un masque sur le nez et la bouche ; des mains sous ses chevilles et ses épaules ; un brancard, une ambulance, le gyrophare, le mouvement apaisant de l'eau qui monte et qui descend ; le lent amarrage vers le quai ; l'affairement inutile ; le passage sur une surface plus dure ; le son des roulettes sur le sol en marbre de l'hôpital. Il entrouvrit les yeux et aperçut les portes automatiques, ainsi que l'énorme croix rouge des urgences.

Une fois à l'intérieur, on le mena rapidement au-delà de la réception et on le parqua le long d'un couloir. Au bout d'un moment, il entendit des pas venir vers lui. Quelqu'un glissa un oreiller sous sa tête, pendant qu'une autre personne lui passa quelque chose autour du poignet. On posa une couverture sur lui que l'on remonta jusqu'à sa taille, puis les pas s'éloignèrent.

Brunetti resta allongé de longues minutes, les paupières serrées, puis il se dit qu'il devait trouver une manière de mettre fin à ce manège. Il ne pouvait pas bondir sur ses pieds et jouer les Lazare, ni pousser la couverture sur le côté et descendre du lit en proclamant qu'il devait retourner travailler. Il resta donc couché tranquillement et attendit. Il sombra dans un état proche du sommeil et fut réveillé par un mouvement. Il ouvrit les yeux et vit qu'il était dans une petite salle d'examen, avec une infirmière qui abaissait les barrières de son lit roulant. Avant même qu'il ait pu lui poser la moindre question, elle avait disparu.

Presque tout de suite après, une femme en blouse blanche entra dans la pièce et s'approcha de son lit en silence. Leurs regards se croisèrent et elle fit un signe d'assentiment. Il remarqua qu'elle tenait une chemise en plastique. Elle tendit sa main et toucha la sienne, la retourna et lui prit le pouls. Après avoir jeté un coup d'œil à sa montre, elle nota quelque chose dans son dossier, puis écarta sa paupière inférieure, toujours sans un mot. Il regardait droit devant lui.

« Pouvez-vous m'entendre ? » demanda-t-elle.

Brunetti songea qu'il était plus sage de hocher la tête que de parler.

« Avez-vous mal quelque part ? »

Il leva les yeux sur la femme et vit son badge, sans réussir à déchiffrer son nom.

« Un peu », murmura-t-il.

Elle avait environ son âge, les cheveux noirs, la peau sèche et le regard fatigué et méfiant.

« Où ?

— Au bras », expliqua-t-il, se souvenant vaguement qu'un des symptômes de l'infarctus était une douleur dans l'un des bras ; le gauche, lui semblait-il.

La femme en prit note. Au bout d'un moment, elle s'écarta de lui et inséra le dossier dans un classeur en plastique transparent attaché au bord supérieur de son lit.

« Pouvez-vous me dire ce qui m'est arrivé, *dottoressa* ? » s'enquit-il, imaginant que c'était le genre de question que poserait toute personne transportée à l'hôpital.

Elle se tourna vers lui et il aperçut son nom : *Dottoressa Sanmartini*. Son expression était si neutre que Brunetti se demanda si elle avait conscience de parler à un être humain. « Vos signes vitaux, commença-t-elle en pointant du doigt le dossier suspendu à son lit, offrent une vaste gamme d'interprétations. » Puis elle ajouta, comme si elle le remarquait pour la première fois : « Quel métier exercez-vous ?

— Je suis commissaire de police, répondit-il.

— Ah », laissa-t-elle échapper. Elle récupéra le dossier, le rouvrit et écrivit quelque chose sur la page de garde.

« Je me sens mieux, je crois, dit Brunetti nerveusement, jugeant qu'il était temps de mettre un terme à cette comédie et de sortir.

— Nous avons encore quelques examens à faire, le coupa-t-elle brusquement. Ne vous inquiétez pas, signor… » Elle jeta un coup d'œil à sa fiche. « Brunetti.

Nous allons vérifier certains éléments, pour être certains de comprendre ce qu'il vous arrive.

— Je pense qu'il ne m'arrive rien, dit-il calmement, espérant que son assurance suffirait à la convaincre.

— C'est à nous qu'il appartient d'en décider, signore », répliqua-t-elle avec amabilité, et Brunetti sut qu'il allait devoir payer le prix de son impétuosité.

Il ferma les yeux, résigné. Il avait lancé la machine ; désormais, il n'avait pas d'autre choix que de jouer le jeu jusqu'à la fin.

D'un ton soudainement sec et professionnel, elle poursuivit : « Nous allons procéder à un prélèvement sanguin et à une batterie de tests. Je voudrais écarter certaines hypothèses. »

Il hésita à lui demander lesquelles, mais songea qu'il était plus sage de n'émettre aucune opposition. « Bien », se contenta-t-il de dire.

D'autres pas approchèrent. Une voix d'homme énonça : « Elena m'a dit de venir, *dottore.* »

Brunetti regarda en direction du nouveau venu et découvrit une armoire à glace à la barbe blanche, portant un petit plateau en métal. L'homme le posa sur la table de nuit, remonta la manche gauche de Brunetti et noua un morceau de caoutchouc autour de la partie supérieure de son bras. Il prit une seringue sur le plateau et la sortit de son emballage en plastique. Dans son immense main, la seringue semblait toute petite et, de ce fait, peut-être plus menaçante encore. D'un air impassible, il annonça : « Je vais tout faire pour que vous ne sentiez rien, signore. »

Brunetti ferma les yeux. Il sentit la main de l'homme sur son poignet, puis la touche légère de l'aiguille froide à l'intérieur de la chair, puis plus rien du tout alors qu'il s'attendait à ce qu'il se produise quelque chose. Il était conscient de la pression et entendit quelques cliquetis.

Un frôlement soudain sur son bras lui fit ouvrir les yeux et il vit l'homme défaire le bout de caoutchouc. Sur le plateau se trouvait un présentoir avec trois tubes en verre remplis de sang.

Le médecin posa une feuille de papier dessus et ordonna : « Tous ceux-ci, Teo. Et je voudrais qu'ils s'occupent des enzymes immédiatement.

— Bien sûr, *dottore.* » Teo partit avec le plateau. Brunetti entendit ses pas disparaître le long du couloir. *Qu'est-ce que j'ai fait ? Mais qu'est-ce que j'ai fait bon sang ?*

« J'aimerais appeler ma femme, dit-il.

— Je suis désolée, mais les portables ne fonctionnent pas dans les salles d'examen. Il n'y a pas de réseau. »

Brunetti saisit le bord du drap de sa main fraîchement libérée et commença à le repousser. « Pas si vite, signore, dit la *dottoressa* Sanmartini. Nous avons encore besoin d'un électrocardiogramme. Vous pourrez l'appeler après. Un infirmier ou une infirmière vous emmènera dans une pièce où vous pourrez passer votre coup de fil. » Comme par magie, une infirmière arriva à ce moment-là et se plaça au pied du lit.

Le médecin se tint à l'écart, le temps que l'infirmière sorte Brunetti de la salle d'examen. Elle lui fit traverser l'ample vestibule situé en face du Pronto Soccorso[1], puis le mena directement aux urgences cardiologiques. Mais une fois à l'intérieur de ce service, le rythme ralentit. À cause d'une erreur de planning, il dut attendre que trois personnes soient examinées avant lui.

1. Les urgences.

À présent que Paola avait réintégré ses pensées, Brunetti s'agita à l'idée qu'elle ignorait encore tout de la situation. Il regarda sa montre et vit qu'il était à peine midi passé : il avait encore une heure avant qu'elle ne commence à s'inquiéter.

Un médecin procéda finalement à l'électrocardiogramme ; Brunetti fut ensuite transporté dans une autre salle où ce même médecin étala un gel froid sur son torse pour un scanner et l'invita à regarder l'écran avec lui, mais Brunetti préféra y renoncer.

Le commissaire eut la sensation que cette phase de préparation dura longtemps. Le médecin passa ensuite un instrument lisse sur sa poitrine. De temps à autre, il tapotait un écran d'ordinateur en prenant des photos depuis des angles différents, mais sans jamais prononcer le moindre mot. Finalement, il arracha une longue bande de papier d'un énorme rouleau et la lui tendit. Lorsque Brunetti eut fini d'essuyer le gel, il jeta les serviettes dans une grosse corbeille en plastique près du lit, pas plus avancé qu'au début des examens.

« Hum », fut le seul commentaire du médecin lorsque Brunetti demanda si quelque chose n'allait pas.

Se doutant qu'il n'obtiendrait aucune autre information, il demanda : « Puis-je rentrer chez moi, maintenant ? »

Le médecin ne put réprimer sa surprise. « Rentrer à la maison ?

— Oui.

— Ce n'est pas à moi de prendre cette décision, signore. Je ne suis pas responsable de votre cas. » Puis, regardant l'écran, il ajouta : « Je pense qu'il serait plus sage que vous restiez ici encore un peu. »

Avant que Brunetti ne puisse formuler la moindre remarque, ils entendirent du raffut à l'extérieur de la petite salle. Une voix de femme protestait, dominée par une autre plus forte encore. Soudain, la porte s'ouvrit et Paola apparut.

Brunetti se hissa sur un coude et tendit l'autre bras vers elle. « Paola, ne t'inquiète pas. Je n'ai rien de grave », déclara-t-il, afin de calmer ses craintes et de lui assurer qu'il allait bien.

Elle se précipita vers lui et il jeta un coup d'œil au médecin, en quête de soutien.

Paola se pencha sur Brunetti et lorsqu'elle fut sûre d'avoir capté toute son attention, elle lâcha, d'une voix étranglée de colère : « Qu'est-ce que tu as encore fabriqué ? »

3

Choqué, de toute évidence, par les mots de la femme, sans parler du ton qu'elle avait adopté, le médecin demanda : « Qui êtes-vous, signora ?

— Je suis son épouse, *dottore*, spécifia Paola d'une voix qu'elle parvint à calmer. Je vous saurais vraiment gré de me laisser seule quelques minutes avec mon mari. »

Brunetti observa la réaction du médecin qui pencha la tête en arrière, comme si la distance lui permettait d'avoir une meilleure vue sur ces deux individus ; il inclina ensuite son menton d'un côté, puis de l'autre, à la manière d'un oiseau curieux. Il éteignit l'appareil et la salle se fit plus sombre, puis sortit en silence, fermant la porte tout doucement derrière lui.

« Je n'ai jamais rien vu de tel, déclara Brunetti.

— Quoi donc ? demanda Paola distraitement.

— Un médecin chassé de sa salle d'examen. »

Paola prit quelques profondes inspirations. Brunetti se demanda quelle forme allait revêtir sa colère. Il aurait dû insister pour le coup de fil, aurait dû se lever et trouver un téléphone en état de marche, en emprunter un, voire se servir de son insigne pour en réquisitionner un au bureau des infirmières. Mais il y avait renoncé et s'était parfaitement abandonné à la passivité que les hôpitaux se plaisent à instiller chez leurs patients.

Le silence de Paola fut si long que Brunetti craignit d'y déceler les conséquences de son attitude inconsidérée.

« Qui te l'a dit ? » finit-il par demander.

Paola croisa brusquement les bras et posa une main sur ses yeux. Brunetti l'appela, mais elle se détourna de lui. « Paola, parle-moi », l'enjoignit-il, s'efforçant de garder son calme.

Il ôta la couverture, balança ses jambes au bord du lit et s'assit, soudain saisi de vertiges. Il s'agrippa des deux mains au matelas, retrouva son souffle et posa ses pieds par terre, puis se leva.

Paola dut l'entendre car elle abaissa la main et le regarda. « Pucetti est venu à l'université. Il s'est mis au fond de la classe où j'étais en train de donner cours. En uniforme. Avec un air terrible sur le visage. »

Ah, le fidèle, le dévoué Pucetti, souhaitant se racheter en apportant les nouvelles, les *bonnes* nouvelles, à l'épouse de son supérieur. Brunetti visualisa la scène : l'officier, blême, debout près de la porte, les traits empreints d'une profonde détresse.

« Je suis désolé, dit-il.

— J'ai cru que tu étais mort, Guido, répliqua Paola, bouleversée. J'ai cru qu'il était venu pour cela, pour me dire que tu avais été tué. Pendant un braquage de banque, ou la prise d'otage d'un fou. Je l'ai vu et j'ai cru, un instant, que tu étais mort. » Elle parlait d'une voix rauque et les mots semblaient ourlés de dureté, comme si elle avait crié pendant des heures.

Il constata que Paola n'avait pas pleuré ; il n'y avait aucune trace de larmes sur ses joues. C'était une femme qui vivait dans son imagination, transformait immédiatement ce qu'elle voyait en histoires, inventait le destin d'un individu à partir de sa seule expression; en outre, elle croyait à la tragédie. Elle menait une vie heureuse, mais avait une vision tragique de la vie.

« Et que s'est-il passé ensuite? s'enquit-il, toujours sur ses gardes.

— Ensuite, il a souri et a dressé son pouce pour me montrer que tout allait bien. Je ne savais toujours pas ce qu'il s'était passé, mais il me disait de ne pas m'inquiéter. » Paola cessa de parler et respira profondément.

Brunetti attendait.

« J'ai regardé de nouveau mes étudiants. Certains s'étaient tournés et observaient Pucetti. D'autres ont commencé à bavarder. » Elle leva sa main droite en un geste qui aurait pu signifier tout et rien à la fois. « Alors je leur ai dit que le cours était terminé. »

Brunetti fit un signe d'assentiment : les laisser partir, ne pas feindre plus longtemps que tout allait bien, était la chose raisonnable à faire.

« On aurait dit qu'ils n'avaient jamais vu un policier de leur vie », affirma-t-elle d'une voix proche de son timbre habituel.

Brunetti baissa les yeux et vit ses pieds nus. Où étaient passées ses chaussures? Il eut tout à coup envie de les mettre, de plaisanter avec sa femme, ou encore de s'asseoir dans son bureau, quitte à s'y ennuyer.

« Après leur départ, Pucetti s'est approché et m'a dit que c'était un coup monté, pour le protéger. Je n'avais aucune idée de ce qu'il me racontait, et même maintenant, je ne comprends toujours pas. »

Brunetti s'empara de la chaise posée contre le mur et la rapporta pour Paola. Il la toucha alors, la prit par les épaules et la guida vers la chaise, comme une vieille femme nécessitant de l'aide.

« Dis-moi ce que tu as fabriqué, s'il te plaît. » La même requête qui avait accompagné son entrée théâtrale dans la chambre, mais énoncée de façon ô combien différente, cette fois.

« J'étais en train d'interroger un suspect avec Pucetti. Soudain, Pucetti a perdu le contrôle. J'ai cru qu'il allait prendre le type à la gorge. Alors j'ai bondi pour l'en empêcher et pour faire diversion – sans réfléchir le moins du monde –, et quelques minutes plus tard, je me suis retrouvé allongé par terre avec Pucetti en train de me faire un massage cardiaque, sous les yeux de Scarpa.

— Tu crois que Scarpa a compris ce qui s'est passé ?

— Dieu seul le sait. J'étais plaqué au sol par Pucetti, je n'avais pas une vision très claire de la situation. » Au souvenir du comportement du lieutenant, Brunetti ajouta : « Il était inquiet, mais je ne sais pas pourquoi. » Difficile d'imaginer que le lieutenant ait pu se préoccuper de lui. Mais peut-être que Pucetti le savait, lui : après tout, il avait vu le visage de Scarpa et lui avait parlé.

« La prochaine étape, c'est Patta qui t'envoie des fleurs, plaisanta Paola.

— Je crois que je vais le laisser faire, répliqua Brunetti.

— Quoi ?

— Je crois que je vais exploiter les circonstances.

— Comment cela ? demanda-t-elle, ne comprenant pas où il voulait en venir.

— Mon évanouissement. La maladie. La crise cardiaque. Tout ce qui s'est passé.

— Ou ne s'est pas passé », rectifia Paola.

Brunetti sourit. La vie était redevenue belle : sa femme parvenait de nouveau à plaisanter avec lui.

« Je ne supporte plus mon métier, se surprit-il à dire. J'ai feint toute cette comédie et fini à l'hôpital, tripoté de tous les côtés par des médecins, uniquement pour protéger les gens avec lesquels je travaille des aléas de leur travail. » Il n'avait jamais exprimé cette pensée à haute voix ni ne l'avait encore jamais formulée en ces termes.

Il s'appuya contre le matelas, ravi d'en sentir la fermeté. Même s'il parlait à la personne en qui il avait le plus confiance, il n'avait pas envie de donner d'autres explications. Il était lassé de tout cela.

« On dirait que tu veux prendre la poudre d'escampette », conclut Paola, d'un ton faussement badin.

Brunetti hocha la tête.

Elle le regarda de la même façon que le médecin et alla jusqu'à incliner la tête comme il l'avait fait. Il vit ses propos se refléter sur le visage de sa femme qui écarquilla les yeux avant de les baisser. Elle pinça les lèvres comme elle le faisait parfois quand elle lisait un texte difficile. Il savait, d'expérience, qu'il n'avait d'autre choix que de lui laisser le temps d'étudier le passage et d'attendre son épilogue.

La porte de la pièce s'ouvrit, mais aucun des deux ne prit soin de se tourner vers le nouveau venu. Silence. La personne se retira et la porte se referma.

Elle observa le visage de Brunetti un long moment. « En es-tu sûr ? » Puis, pour éviter tout malentendu, elle ajouta : « Sûr de vouloir quitter la maison ? »

Brunetti savait, au fond de son âme, que sa maison, c'était Paola. « En un sens, admit-il, bouleversé en imaginant ce qu'elle devait ressentir à ces mots. Cela ne signifie pas te quitter toi. Ni les enfants. Mais tout le reste. » Il désigna de la main la pièce où ils étaient, comme si Paola était censée y trouver une explication à tout ce qu'il lui disait.

« Il y a longtemps que j'y réfléchis, poursuivit Brunetti en découvrant la véracité de ses propos au fur et à mesure qu'il les lui révélait. J'ai besoin de m'arrêter un moment. De ne plus penser à ce métier, de ne plus l'exercer, et de ne pas me retrouver dans un hôpital parce qu'un suspect a manqué de respect à une jeune fille.

— Quelle jeune fille ? s'enquit Paola.

— Une jeune fille à qui on a donné des cachets au cours d'une soirée et qui est morte hier soir », lui apprit-il, songeant à l'endroit où elle devait se trouver à présent – la morgue.

Paola laissa s'écouler un peu de temps, comme on le fait à l'annonce de la mort d'un inconnu, puis finit par dire : « Si tu devais tirer sur Patta à chacune de ses insultes, il ne serait plus qu'un gruyère. » Elle sourit. Les choses s'arrangeaient et la vie de Brunetti reprenait son cours normal.

« Pucetti est jeune, expliqua-t-il.

— Cela fait longtemps qu'on le considère comme une jeune et brillante recrue, Guido. Il a plus de trente ans, maintenant. » Brunetti attendit la conclusion, qui ne tarda pas : « Il devrait pouvoir se contrôler. Il est armé, au nom du ciel. »

Brunetti faillit préciser que Pucetti ne portait pas d'arme ce matin-là, mais cela aurait été inutile. L'officier avait perdu le contrôle de lui-même, ou s'apprêtait à le perdre, ce qui méritait une réprimande officielle, mais dans sa magnanimité, Brunetti avait ignoré cet état de fait. N'avait-il pas faussé la vérité en lui venant en aide ? Était-ce bien différent que de pousser du pied, vers un agresseur tombé par terre, une arme dont il aurait pu se servir ? Ou de déclarer que le suspect avait opposé une résistance lors de son arrestation et avait dû être maîtrisé ?

« Tu as raison, reconnut Brunetti. Je n'y avais pas pensé. Ce qui primait, pour moi, c'était de l'empêcher de commettre un acte violent.

— Tu es son chef, Guido, pas son père.

— N'en ferais-tu pas autant pour éviter à un de tes étudiants de briser sa carrière ? demanda-t-il, sachant que ce n'était pas vraiment comparable.

— Probablement », répondit-elle en se levant.

Sa réponse ne changeait rien. Il l'avait fait et il le referait. Où trouverait-il un autre Pucetti ?

« Et donc ? demanda-t-il.

— Nous parlions de l'éventualité de ta fuite.

— Tu parles de moi comme d'un enfant, répliqua-t-il avec pétulance.

— Pas du tout, Guido. Je t'ai observé ces derniers mois et je suis d'accord avec toi, il faut que tu cesses d'attendre le prochain cas épouvantable qui te tombera dessus. »

Pendant toutes ces années, elle n'avait jamais émis la moindre critique à l'encontre de son métier : elle s'était toujours montrée une épouse attentive, prête à le soutenir et à l'écouter lorsqu'il lui décrivait le chaos qui se déployait sous ses yeux et les conséquences de la violence qu'il décelait à fleur de peau chez ses congénères. Elle avait toujours écouté ses rapports sur les crimes, les viols, les incendies criminels et les exactions en tout genre, elle avait eu l'élégance de l'interroger sur son quotidien et lui avait souvent inspiré un nouveau regard sur les gens et les événements.

Il se demanda, en retour, quel intérêt il avait porté au travail de Paola, qui constituait une part tout aussi importante de sa vie à elle. Il la taquinait en permanence sur sa passion pour la prose d'Henry James et s'était contenté d'en lire quelques livres. Les meurtres étaient pour les hommes, les vrais, et les livres pour les filles. Et maintenant qu'il ne pouvait plus supporter cette situation, c'était elle qui l'exhortait à tout lâcher.

« Je viens de prendre des congés, lui rappela-t-il.

— C'était il y a deux mois, et ces vacances ne t'ont pas plu.

— Il pleuvait tout le temps », se justifia-t-il. Il se remémora comme il boudait lors des visites de Londres, Dublin et Édimbourg, se plaignant de la pluie et du café infect, sans se soucier du fait que son humeur sapait le moral de sa famille autant que les intempéries.

« Nous en parlerons à ton retour à la maison. Est-ce qu'ils t'ont dit quand tu pourras sortir ?

— Non. Seulement qu'il y a encore des examens à faire, répondit-il avec légèreté.

— Cela signifie-t-il qu'ils ont trouvé quelque chose ? » s'enquit Paola, d'un ton tout sauf léger.

La porte s'ouvrit et la *dottoressa* Sanmartini entra. « Bonjour, signora, dit-elle calmement. Puis-je vous demander de me laisser seule avec le patient ? »

D'ordinaire, Paola aurait réagi dès la première pointe de sarcasme rôdant entre les mots, mais cette fois elle n'en ressentit pas le besoin. Il s'agissait simplement d'une requête polie, adressée à une personne polie. Elle se leva. « Bien sûr, *dottoressa* », répondit-elle avant de quitter la chambre.

« Pouvez-vous vous asseoir sur le lit, signor Brunetti ? » le pria-t-elle.

Brunetti obéit et attendit la suite, curieux de voir quelle idée pouvait se faire un civil des risques de son métier de policier.

Lorsqu'elle comprit qu'il ne soufflerait mot ou ne lui poserait aucune question, elle reprit : « Vous devez avoir affaire parfois à des gens monstrueux, qui ont fait des choses terribles et sont incapables de ressentir la moindre culpabilité. » Avait-elle eu accès à l'enregistrement de sa conversation avec Ruggieri ? se demanda-t-il, abasourdi.

« Vous voyez inéluctablement de quoi les gens sont capables, ajouta-t-elle.

— J'imagine que vous, vous en voyez les conséquences, *dottore*, répliqua-t-il.

— Oui, mais quand une jeune femme est blessée, ma responsabilité s'achève une fois que je l'ai soignée. » *Intéressant*, songea Brunetti, *qu'elle ait spontanément évoqué une femme*. « Je n'ai pas à écouter des types renier leur crime ou proclamer qu'ils avaient le droit de le commettre.

— Pensez-vous que cela puisse expliquer mon problème de santé ? » s'informa Brunetti.

Elle posa ses papiers et lui consacra toute son attention. « Signor Brunetti, puis-je vous parler franchement ?

— Étant mon médecin, n'en avez-vous pas l'obligation ? »

Elle émit un petit bruit, entre le grognement et le rire. « Au contraire.

— Alors oui, je vous en prie, parlez-moi franchement. »

Elle désigna le dossier. « À mon avis, les résultats contenus là-dedans ont bien peu à voir avec votre état de santé. »

Brunetti haussa les épaules et attendit qu'elle continue. Comme elle s'en abstint, il l'interrogea : « Alors quelle en est la cause ?

— Votre travail. Votre besoin d'agir, alors que vous ne pouvez pas agir. Les limites imposées à votre champ d'action font que vous ne pouvez qu'arrêter et interroger les gens que vous croyez coupables d'un crime. Vous ne pouvez rien leur *faire*, et vous avez peu de chances de leur faire prendre conscience de la gravité des actes qu'ils ont commis. C'est pourquoi j'ai parlé de "besoin", signor Brunetti. J'entends par là une obligation éthique. C'est parce que vous vous considérez comme impuissant que vous vous êtes retrouvé ici.

— Dans votre bouche, tout cela a l'air très simple, déclara aimablement Brunetti.

— Au vu des résultats de vos examens, *c'est* simple, confirma-t-elle. Voulez-vous savoir pourquoi ?

— Oui. »

Elle prit le dossier, l'ouvrit et expliqua : « J'ai passé un bon moment à consulter ces résultats et je n'ai trouvé aucun signe d'attaque cardiaque ni de problèmes tangibles au niveau du cœur. L'échographie et l'électrocardiogramme sont normaux, ainsi que vos analyses sanguines. »

Brunetti esquissa un bref sourire de soulagement et ferma les yeux un moment. « Vous m'en voyez bien rassuré, dit-il, gêné de continuer à jouer au malade inquiet.

— Mais votre tension est très élevée : 18/10. »

Cette fois, la nervosité de Brunetti fut bien réelle.

« Étant donné que les tissus de votre cœur ne sont pas endommagés, la seule cause possible, dans votre cas, c'est le stress.

— Est-ce mieux ou pire, *dottoressa* ? coupa Brunetti.

— Ni l'un ni l'autre. » Elle lui laissa le temps d'assimiler sa réponse, puis précisa : « J'ai fait des photocopies de vos résultats. Vous pouvez les montrer à votre médecin traitant. Mon diagnostic, c'est que vous êtes en situation de risque à cause du stress et que vous devriez faire en sorte de le réduire.

— Je suis trop vieux pour changer de métier. »

Elle sourit enfin. « Et trop jeune pour la retraite, oserais-je dire.

— Malheureusement.

— Cependant, et indépendamment de votre âge, je pense que ce qu'il vous faut, signor Brunetti, c'est vous éloigner un certain temps des causes de votre stress. J'ai signalé dans mon rapport que vous souffrez d'épuisement dû à votre travail, ce qui pourrait avoir de lourdes conséquences sur votre cœur.

— Cela signifie-t-il ce que j'imagine ? demanda-t-il.

— J'ai écrit une lettre vous recommandant de passer deux semaines – voire trois – hors de votre lieu de travail, et personne ne devra vous contacter pour des raisons professionnelles. Seulement en cas d'urgence. » Elle le regarda droit dans les yeux et il remarqua alors que son nez penchait très légèrement vers la gauche, comme après une vieille blessure qui n'avait pas été soignée correctement. « Je répète, uniquement en cas d'urgence ; il ne faudra pas vous déranger pour des affaires courantes. »

Il se risqua à dire : « On dirait que vous savez de quoi vous parlez, *dottoressa*.

— Hélas, oui. » Elle sourit de nouveau.

« Et quand puis-je rentrer chez moi ?

— Si votre femme vous accompagne, vous pouvez partir tout de suite.

— C'est très aimable à vous », dit-il, en essayant de masquer son soulagement.

Elle hocha la tête et précisa : « Mais c'est aussi très pragmatique de ma part.

— Pardon ?

— Nous avons besoin de votre lit. »

4

Brunetti retrouva en même temps sa femme, qui était demeurée à l'extérieur de la chambre, et ses chaussures, qui traînaient dans le couloir où il était resté couché en attendant de voir un médecin. Ils sortirent bras dessus bras dessous, dans la lumière violente et sous le pic de chaleur d'un après-midi de mi-juillet. Après la fraîcheur de l'immense vestibule de l'hôpital, Brunetti eut la sensation d'avoir été enveloppé dans une couverture électrique, après avoir reçu un seau d'eau bouillante sur la tête. Dans la salle d'interrogatoire où il avait feint son évanouissement, il faisait chaud, mais pas à ce point.

Se tournant vers Paola, il plaisanta : « J'aurais dû réserver un billet retour pour l'ambulance.

— Pour retourner à la questure ? » demanda-t-elle, en ouvrant son sac pour prendre ses lunettes de soleil. Comme elle ne les trouva pas tout de suite, elle se mit à l'ombre le temps de les chercher, puis elle reparut, les lunettes sur le nez.

« Rentrons à la maison, suggéra Brunetti. C'est insupportable. »

Ils marchèrent lentement, empruntant le chemin le plus court, coupant à travers le campo della Fava pour éviter la foule de la calle della Bissa. Parvenus au pied du pont du Rialto, ils levèrent les yeux et furent horrifiés : c'était une fourmilière, pleine de termites et de guêpes. Faisant fi de ces pensées, ils se prirent la main et commencèrent à le gravir, les yeux rivés au sol. Monter, monter, et encore monter, alors que les jambes des gens descendaient dans leur direction, mais ils les ignorèrent et ne s'arrêtèrent pas. Monter, toujours et encore, jusqu'au sommet, en se frayant un chemin à travers les passants immobiles, tout en restant sourds à leurs cris d'admiration. Puis descendre, descendre sans fin, en devenant plus redoutables encore sous l'effet de l'élan. Ils voyaient les pieds des gens montant vers eux faire un pas de côté à leur approche ; ils se blindaient contre leurs protestations et fonçaient, tête la première. Puis ils prirent à gauche et empruntèrent le passage couvert où ils s'arrêtèrent. Brunetti sentait son pouls battre très vite et Paola s'appuya sur son bras, désespérée.

« Je ne peux plus le supporter, gémit-elle en pressant son front contre l'épaule de Brunetti. Je veux que *Il Gazzettino*[1] publie en gros titre qu'il y a le choléra à Venise. Une épidémie. »

Brunetti embrassa ses cheveux. « Dois-je prier pour un tsunami ? »

Il l'entendit glousser. Elle s'écarta de lui et déclara, du ton le plus calme : « Non, je ne veux rien qui puisse abîmer notre ville. »

Le temps d'arriver devant leur porte, la chemise et la veste de Brunetti étaient trempées de sueur et Paola avait des mèches de cheveux mouillés qui lui tombaient sur le front. Ils gravirent l'escalier avec une seule idée en tête : rentrer

---

1. Un des deux quotidiens de Venise, l'autre étant *La Nuova di Venezia e Mestre*

chez eux et s'offrir au courant d'air qui balayait l'appartement d'un bout à l'autre.

Une fois à l'intérieur, Brunetti ôta sa veste, persuadé d'avoir entendu un bruit de succion au fur et à mesure qu'il la décollait de sa chemise. Il alla au salon, déboutonna sa chemise et en agita les pans dans la brise. Il se tourna vers Paola, qui passait les doigts dans ses cheveux pour exposer sa nuque à ce même zéphyr.

Spontanément, il se mit à réciter : *« La pastorella alpestra e cruda a bagnar un leggiadretto velo, ch'a l'aura il vago et biondo capel chiuda. »*

Paola laissa ses cheveux retomber sur ses épaules et lui sourit. « Si tu peux voir la jeune bergère en train de laver le léger voile qui retient ses fins cheveux aussi blonds que l'or, j'espère que la chaleur brûlante du jour te remplira de frissons d'amour, récita-t-elle, en complétant le poème.

— Est-ce que j'arriverai un jour à citer un passage que tu ne puisses pas reconnaître ? geignit Brunetti.

— Essaye avec quelqu'un de moins célèbre que Pétrarque, répondit-elle d'un ton affable. Pourquoi ne prends-tu pas ta douche le premier ? C'est toi qui as passé toute la matinée à l'hôpital.

— Bêtement par ma faute », répliqua-t-il, et il alla chercher des vêtements propres dans leur chambre.

C'est un homme neuf qui sortit de la salle de bains, un homme resté brièvement sous un flot d'eau aussi chaude qu'il pouvait le supporter et qui, d'un geste stoïque, tourna ensuite le robinet d'eau froide, pour une durée toutefois bien plus courte encore. C'est ce même homme qui trouva son épouse affalée sur le canapé, en train de siroter un verre empli d'un liquide pâle et, au vu de la buée condensée sur le bord du verre, probablement glacé. Se félicitant à part lui de son sens de l'observation, il remarqua un second verre sur le plateau posé en face du divan.

« C'est pour moi ? »

Trop fatiguée, ou ayant trop chaud pour répondre par un trait d'humour, Paola se contenta de hocher la tête. Il s'assit à côté d'elle et prit le verre. « Est-ce de la limonade ? s'informa-t-il après la première gorgée, en faisant de son mieux pour ne pas avoir l'air d'un policier.

— Tu n'aimes pas ? Moi, je ne me vois pas boire autre chose.

— Tu as raison. J'ai seulement été surpris.

— Que ce ne soit pas du vin ? » fit Paola.

Cette remarque le mit mal à l'aise, comme si sa femme avait insinué qu'il ne pouvait boire que des boissons alcoolisées. « Ça me va », concéda-t-il en buvant une autre gorgée. Mais ça ne valait pas un *spritz*.

Lorsque Paola eut terminé sa limonade, elle posa son verre et lui demanda : « Eh bien ? »

Brunetti réfléchit un instant. « On m'a donné deux à trois semaines de repos complet, annonça-t-il finalement.

— Et tu vas les prendre ?

— Oui, répondit-il sans hésitation. Absolument.

— Bien. C'est de cela que tu as besoin.

— Ne serait-ce que pour que j'arrête mes inepties ?

— Ton comportement n'est pas inepte, Guido, pas du tout. Brusque, peut-être, ou impulsif, mais certainement pas inepte », nuança Paola.

Brunetti se demanda si les enfants réagissaient de la même manière à son approbation, si eux aussi sentaient s'évaporer toutes leurs incertitudes ou leur sentiment de culpabilité dès l'instant où elle les rassurait. « Je suis ravi que tu le penses », dit-il, ne pouvant retenir ces mots maladroits.

Ignorant cette réflexion, elle demanda : « Que vas-tu faire de ces deux ou trois semaines ? »

Brunetti se rendit compte qu'il n'y avait pas réfléchi ; tout ce qu'il savait, c'était qu'il prendrait du temps pour lui. Il posa les pieds sur la table devant lui. *Comme ce serait agréable de boire un spritz*, songea-t-il de nouveau et il s'allongea sur le divan. « Je voudrais aller quelque part pour contempler l'eau.

— Ici à Venise, ou ailleurs ? s'informa-t-elle, comme si sa réponse avait été la chose la plus naturelle du monde.

— Ici. Je voudrais aller ramer. » L'idée venait juste de germer dans son esprit – un désir aussi spontané que sa réaction face à Pucetti.

« Par cette chaleur ? s'étonna-t-elle.

— C'est différent dans la lagune, spécifia Brunetti, se souvenant de ses jeunes années où il avait des muscles plus durs, une tête plus dure et, devait-il l'avouer – même si ce n'était qu'à lui-même –, probablement un cœur plus dur. On ne sent pas la chaleur parce qu'il y a toujours un peu de vent.

— Et des courants et des moustiques, et de jeunes fous en hors-bord.

— Et des chiens tout contents à leur proue, répliqua-t-il. Et la lumière qui joue sur l'eau, la sensation du bateau sous tes pieds et le silence dans les petits canaux. » Mais voyant qu'elle ne se pâmait toujours pas sous la magie et le mystère de la *laguna*, il ajouta : « Et des jeunes filles en bikinis.

— Et toi dans ton tee-shirt, en train d'exhiber ta musculature. »

Brunetti se pencha vers elle, replia le bras et serra le poing. « Allez, sens-moi ça, dit-il, avant de la mettre en garde lorsqu'elle leva une main vers lui : Attention à ne pas te faire mal. »

Au lieu de s'attaquer à ses muscles, elle lui tambourina les côtes. « Oh, arrête, Guido. Sois sérieux : où est-ce que tu veux aller ? » Brunetti la soupçonna d'avoir déjà la réponse à sa propre question.

« Je ne sais pas. Je n'ai pas envie d'aller très loin. Je pourrais aller à Burano, je suppose, voire à Torcello. Il n'y a pas grand monde là-bas.

— À l'hôtel ? » insista-t-elle sur le ton d'un magistrat.

Elle avait véritablement une idée en tête.

« Et le bateau sur lequel tu t'extasiais tout à l'heure ? Où est-ce que tu l'as caché ? »

Brunetti se leva et alla à la cuisine. Il sortit des glaçons du congélateur et les laissa tomber dans deux verres, se dit qu'avec cette chaleur, il fallait beaucoup d'eau minérale, y ajouta une goutte de Campari et ouvrit une des bouteilles de prosecco conservées dans la porte du réfrigérateur. Il remplit les verres presque à ras bord et les apporta au salon.

Il en tendit un à Paola, se rassit à côté d'elle et en but une longue gorgée. « Je suis prêt, maintenant, dit-il.

— À quoi ?

— À tout ce que tu as à l'esprit. L'endroit où je peux aller, et probablement aussi où je peux disposer d'un bateau. »

Elle posa son verre auquel elle avait à peine touché et se blottit près de lui. « Chez *zia* Costanza, énonça-t-elle, comme une évidence. Elle possède une villa, en quelque sorte. »

Brunetti prit le temps de se remémorer cette tante : c'était une cousine de son beau-père, fort bien mariée, veuve de surcroît et qui n'avait qu'un fils ainsi qu'un énorme patrimoine, aussi bien sur le continent qu'à Venise, et sur les îles environnantes.

Il avait entendu parler, au fil des ans, de ses appartements, de son étrange *palazzo*, de quelques-unes de ses boutiques, mais il ne se rappela aucune allusion à une villa. « Et où est-ce donc ?

— C'est tout au bout de Sant'Erasmo, où elle possède une maison et un peu de terrain. »

La longue expérience de Brunetti avec la famille Falier l'avait habitué à clarifier ce qu'elle entendait par des expressions telles que « un peu de terrain » ou, comme cela s'était produit par le passé, « quelques appartements ».

« N'est-elle pas habitée ?

— Plus ou moins, répondit Paola. Le gardien et sa famille vivent ailleurs dans la propriété et gardent la maison de maître pour ses invités.

— À t'entendre, c'est l'endroit idéal pour une cure de repos », conclut Brunetti en souriant.

Il sirota son *spritz*, plaça son verre à moitié vide à côté de celui de Paola et fit un signe d'assentiment. « Est-ce grand ? »

Paola appuya sa tête contre le dossier du canapé et ferma les yeux. « On m'y expédiait quelques semaines chaque été, quand j'étais enfant. Cela me paraissait très grand à l'époque. Le terrain tout autour était couvert d'artichauts.

— Pourquoi dis-tu "expédiait" ?

— De l'avis de mon père, il était bon pour moi de connaître la vie dans une ferme.

— Marie-Antoinette ? »

Paola lui fit la grâce de rire. Elle ouvrit les yeux et le regarda. « Je suppose que oui. Il voulait que je voie comment vivent et travaillent les gens ordinaires.

— Et l'as-tu vu ?

— Eh bien, hésita Paola, les artichauts se débrouillent plutôt bien et poussent tout seuls.

— Alors, qu'est-ce que tu faisais ?

— Oh, j'allais nager et je restais allongée sur le canapé à lire.

— Et puis ?

— Et puis, il était déjà temps de retourner à l'école. » Elle posa la main sur son front, comme si un souvenir venait de lui traverser l'esprit.« Cela fait plus de trente ans. » Elle secoua la tête. « Mon Dieu, il y a si longtemps déjà.

— Y es-tu retournée depuis ?

— Une fois. J'y ai passé une semaine après ma troisième année d'université.

— Pour y faire quoi ?

— Comme toi : regarder l'eau et n'avoir aucun bruit autour de moi.

— Cela t'a-t-il fait du bien ? »

Elle le regarda longtemps avant de répondre :

« Pas autant que de t'avoir rencontré dans la bibliothèque de l'université, quelques mois plus tard.

— Ah. » Ce fut le seul commentaire que Brunetti s'autorisa.

Après que tous deux, pour des raisons évidemment différentes, eurent laissé le « ah » de Brunetti s'enliser dans le silence le plus absolu, ils revinrent à *zia* Costanza. La villa, expliqua Paola, était l'une des plus vieilles de l'île. Construite au XVIIIe siècle par la branche de la famille Falier d'où était issue la tante Costanza, elle servait de refuge, pendant les étés vénitiens, contre la chaleur terrifiante et la pestilence de l'air. Les crues de 1966, cependant, démontrèrent qu'on ne pouvait échapper à l'eau, qui atteignit le second étage et détruisit tout sur son passage, sauf les murs et le toit. *Zia* Costanza, bonne perdante, jeta ce qui était abîmé, nettoya ce qui avait survécu et attendit le printemps pour commencer à tout faire sécher. La restauration dura deux ans ; on ne toucha pas à l'extérieur et l'on fit de l'intérieur une maison confortable où la jeune Paola devait plus tard apprendre la vie à la campagne. Depuis lors, de nombreux membres de la vaste famille en avaient profité pendant la saison estivale.

« Quelqu'un y vit-il en ce moment ? s'informa Brunetti.

— Non, mis à part le gardien. Cela fait des années qu'il est là, même si ce n'était pas lui quand j'étais enfant. Je ne l'ai vu qu'une seule fois, il y a environ dix ans. Il n'avait pas l'air très avenant, mais on m'a dit qu'il était absolument fiable. Il vit dans la maison du jardinier à l'arrière de la propriété, avec sa fille et la famille de celle-ci.

— Ta tante Costanza doit avoir dans les quatre-vingt-dix ans, maintenant », calcula Brunetti.

Paola rit. « Cette branche de la famille est indestructible. Elle a quatre-vingt-seize ans et elle vit à Trévise avec son fils, Emilio, qui a dans les soixante-dix ans. Il m'a dit qu'elle sort se promener seule, tous les jours. Elle a une canne, mais elle prétend que c'est seulement pour frapper les chiens qui s'approchent trop près.

— Ils s'occupent de la villa, même si personne n'y habite ?

— C'est ce que m'a dit Emilio. Davide habite là depuis une trentaine d'années. Emilio m'appelle chaque été pour me demander si je veux y aller. Il dit qu'il déteste la savoir tout le temps vide.

— Tu crois qu'il est sérieux ? s'enquit Brunetti, toujours gêné de se sentir redevable, d'une façon ou d'une autre, à la famille Falier.

— Je lis des livres, pas les esprits, Guido. Je ne peux pas dire qu'il m'a suppliée, mais il m'a proposé d'y aller avec toi et les enfants un nombre incalculable de fois. À chaque fois que je lui répondais que nous étions pris, il me prévenait qu'il me le redemanderait. Et c'est bien ce qu'il fait.

— On dirait qu'il tient à ce qu'on y aille tous. »

Paola ferma les yeux, reposa sa tête sur le dossier du canapé, poussa un profond soupir, puis déclara : « Je suppose que cela ne servirait à rien que je te remémore les mots exacts de notre bénédiction de mariage ?

— Le fait de ne former qu'un seul cœur et un seul esprit ?

— Oui.

— Dans mon souvenir, on n'a dit à aucun moment de la cérémonie que le mari devait aller passer du temps dans une maison proposée à sa femme », répliqua Brunetti. Ce sujet l'avait toujours tellement perturbé qu'il ne pouvait l'aborder qu'en plaisantant.

« Guido, commença-t-elle du ton typique qu'elle adoptait lorsqu'elle relevait la susceptibilité de Brunetti dès que la question de ses origines sociales était soulevée. Nous avons aussi signé un contrat légal – oublions un instant la poésie de la cérémonie – qui unit nos propriétés, et tout le reste. Alors, s'il te plaît, cesse de tergiverser pour l'offre d'Emilio. » Elle regarda sa montre et, changeant de sujet, proposa : « À mon avis, nous multiplions nos chances de survie en mangeant sur le balcon, tu ne crois pas ? »

Comme les enfants étaient invités chez leurs grands-parents, Paola put décréter le cœur léger qu'il faisait trop chaud pour cuisiner. Ainsi prépara-t-elle une *insalata caprese*[1] avec de l'huile d'olive qu'ils avaient rapportée de Toscane l'automne précédent. Brunetti se plaignit qu'il était devenu impossible de trouver une bonne boulangerie dans cette ville, pendant que Paola imbibait machinalement d'huile les feuilles de basilic qu'elle avait cueillies sur le balcon. Elle finit par poser sa fourchette et déclara : « Je n'aurais jamais cru que cela arriverait, mais il fait trop chaud pour manger. » Elle regarda son assiette où transpiraient les tranches de *mozzarella di buffala*[2].

Puis elle revint à l'attaque : « Veux-tu que j'appelle Emilio ? » Comme Brunetti ne répondit pas, elle précisa : « Tu n'as pas besoin d'écouter. » Elle recula sa chaise et regagna l'appartement, laissant Brunetti pester contre ce déjeuner imposé.

Au bout d'un moment, il entendit la voix de Paola sortir par la fenêtre ouverte de son bureau. Il empila les assiettes et les emmena à la cuisine, les posa sur le plan de travail et revint dans leur chambre pour retrouver son exemplaire de l'*Histoire naturelle* de Pline, un livre qu'il voulait lire depuis une éternité.

Il avait fini la dédicace flatteuse adressée à l'empereur Vespasien et déplorait que cet écrivain, qu'il admirait tant, pût être un tel lèche-bottes, quand Paola revint s'asseoir en face de lui.

---

1. Salade de Capri, composée de mozzarella, de tomates et de basilic.

2. Mozzarella au lait de bufflonne.

« Tout est arrangé, déclara-t-elle. Emilio va appeler Davide et lui dire que tu seras là-bas demain ou mardi et que tu y resteras quelques semaines. Il a dit qu'il y a tout le nécessaire dans la maison. La fille de Davide mettra des draps propres et s'assurera qu'il y ait assez à manger dans la cuisine. » Brunetti, songeant que ce dont il avait le plus besoin dans la cuisine, c'était Paola, s'abstint d'exprimer tout haut cette pensée, de peur qu'à ces mots elle ne se mette à hurler.

« Que vas-tu faire ?

— Rester ici chez moi, avec nos enfants, et vaquer à mes affaires.

— C'est-à-dire ?

— Lire les livres que je mets de côté pour l'été, préparer mes cours pour le prochain semestre, écouter mes enfants et discuter avec eux, leur faire à manger, rendre visite à mes parents et lire. » Elle sourit face à la simplicité de cette liste.

« Ne pourrais-tu pas faire tout cela à Sant'Erasmo ?

— Probablement, mais cela implique que nous convainquions les enfants de venir.

— Tu penses qu'ils refuseraient ? » Prenant en considération ce qu'il savait de cet endroit, il visualisa ses enfants isolés au fin fond d'une île où ils ne connaissaient personne, avec, pour tout divertissement, le choix entre nager et ramer, bloqués dans une maison avec leurs parents pour seule compagnie. Avant même que Paola ne réponde, il suggéra : « Il vaut peut-être mieux que j'y aille tout seul. »

Il reporta son attention vers Pline, prit le livre et lui lut à haute voix les lignes que l'auteur avait dédiées à l'empereur :

« Vous, placé au faîte le plus élevé parmi les hommes, vous, doué de tant d'éloquence, pourvu de tant de savoir, ceux qui viennent vous saluer ne vous approchent, je le sais, qu'avec un respect religieux. »

Il leva les yeux de la page pour voir la réaction de Paola et il l'aperçut, debout dans l'embrasure de la porte, bouche bée, si bien qu'il passa à un paragraphe précédent.

« Rien en vous n'a été changé par la grandeur de la fortune, si ce n'est que vous pouvez faire tout le bien que vous voulez. Aussi, tandis que les respects des autres ont accès près de vous par tous ces titres, nous n'avons, nous, pour vous honorer, que la familiarité et l'audace. »

Cette fois, il la regarda en haussant les sourcils en guise d'interrogation, ayant décidé de lui épargner la vile servitude de la ligne suivante de Pline :

« Ô fécondité d'un grand esprit ! »[1]

Une fois remise de sa surprise, Paola lui demanda : « Est-ce l'introduction de la lettre que tu vas envoyer à Patta pour ta demande de congé ? »

---

1. Traduction d'Émile Littré, éditions Dubochet, 1848-1850, Paris.

5

Le lendemain matin, Brunetti prit soin d'arriver à la questure à 9 heures. Lorsqu'il entra dans son bureau, la signorina Elettra le fixa d'un air étonné. Sans lui laisser le temps de donner la moindre explication, elle assena : « Pucetti a dit que vous étiez à l'hôpital. Que vous aviez eu des problèmes de cœur. » Elle tendit la main et il eut l'impression qu'elle allait le pincer pour s'assurer qu'il était bien vivant, mais elle se contenta de désigner le téléphone. « J'ai appelé au moins quatre fois, mais j'ai eu droit systématiquement à une réponse différente : que vous étiez en cardiolologie, puis en gérontologie, ou qu'il n'y avait pas de fiche à votre nom, ou encore que vous aviez été renvoyé chez vous.

— C'est la dernière réponse qui est exacte, répliqua-t-il d'une voix neutre, en espérant la calmer.

— Pucetti a dit que vous avez été emmené en ambulance, insista-t-elle, comme si avoir été renvoyé chez soi ne pesait pas dans la balance par rapport à ce détail.

— Oui, c'est vrai, concéda Brunetti. Mais tout cela n'a été qu'une grossière erreur. » Puis, lentement, avec quelques répétitions et quelques retours en arrière, Brunetti lui raconta l'histoire en minimisant le rôle de Pucetti et en soulignant sa propre faute, comment il s'était mépris sur le comportement du jeune homme et avait eu une réaction disproportionnée, avec pour malencontreux résultat d'avoir atterri à l'hôpital et inutilement inquiété le personnel.

« Nous exerçons une profession qui a des conséquences sur le cœur, rétorqua la signorina Elettra d'un ton impassible, puis elle demanda : Et maintenant ?

— Je vais accepter les semaines d'arrêt maladie que le médecin m'a prescrites, répondit Brunetti, conscient que plus il en parlait, plus il était persuadé que c'était la meilleure décision – pour ne pas dire la seule – à prendre.

— Et que ferez-vous ?

— Rien. Lire. Me coucher tôt. Faire de l'exercice. »

Il avait ajouté ce dernier élément en se remémorant le bateau à la maison de Sant'Erasmo qu'avait évoqué Paola. Deux semaines d'aviron n'étaient rien, il le savait, mais cela restait sans doute un début de remise en forme. Brunetti n'ignorait pas qu'il cesserait inévitablement de ramer une fois parti de l'île, mais cette simple idée lui mettait du baume au cœur.

« Avez-vous vraiment un problème ? s'enquit la signorina Elettra.

— J'espère que non », répliqua joyeusement Brunetti. Avant de pouvoir énoncer le verdict du médecin, il entendit des pas approcher de la porte ; il se tourna et vit son supérieur, le vice-questeur Giuseppe Patta.

S'il était possible d'associer pleine forme et vitalité masculine, et de les métamorphoser en un produit commercial, l'emballage exhiberait la photo du vice-questeur. Le blanc de ses yeux faisait briller ses iris d'un marron plus profond ; sa chevelure, digne d'un jeune homme, ne blanchissait qu'aux tempes, comme s'il avait sauté l'étape des cheveux gris, révélatrice des premières atteintes de l'âge. L'émail de ses dents était d'une blancheur et d'un lustre étonnants et sa démarche alliait des pas légers à des bonds irrépressibles. Brunetti savait, par la signorina Elettra, que Patta n'était qu'à trois ans de la retraite, mais personne n'aurait pu le croire.

Le temps que le *vice-questore* traverse la pièce pour gagner le bureau de sa secrétaire, Brunetti avait réussi à se voûter et à rentrer la tête dans le cou, en parfait malade. Patta, déployant tout le tact ineffable et la discrétion qui lui avaient valu l'amour inconditionnel de ses collègues, s'immobilisa à la vue de Brunetti et lui demanda instamment : « Qu'est-ce qui ne va pas ?

— Mon médecin pense que c'est le cœur, signore, telle fut la réponse que le commissaire proféra d'une voix timide.

— Vous avez fort mauvaise mine. Il a probablement raison. Qu'allez-vous faire ? »

Brunetti soupira, comme si répondre à ce genre de question lui coûtait trop d'efforts. « Il m'a conseillé le repos complet pendant deux semaines, *vice-questore*, expliqua-t-il, adoptant le sujet masculin utilisé par Patta pour évoquer le médecin, afin d'éviter qu'il ne soupçonne immédiatement un complot, ou du moins une incompétence professionnelle. Brunetti se permit de sortir son mouchoir et de s'essuyer le front, puis il le remit dans sa poche. « Il pense que je devrais sortir de Venise.

— Pour aller où ?

— À Sant'Erasmo, signore.

— Où est-ce ? » s'informa Patta, même s'il y avait des dizaines et des dizaines d'années qu'il travaillait à Venise. La sévérité perceptible dans sa voix laissait entendre que pour lui, tout cela était une pure escroquerie et que Brunetti comptait en fait prendre le frais à Cortina et paresser au bord de la piscine de l'hôtel.

— Là-bas, signore, répondit Brunetti, en agitant sa main vers l'est.

— Combien de temps, avez-vous dit ?

— Deux semaines.

— Bien. Cela suffit pour remettre d'aplomb n'importe qui, déclara Patta avant de pivoter en direction de son bureau, laissant la signorina Elettra et Brunetti, lequel venait de passer, dans l'esprit du vice-questeur, du stade de fauteur de troubles à celui d'un fauteur de troubles doublé d'un malade imaginaire.

Une fois son supérieur parti, Brunetti retrouva sa taille et sa stature normales. La signorina Elettra lui demanda : « Sant'Erasmo ?

— Oui. J'ai un endroit où loger.

— Vous y allez seul ? Qu'en est-il de votre famille ?

— Elle restera ici », répondit-il, sans autres précisions.

Sa collègue dut sentir à son ton qu'il ne s'étendrait pas davantage, car elle ne posa aucune autre question, hormis la date de son départ et un moyen de le contacter. Juste au cas où. Il ne connaissait pas le numéro de Davide, ni même son nom de famille. « Je prends mon téléphone avec moi. » Si toutefois elle ne parvenait pas à le joindre, elle pouvait toujours appeler Paola, qui saurait systématiquement où il se trouvait.

Elle voulait lui poser une question, et sembla avoir du mal à trouver ses mots : « Allez-vous bien, en vérité ? »

Brunetti réprima son envie de lui tapoter le bras, craignant que ce geste ne paraisse condescendant. « Je vais bien, signorina. Je sors d'un gros pétrin, mais je vais en tirer parti et essayer de… » L'expression lui échappa un moment, puis il retrouva le terme approprié : « Décompresser. » Il sourit à ces mots et elle lui sourit en retour, sans doute soulagée que son inquiétude ne lui ait pas fait transgresser les limites de la décence ou de la hiérarchie.

Il retourna rapidement à ses affaires et expliqua que, pour le moment, tout document concernant l'enquête sur ce que l'avocat Ruggieri avait ou n'avait pas donné à la jeune fille lors de la soirée devait être remis à la commissaire Griffoni.

Voyant sa collègue changer d'expression, il demanda : « Oui, signorina ? »

Elle esquissa un sourire modeste, pour ne pas dire effacé. « Pucetti m'a parlé hier de votre entretien avec l'avocat Ruggieri. J'ai pris la liberté de me renseigner sur lui.

— Et qu'avez-vous appris ?

— Qu'il vit avec la fille de Sandro Bettinardi », répondit-elle. Il s'agissait de l'un des membres les plus influents du Parlement. Elle lui laissa quelques instants pour évaluer s'il était sage de poursuivre une enquête sur le compagnon de la fille d'un tel homme, puis ajouta : « Elle est enceinte de sept mois. »

Après avoir quitté la signorina Elettra, Brunetti se demanda s'il ne devait pas monter jusqu'à son bureau pour examiner tout ce dont il pourrait avoir besoin pour les semaines à venir : les dossiers de l'enquête en cours ? Son revolver ? Le léger imperméable qu'il avait laissé dans son placard au printemps ? Non ; il décida de couper complètement avec son travail. Un homme déterminé et fort comme lui avait-il besoin de dossiers, d'un revolver ou d'un imperméable, pour l'amour du ciel ? S'il pleuvait, il serait trempé ; s'il croisait la route d'un monstre marin terrifiant et inconnu, il le repousserait avec sa rame, puis il regagnerait sa garçonnière et cuirait le poisson qu'il aurait pêché le matin même, le mangerait avec un verre de vin local, puis irait s'asseoir au couchant avec une petite grappa en écoutant le pépiement des oiseaux des marais se préparant à aller dormir, tout comme lui, de ce sommeil sans rêves, engendré par la vive lumière, la simplicité et les longues heures passées à ramer sous le soleil.

Il prépara son bagage ce soir-là, bien décidé à tout faire rentrer dans la petite valise à roulettes qu'il prenait quand il partait pour des week-ends en famille ou des missions de quelques jours. Il choisit une paire de tennis aux bonnes semelles pour ramer, une paire de sandales en cuir et une vieille paire de mocassins marron qu'il avait fait ressemeler et dont il avait fait refaire les talons Dieu sait combien de fois ; quatre tee-shirts – ne sachant pas s'il y avait une machine à laver sur place et gêné de le demander à Paola, il en ajouta deux autres ; quelques sous-vêtements, deux chemises blanches en coton, puis une troisième, une Brooks Brothers Oxford boutonnée jusqu'en bas qu'il avait ramenée de New York longtemps auparavant et qui avait maintenant acquis la souplesse parfaite ; une vieille veste en coton beige qu'il avait depuis une éternité et dont il ne se souvenait même plus la provenance ; un pull en cachemire abîmé dont il avait toujours refusé de se séparer ; un maillot de bain ; un jean léger et un bermuda bleu marine jamais porté. Il marqua une pause en prenant son rasoir : il hésita à le mettre dans la trousse en cuir que Paola lui avait offerte pour ses quarante ans. *Est-ce que les hommes se rasent tous les jours à la campagne ?* se demanda-t-il. Il crut entendre la voix de Paola traverser magiquement la pièce et lui dire : « Oui » ;

il prit son rasoir. La brosse à dents, le peigne, le tube de dentifrice, et ce fut tout.

Et maintenant, la partie difficile. Vraisemblablement, il n'aurait pas de visites, sauf si Paola décidait de venir le voir, avec ou sans les enfants. Il serait seul pendant deux semaines, hôte d'une maison où il trouverait ou ne trouverait pas de livres. Il ferait jour jusqu'à 21 heures passées, moment où il mangerait et irait au lit. Mais le matin, il était libre de faire son café et de retourner se coucher pour lire, quel bonheur ! Et s'il pleuvait ? Face à cette éventualité, Brunetti sentit son héroïsme se déliter et s'avoua qu'il préférerait passer des journées seul, avec un livre, sans être dérangé, plutôt que de les passer à ramer sous la pluie, sans but, dans la lagune de Venise.

Il alla dans sa chambre, le refuge de ses livres. Ils y avaient été exilés dix ans plus tôt à cause de ceux de Paola qui s'entassaient sur les étagères de son bureau, où elle avait promis qu'elle ferait un jour de la place pour les siens. Il regarda leurs dos pendant cinq minutes, les balayant du regard et comptant le nombre de jours sur l'île. Depuis combien de temps n'avait-il plus lu l'*Odyssée* ? Sa main se tendit vers l'ouvrage, mais sans le saisir : ses souvenirs étaient trop vifs ; en outre, son séjour là-bas lui assurerait déjà suffisamment de voyages sur la mer aux couleurs de vin[1]. Il alla chercher son Pline sur le canapé, revint et le plaça au pied du lit. Puis Hérodote, dans une nouvelle traduction qu'il avait depuis trois ans et qu'il n'avait pas ouvert une seule fois. Il continua d'observer ses livres, et lorsque ses yeux tombèrent sur Suétone, qu'il n'avait plus

1. Chant VII, traduction de Philippe Jaccottet, éditions La Découverte. Donna Leon emploie l'expression de William Gladstone, la mer « sombre comme le vin ».

lu depuis des années, il le prit et le mit sur la pile : que pouvait-il y avoir de plus piquant que lire des ragots un jour de pluie ?

Puis il hésita, en imaginant sa panique s'il ne devait plus rien lui rester à lire. Les hommes, les vrais, s'occupaient, lui avait-on toujours dit, à chasser, à ramasser du petit bois, à protéger leur territoire, et les femmes à piller à tout va, à acheter à bas prix et à revendre au prix fort. Songeant aux deux semaines qu'il s'apprêtait à passer en marge d'une ville qui avait toujours eu besoin d'hommes courageux pour la défendre, Brunetti regarda ses livres : il s'empara d'un exemplaire d'Euripide, afin d'avoir autant d'auteurs grecs que romains, mit les quatre livres dans sa valise et la boucla.

6

Après de sobres adieux, Brunetti quitta Paola, prit le numéro 1 de San Silvestro à Ca' d'Oro et marcha jusqu'aux Fondamente Nuove[1], où il arriva à temps pour le bateau de 10 h 25. Comme c'était le milieu de la semaine, il n'y avait pas grand monde sur l'énorme numéro 13 et, même si l'on était en juillet, il identifia peu de touristes parmi les passagers. Il portait un pantalon en coton délavé et une de ses chemises blanches, également en coton, qui lui colla malencontreusement au corps en quelques minutes. Il avait appelé le numéro de Davide Casati, que Paola lui avait donné, et prévenu l'homme qu'il descendrait à l'arrêt Capannone à 10 h 53. Il supposa que le grognement qu'il entendit en guise d'accusé de réception incluait la promesse qu'il serait là pour l'accueillir. La simple idée de marcher sur l'île, en tirant sa valise, ne le réjouissait guère.

Le premier arrêt fut Murano Faro, où il regarda oisivement les gens monter et descendre. Une femme attira son attention : grande, les cheveux blancs, plutôt rondelette, tirant un énorme Caddie d'une main et deux petites filles blondes, de peut-être trois et cinq ans, de l'autre. La plus

1. Long quai au nord de Venise, où se prennent tous les bateaux en direction de la lagune nord.

grande se dégagea et alla vers la porte arrière du vaporetto qui ouvrait sur les places extérieures. « Regina ! » cria la femme, et Brunetti perçut la peur dans sa voix. Les portes battantes menaient aux sièges, mais elles menaient aussi à la rambarde, puis au plongeon dans l'eau.

Au moment où l'enfant passa devant lui, Brunetti se pencha et la saisit en disant : « *Ciao*, Reginetta. Tu ne vas pas t'éloigner de ta *nonna*[1], n'est-ce pas ? », s'exprimant spontanément en vénitien. Brunetti le dit assez fort pour que la femme l'entende et il veilla à soulever l'enfant en la tenant sous les bras et à une certaine distance, familier qu'il était des peurs – fondées ou non – qui habitaient tous les parents et grands-parents.

Il reposa Regina par terre et se baissa sur son siège pour que ses yeux s'alignent sur les siens. Elle le regarda, se figea et Brunetti fit monter et descendre ses oreilles, un numéro qui faisait mourir de rire sa fille Chiara. Regina éclata de rire et applaudit, aux anges. Se tournant vers la femme, elle cria de cette voix perçante typique des enfants en joie : « *Nonna, nonna*, viens voir le monsieur rigolo ! » Elle aussi parla en vénitien et non pas en italien.

Il se leva et se tourna vers la femme, qui lui demanda : « Êtes-vous bien Guido Brunetti ? »

Surpris, il ne put proférer le moindre mot, mais il la contempla, prit le temps de noircir ses cheveux, de les imaginer plus longs, de lui enlever quinze kilos et d'adoucir les rides sur son front et autour des yeux ; et oui, c'était Lucia Zanotto, qui avait occupé le pupitre devant le sien pendant leurs quatre ans d'école élémentaire.

1. Grand-mère.

« Lucia », dit-il, ravi. Il ne l'avait vue qu'une fois – non, deux fois – en plus de trente ans et pourtant, il la reconnut en un instant. Douce, drôle et généreuse, Lucia avait épousé son Giuliano Sandi, alors qu'ils n'avaient pas encore vingt ans, elle avait eu trois enfants et elle était là aujourd'hui, sur le bateau de Sant'Erasmo.

Ils se prirent dans les bras, se reculèrent pour mieux se voir, puis s'étreignirent de nouveau. Ils se firent ensuite deux bises sur les joues et éprouvèrent ce bonheur inconditionnel d'avoir retrouvé un vieil ami. « Tu n'as pas changé », se dirent-ils simultanément. C'était la vérité pour eux, même si le temps avait fait son œuvre.

Lucia appela ses petites-filles – les filles de son fils Luca – et les présenta toutes les deux – Regina et Cinzia – à « tonton Guido ». Elles tendirent leurs toutes petites mains et serrèrent celle de Brunetti. Regina lui demanda de bouger de nouveau ses oreilles pour que Cinzia puisse le voir aussi et il s'exécuta : toutes deux applaudirent au spectacle.

Ils eurent peu de temps pour bavarder, mais Lucia parvint à lui dire qu'elle rentrait chez elle après ses courses à Murano et il parvint à lui dire où il allait et qui il espérait voir à son arrivée, et lui demanda au passage si elle le connaissait.

« Tout le monde se connaît à Sant'Erasmo, déclara-t-elle.

— Et sait ce que les gens ont mangé au dîner ?

— Et aussi où ils se le sont procuré », ajouta-t-elle en riant aux éclats. Puis, d'un ton plus sérieux, elle affirma : « Si Davide a dit qu'il viendrait, il viendra.

— En fait, tout ce qu'il a fait quand je lui ai dit que j'arrivais à 10 h 53, ç'a été de grogner. »

Lucia partit d'un nouveau rire sonore, le même que pendant leurs années d'école. « Avec Davide, un grognement vaut pour un oui et son oui est une valeur sûre que tu peux déposer à la banque.

— Un vrai moulin à paroles, hein ? plaisanta Brunetti.

— Quelqu'un de vraiment bien, rectifia-t-elle. Tu ne pourrais pas être entre de meilleures mains ici. Lui et sa fille s'occupent de cette maison comme si c'était la leur. Les Falier ont de la chance de les avoir. »

Brunetti le reconnut, mais il revint à Davide. « Quel âge a-t-il ?

— Au moins soixante-dix ans, mais on ne le dirait pas. Il suffit de le voir marcher ou travailler. Il fait la moitié de son âge. » Elle regarda par la fenêtre du bateau comme pour chercher Casati des yeux, puis de la voix que les gens prennent pour annoncer de mauvaises nouvelles, elle expliqua : « Sa femme Franca est morte il y a quatre ans et depuis, ce n'est plus le même homme. Elle a emporté son cœur avec elle. Elle a été très longtemps malade. C'était une de ces terribles maladies. »

Il entendit le moteur ralentir et se pencha pour prendre sa valise. À côté de lui, Lucia se leva. « Nous descendons ici aussi », spécifia-t-elle. Les filles se levèrent également ; Cinzia prit sa main et Regina celle de Brunetti.

Brunetti et l'enfant débarquèrent, main dans la main. Il regarda la campagne et la trouva riche et agréable à la vue. Les arbres et les champs l'assaillirent de leurs nuances vertes, lui rappelant que les pierres et le monde humain n'étaient pas seuls à être beaux. À sa gauche s'alignaient des rangées régulières de vigne, dont les triangles roses ployaient dans la lumière du matin. En revanche, les champs à sa droite s'étendaient pêle-mêle et étaient couverts d'herbes folles écrasées par des traces de pas menant à des abricotiers tellement chargés de fruits que même les voleurs n'auraient pu s'emparer de tous les abricots. Ses amis et lui venaient ici pendant les vacances scolaires, se souvint Brunetti, et dessinaient leurs propres sentiers autour des ancêtres de ces arbres.

« Signor Brunetti ? » demanda une voix. Le commissaire se tourna et vit un homme à la solide carrure, portant une chemise d'un bleu décoloré et un pantalon en velours côtelé marron, élimé aux genoux. Ses yeux bleu clair ressortaient dans son visage tavelé par le soleil. Au coin gauche de sa bouche s'étendait une petite tache de peau lisse et brillante, de la taille d'une pièce de un euro. Lorsqu'il se rendit compte à quel point Casati était rasé de près, Brunetti se demanda si cette tache lisse le dérangeait.

Sans lâcher Regina, Brunetti s'approcha de lui, posa sa valise et lui tendit la main droite. Voyant les cals de rameur au bout de ses doigts, Brunetti ne lui serra pas la main trop fort et la relâcha rapidement.

« Davide Casati », dit l'homme du même ton bourru qu'au téléphone. Se détournant de Brunetti, il mit un genou à terre pour embrasser Regina sur les deux joues, et en fit de même avec Cinzia venue en courant lui dire bonjour. « Tonton Davide, implora l'aînée, quand pourrons-nous refaire un tour en bateau ? »

Casati se releva lentement. « C'est à votre grand-mère de le décider, jeunes filles, pas à moi. » Lui aussi parlait en vénitien ; Brunetti en était ravi. Casati se tourna pour regarder Lucia qui les avait rejoints. Elle fit un signe d'assentiment.

« Mais tu es un homme, protesta Regina, en étirant volontairement le dernier mot.

— Je ne suis pas sûr que cela compte beaucoup, répliqua Casati. Les femmes sont beaucoup plus intelligentes que nous, c'est pourquoi je tâche toujours de faire ce qu'elles me disent. »

Les filles regardèrent Lucia, laquelle se taisait, laissant le soin à Brunetti de résoudre ce mystère. Telles deux petites chouettes, elles firent pivoter leur tête vers le commissaire qui opina du chef et déclara : « Votre oncle Davide a raison. Nous ne sommes pas très intelligents. Vous feriez bien mieux d'écouter votre grand-mère. »

À ces mots, Lucia sourit à Brunetti. « J'attends avec impatience qu'elles reposent la question à Giuliano tout à l'heure au déjeuner.

— Que penses-tu qu'il va répondre ?

— Il sait ce qui est bon pour lui, donc il sera d'accord avec vous deux », répondit-elle, en riant à ses propres mots. Elle regarda sa montre et se dépêcha d'informer Brunetti que leur numéro était dans l'annuaire, au nom de Sandi, et qu'il pouvait téléphoner et venir dîner un soir. Puis, appelant les filles, elle tourna son chariot à commissions et s'écarta du bord de l'eau en direction de l'autre côté de cette île étroite.

À aucun moment de leur brève conversation, elle ne lui avait demandé pourquoi il était venu seul à Sant'Erasmo. Peut-être que les gens mariés n'osent pas poser ce genre de question à d'autres gens mariés.

Lorsque Brunetti reporta son attention sur Casati, il le vit s'éloigner sur la rive, avec sa valise dans une main. Brunetti dit au revoir aux petites filles et à Lucia. Les filles se tournèrent et lui firent un signe ; Lucia leva une main sans se retourner.

Brunetti se hâta derrière Casati qui se dirigeait vers une corde attachée à un des pieux. Lorsqu'il le rattrapa, Brunetti regarda le canal où il vit flotter un mètre plus bas un *puparìn*, dont le bois étincelait au soleil. Proche parent de la gondole, bien qu'un peu plus petit, le *puparìn* était la barque d'aviron préférée de Brunetti, nerveuse et légère dans l'eau ; il n'en avait jamais vu un aussi joli que celui-ci. Même le banc de nage brillait à la lumière, comme si Casati l'avait rapidement briqué avant de quitter le bateau.

Il posa la valise sur le quai et s'accroupit. Pendant un moment, Brunetti pensa qu'il allait sauter dans la barque, comme un jeune cascadeur désireux de lui montrer qui était le vrai marin. Mais Casati s'assit sur la rive, posa une main à plat par terre et descendit tranquillement dans son bateau. Il stabilisa son équilibre avant de récupérer la valise. Brunetti s'empressa de la lui tendre et gagna le banc de nage de la même façon que lui.

Il ne put s'empêcher de s'écrier : « Mon Dieu, quelle belle barque ! » et de passer sa main droite sur le bord, se délectant de ce contact doux et frais. Il se tourna vers Casati et lui demanda : « Qui l'a fabriquée ?

— C'est moi, il y a bien longtemps. »

Brunetti ne réagit pas tout de suite, trop occupé à observer les lignes où les planches s'assemblaient à la perfection, les courbes délicates de la coque, le plancher qui ne montrait aucun signe d'humidité ni de saleté.

« Félicitations ! » s'exclama-t-il finalement, s'écartant pour regarder à l'avant. Il entendit du bruit dans son dos ; Casati lui demanda alors d'enlever le pare-battage qui servait de protection entre le flanc du bateau et le mur en pierre. Lorsque Brunetti se tourna, il vit Casati en tirer un second et le mettre au fond du bateau, près d'une grille en fer posée à la verticale contre le côté de la barque. Brunetti regarda de nouveau en avant et entendit le grincement de l'amarre jetée au fond du bateau, puis le son léger de la rame glissant à l'intérieur de la *fórcola*[1]. Un mouvement soudain les écarta du quai, la rame de Casati plongea dans l'eau, et ils étaient partis.

Tout ce qu'il perçut ensuite fut le doux frottement de la rame au creux de la *fórcola*, le bruissement de l'eau le long des flancs du bateau et le crissement des chaussures de Casati lorsqu'il se penchait en avant ou en arrière de tout son poids. Brunetti se mit lui-même à bouger en cadence, ravi de la brise qui venait tempérer la chaleur torride. Il n'avait pas pensé à prendre un chapeau et il s'était moqué de l'insistance de Paola pour qu'il emporte de la crème solaire. Comme les vrais hommes ?

Brunetti ramait depuis sa plus tendre enfance, mais il savait qu'il avait peu à apporter à la douceur de ce geste. Impossible de déceler une variation du rythme, ni le moindre à-coup au moment où la poussée de la rame changeait de force : c'était un seul et unique mouvement vers l'avant, tel un oiseau montant en flèche dans des courants d'air ascensionnels, ou une paire de skis dévalant une pente. C'était un *wiiiiii* ou un *shhhhh*, aussi difficiles à décrire qu'à entendre, même au milieu du silence de la lagune.

Brunetti tourna la tête d'un côté, puis de l'autre ; seul régnait le discret clapotis. Il voulut regarder Casati, comme si en le voyant ramer, il pouvait saisir ses mouvements et les intégrer pour les imiter plus tard, mais il craignit, en déplaçant son poids ne serait-ce que d'un iota, de rompre l'équilibre du bateau.

1. Le tolet, une pièce en bois si belle qu'elle est parfois utilisée comme sculpture dans certaines décorations d'intérieur.

Un pêcheur se tenait sur le quai ; il avait l'air à la fois de s'ennuyer et de s'impatienter. Lorsqu'il vit le *puparìn*, il leva sa canne pour saluer Casati, mais la chaleur le rendit aussi muet qu'une carpe.

Ils atteignirent le bout de l'île, tournèrent vers l'est et suivirent le rivage, en passant devant des bâtisses et des champs abandonnés. Même le virage avait été amorcé sans effort. Brunetti regardait défiler les maisons et les arbres et c'est seulement à cet instant qu'il se rendit compte à quelle vitesse ils avançaient. Il se tourna enfin vers Casati.

Voyant l'équilibre parfait de son mouvement, d'avant en arrière, d'avant en arrière, les mains maîtrisant aisément la rame, Brunetti se dit qu'aucun homme de son âge, ou même plus jeune, ne pourrait ramer comme Casati le faisait, parce qu'il gâcherait la beauté du geste en voulant épater la galerie. Les gouttes tombant du plat de la rame frappaient la surface presque imperceptiblement, avant qu'elle ne plonge dans l'eau et ne revienne en arrière. Son père ramait ainsi en son temps.

C'était la perfection même. Brunetti songea que c'était aussi beau qu'un magnifique tableau, ou qu'une voix merveilleuse. Il se retourna vers l'avant et regarda sur la droite au moment où ils empruntèrent un canal apparemment plus large.

« C'est juste là », annonça Casati dans son dos. Brunetti vit un méli-mélo de vignes qui avaient réussi à passer par-dessus un mur en brique et à le coloniser ; derrière ce mur se trouvaient des arbres secs et malades, aux racines parsemées de mousse et visiblement dépourvus de fruits. Comme des os jetés aux chiens sous une table, des fragments de brique, d'une couleur orange pâle, jonchaient le sol au milieu de boîtes de conserve et de bouteilles en plastique qui avaient déferlé sur l'estran.

« Non, c'est plus loin », rectifia Casati. Brunetti nota que la couleur des briques s'éclaircissait au fur et à mesure que le mur gagnait en hauteur et en solidité et il vit, par-delà l'enceinte, la frondaison des arbres : chacun d'eux était un Lazare printanier désormais guéri, aux feuilles aussi luisantes que leur bateau et portant moult pêches ou abricots sur ses branches. Et, au milieu, se détachait le toit en tuiles à multiples cheminées d'une maison de campagne. Il ne pouvait distinguer que le dernier étage et le toit, mais il remarqua que la peinture blanche sur les murs enduits était fraîche, et que les tuyaux d'écoulement et les gouttières en cuivre étaient neufs.

Casati les conduisit vers une ouverture percée sur le devant de la maison, où trois marches couvertes d'algues menaient à l'eau. Il dépassa l'escalier et s'approcha du mur. Comme le bateau réduisait sa vitesse, Brunetti, sans qu'on le lui demande, lança le pare-battage par-dessus bord et saisit l'anneau en métal scellé dans le mur pour les ralentir plus encore. Lorsqu'ils furent complètement à l'arrêt, il attacha à l'anneau la corde enroulée à l'avant du bateau.

Brunetti revint vers l'arrière de la barque et vit une autre corde déjà nouée à un second anneau en métal, et le second pare-battage déjà dans l'eau pour protéger le bateau. Casati gravit les trois marches, la valise à la main. En temps normal, et avec un ami, Brunetti aurait plaisanté et prévenu la personne de ne pas compter sur son pourboire, mais il ne voulut pas prendre le risque de blesser Casati.

Lorsqu'il grimpa, Brunetti vit la villa se dresser à cinquante mètres du mur en brique. Elle ressemblait à une boîte carrée recouverte d'un toit en tuiles composé de quatre segments culminant au milieu. Une épaisse porte en bois, flanquée de trois larges fenêtres de chaque côté, trônait au centre de la façade. Un sol composé de larges dalles menait au ponton privatif.

Casati se dirigea vers la villa, suivi du commissaire. L'homme ouvrit la porte, ce qui exhorta Brunetti à lui demander : « Vous ne fermez pas à clef? »

Casati le regarda comme s'il lui avait parlé dans une tout autre langue que le vénitien, puis répondit : « Non, non, pas ici.

— Comme quand j'étais petit », dit Brunetti, en espérant avoir donné la réplique appropriée.

Ce fut apparemment le cas, car Casati sourit. « Entrez, signore. »

Le tour de la maison dura environ un quart d'heure. Casati commença par le rez-de-chaussée où un escalier central menait à l'étage supérieur. Dans un vaste salon, situé au premier, se trouvaient des fauteuils dépareillés, dont le seul point commun avec le canapé était d'avoir l'air confortable, malgré l'usure ; la bibliothèque – Brunetti eut un soupir de soulagement à sa vue – comportait quatre murs couverts de livres. La salle à manger présentait une longue table en noyer marquée par des siècles d'utilisation et dans un autre salon, plus petit, les murs étaient remplis de fragments d'anciennes poteries vénitiennes qui devaient avoir été sauvées des décharges sous-marines accumulées par les vieux ateliers de céramiques de Murano. Dans l'énorme cuisine, qui occupait la partie arrière du bâtiment, le sol en tomettes semblait d'origine et les six portes-fenêtres donnaient sur un jardin ceint d'un mur.

Au milieu du jardin s'étalait un océan de fleurs – uniquement des fleurs –, qui poussaient librement et sans ordre apparent de variété, de couleur ou de taille. Brunetti reconnut les roses, les soucis et les zinnias et vit d'autres catégories de fleurs qui lui semblaient familières, mais dont il ignorait le nom. Le mur arrière était couvert de plantes grimpantes : des concombres et des potirons, visiblement, ainsi que quelques arbres fruitiers disposés en espalier. Les arbres qu'il avait vus depuis l'eau se trouvaient près du mur de droite et en face d'eux s'étendait une longue rangée de boîtes colorées, posées sur des supports à hauteur de la taille. Une plate-bande tout aussi longue de romarin et de lavande courait sur le côté gauche. C'était une débauche de teintes et de formes, se déployant selon son bon plaisir et pourtant, le tout composait un ensemble étrangement gracieux.

Casati appela Brunetti depuis le devant de la maison et le commissaire suivit sa voix. « Je vais vous montrer votre chambre », l'informa-t-il et il se mit à gravir l'escalier, toujours en portant la valise de Brunetti. Au sommet, Casati tourna sur la droite et, en passant devant une porte fermée, il lui expliqua : « C'est la salle de bains. » Il gagna la porte suivante, continua jusqu'à la dernière à droite et l'ouvrit.

« C'est ici », annonça-t-il en posant la valise sur un portant en bois près d'une grande et vieille armoire en bois également, qui montrait encore quelques traces de peinture verte. « Je suis désolé que vous ne soyez pas plus près de la salle de bains, mais cette chambre donne sur le jardin.

— C'est parfait », dit Brunetti en embrassant les lieux du regard. Il aimait les pièces carrées, qui répondaient à son penchant pour l'harmonie. Le lit était en acajou foncé avec une grande tête de lit, comme celui où dormaient ses grands-parents. Un long bureau en noyer s'appuyait contre un mur, percé de chaque côté par des fenêtres orientées vers l'est, et celle sur le mur de droite s'ouvrait sur le sud. Curieux de découvrir la vue, Brunetti alla jeter un coup d'œil. En s'approchant, il sentit la lumière inonder ses pieds et réchauffer ses chevilles nues. *Voilà le canal*, songea-t-il, *et juste de l'autre côté se trouve Cavallino-Treporti.*

Il se tourna vers Casati et répéta : « C'est parfait. Merci. »

Casati sourit. « Ce n'est pas moi qu'il faut remercier, signore. C'est le signor Emilio, qui m'a appelé.

— Alors je vous remercie d'être venu me chercher et d'avoir porté ma valise. » Sans lui laisser le temps de parler, Brunetti ajouta : « Et de ramer avec autant d'élégance. »

7

Casati fut visiblement sensible au compliment, car il baissa la tête pour dissimuler un sourire. Afin de meubler le silence, Brunetti poursuivit : « Je rame depuis que je suis tout petit – même si je ne le fais plus que de temps à autre – et je l'ai fait récemment avec un vieil ami. Mais j'ai rarement vu quelqu'un maîtriser aussi bien son embarcation. J'avais l'impression d'être assis dans un fauteuil. » Il décida qu'il en avait assez dit, craignant de mettre Casati mal à l'aise.

« Merci, votre jugement a beaucoup d'importance pour moi. »

Ce fut au tour de Brunetti d'être gêné. « Je ne vois pas pourquoi, signor Casati.

— Vous ramiez avec un des meilleurs, donc vous savez de quoi vous parlez », expliqua Casati. Cette remarque laissa Brunetti au comble de la confusion.

« Je suis désolé, mais je ne comprends pas.

— Votre père. Vous ramiez avec lui, n'est-ce pas ? »

La bouche de Brunetti s'ouvrit sous l'effet d'une surprise qu'il ne put déguiser.

« Comment…, commença-t-il. Vous le connaissiez ?

— Nous avons gagné la régate de 1967. »

Brunetti le regarda fixement. « Davide ? Vous êtes *ce* Davide ? » Spontanément, il traversa la pièce et lui fit l'accolade. « Non, ce n'est pas possible. » Il s'écarta de Casati et le regarda comme s'il le voyait pour la première fois.

« Mon père me parlait souvent de vous, de cette régate, et du fait que vous lui aviez dit de prendre la rame à l'arrière et que vous vous êtes presque battus à cause de cela. » Les souvenirs affluaient dans l'esprit de Brunetti et pendant un instant, il entendit la voix joyeuse de son père, lui racontant ce jour de gloire.

« C'était le meilleur rameur, déclara Casati, qui sembla basculer mentalement vers cette même compétition, un demi-siècle plus tôt. Nous avions un bon bateau, et cela a joué. » Il sourit de nouveau. « Mais ce ne sont là que les bavardages d'un vieil homme.

— C'était un de ses meilleurs souvenirs, répliqua Brunetti. Peut-être le meilleur.

— Il n'en a pas eu beaucoup de bons au retour de la guerre, je sais bien, confirma Casati. Je ne suis pas allé à son enterrement. Mon père était… Et le médecin m'a dit que je devais rester avec lui parce que… » Il se tut puis lâcha simplement : « Les médecins. J'ai vu ta mère une fois et j'ai essayé de lui expliquer ; elle m'a répondu que j'avais bien fait. Mais je ne sais pas. Mon père a vécu encore une semaine, mais je ne pouvais pas savoir… » Sa voix mourut et tous deux se turent un moment.

Brunetti se détourna de lui et alla à la fenêtre.

Inconsciemment, Casati était passé au tutoiement familier. La fenêtre était ouverte ; les fleurs exhalaient leur parfum depuis l'extérieur : Brunetti, citadin jusqu'au bout des ongles, était incapable de distinguer les différentes odeurs, mais il aimait les sentir. Il regarda le jardin s'étalant à ses pieds et ce nouvel angle de vue lui permit d'en saisir le schéma : au milieu, des couleurs bariolées, puis les lignes droites des arbres fruitiers et des herbes aromatiques sur les deux côtés. Il pouvait discerner aussi des formes qui vues de là où il se tenait ressemblaient à des boîtes gigognes – des casiers, peut-être. « Qu'est-ce que c'est ? » s'enquit-il en les désignant du doigt.

Casati s'éclaircit la gorge et vint à la fenêtre. « Des fleurs », dit-il.

Brunetti rit et spécifia : « Non, ces boîtes. Qu'est-ce que c'est ?

— Des ruches, expliqua Casati en le regardant d'un air perplexe. Tu n'en as jamais vu ? »

Il continuait à tutoyer Brunetti, décidant ainsi qu'il n'était pas en train de parler au gendre du comte Falier, mais au fils de son vieil ami.

Après un instant de réflexion, Brunetti répondit : « Il ne me semble pas, mais je ne les aurais pas reconnues, de toute façon. On dirait du plastique. » Il savait, ou pensait savoir, que les ruches étaient en bois ou en paille.

« C'en est, dit Casati d'un air coupable. Mais j'en ai d'autres qui sont en bois.

— Dans le jardin ? s'enquit Brunetti.

— Non, dans la lagune. »

Brunetti en fut décontenancé. La lagune était constituée d'eau salée. En outre, les abeilles avaient besoin, croyait-il, de terre et de fleurs pour trouver du pollen. Mais en y réfléchissant, même s'il avait lu des ouvrages à ce sujet, il ne savait pas grand-chose sur ces insectes. En revanche, il savait qu'il raffolait de miel.

Il ne put résister à la curiosité. « Où donc, dans la lagune ?

— Oh, sur quelques *barene*[1], répondit Casati, soudain évasif.

— Mais ce sont juste des marais en plein milieu de l'eau. Rien ne peut y pousser, n'est-ce pas ? Que se passe-t-il quand la marée les recouvre ? Pour les ruches, je veux dire.

— Je les ai hissées sur des supports posés sur des *barene* artificielles, puisque celles-ci sont parfois plus basses que les *barene* naturelles. Donc même à marée haute, l'eau ne les atteint pas, expliqua Casati, en se dirigeant vers la porte. Que puis-je faire d'autre pour toi ?

— Je voudrais que vous me trouviez quelque chose à faire. »

Casati plissa les yeux : « Je ne comprends pas.

— Je vais rester ici un moment, dit Brunetti, prenant soudain conscience que deux semaines pouvaient être bien longues. Et je voudrais faire de l'exercice physique.

— Comme quoi ? demanda Casati, sincèrement intrigué. Du vélo ? Du jogging ? »

Ai-je l'air aussi irrémédiablement urbain ? se demanda Brunetti.

« Non, plutôt du travail. Je ne sais pas : couper du bois de chauffage, travailler dans les champs, ou vous aider si vous avez des marchandises à transporter. »

Casati le surprit en lui demandant : « Tu es un policier, non ? »

Habituellement, quand on lui posait cette question, Brunetti s'en sortait par une pirouette, mais comme Casati était fort sérieux, il lui répondit : « Oui, effectivement.

1. Langues de terre qui affleurent à marée basse dans la lagune.

— Cela signifie-t-il que tu ne parles pas de ce que tu fais ?

— Habituellement.

— Et si je te demande expressément de ne pas en parler ? »

Immédiatement alerté à l'idée d'être impliqué dans une activité à la limite de la légalité, Brunetti répliqua : « Alors je n'en parlerai à personne. Dans la mesure où ce n'est pas illégal. »

Casati secoua la tête. « Non, c'est parfaitement légal. C'est juste que je ne veux pas que ça se sache. » *Voilà qui pourrait recouvrir une vaste gamme d'occupations*, songea Brunetti.

Casati regarda sa montre. « Il est presque midi et demi. Il y a un repas de prêt pour toi au réfrigérateur. Si tu manges tout de suite, nous pouvons partir dans une heure et nous serons de retour à 17 heures. Tu veux venir ?

— Oui », affirma Brunetti, qui descendit déjeuner à la cuisine.

À 13 h 30 exactement, Brunetti, chaussé maintenant de tennis, quitta la maison sans fermer la porte à clef et descendit, sans s'en inquiéter, vers l'endroit où Casati avait amarré le bateau. Il entendit le vieil homme, avant même de le voir, car il était en train de faire tourner quelque chose au fond de la barque.

Il remarqua que l'eau était plus haute qu'à son arrivée. Il monta facilement dans le *puparìn*, vit une seconde rame posée sur le plat-bord et la seconde *fórcola* installée à sa place, sur le côté gauche du bateau. « Passes-en un peu sur toi », lui conseilla Casati en lui tendant une boîte en métal. D'après la marque, il s'agissait d'un cirage marron foncé et Brunetti se demanda si c'était une sorte de crème solaire miracle connue seulement des marins : Paola serait étonnée. Il enleva le couvercle et vit que l'étiquette l'avait induit en erreur : la pâte contenue à l'intérieur était beige.

« C'est pour les moustiques. Passe-toi ça sur la peau et ils ne viendront pas t'embêter. » Comme Brunetti hésitait, Casati précisa : « C'est ma fille qui l'a fait, ça marche. »

Le commissaire s'exécuta et s'en badigeonna les mains, les bras, les chevilles et le cou : il put reconnaître des odeurs de camphre et de citron, et une note plus aiguë et acide. Il rendit le baume à Casati qui le rangea dans une boîte en bois sous la plate-forme à l'arrière du bateau et sortit une paire de gants en cuir.

« Mets aussi ces gants, suggéra Casati en les lançant à Brunetti, qui se contenta de les regarder. Je t'ai serré la main. Tu en auras besoin les premiers jours, crois-moi. »

Les premiers jours. Les premiers jours. Brunetti se répéta ces mots comme une incantation alors que Casati larguait les amarres et s'écartait du mur. Il enfila les gants, trop grands d'une taille pour lui. Il saisit la rame et l'introduisit dans la *fórcola*, puis la pencha et la fit glisser comme un couteau le long de l'eau. La longueur et le poids lui étaient familiers ; ses pieds et ses genoux s'adaptèrent au bateau le plus naturellement du monde. Il se tourna pour voir où en était Casati, attendit qu'il soulève sa rame de l'eau pour le coup suivant et en fit de même. Il s'adapta rapidement au rythme institué par l'autre rameur, et une fois cela fait, il se détendit et se coula dans la scansion régulière établie par son coéquipier.

Brunetti regardait devant lui ; il visait un objet distant et le fixait, de manière à suivre une ligne droite. « Un peu sur la gauche », ordonna Casati et le mouvement du bateau se conforma à ces mots. Brunetti n'avait pas besoin qu'on l'avertisse de la fin du virage : son être tout entier savait quand il était temps de river ses yeux sur un autre point et de ramer tout droit dans sa direction.

Il sentit bientôt les muscles dans ses jambes et son dos réagir à cet effort physique. Tandis que ses mains enserraient le bois de la rame, il perçut quelque chose de rugueux à l'intérieur du gant, juste à la base de son pouce droit. Pour apaiser cette sensation – il ne savait pas s'il s'agissait de la couture ou d'un début d'ampoule –, il aurait fallu lâcher la rame ; il continua à ramer.

Se pencher en avant, pousser la rame vers l'arrière, la sortir de l'eau avec une rotation et en avancer le plat en la redressant un peu, puis la replonger dans l'eau, se pencher pour la nouvelle poussée, faire tourner la rame et la soulever.

Il pensa à Lévine, le personnage de *Anna Karénine*, dans la scène où il allait faucher les foins avec les paysans. Le citadin typique, ce Lévine, pas en bonne forme, dont le corps hurlait de douleur, mais qui continuait, lot après lot, les mains tout abîmées, voyant combien c'était facile pour les paysans – et se demandant quand, grands dieux, pourrait-il avoir un verre d'eau.

Lévine avait fait la fenaison, donc son travail eut des résultats visibles, alors que Brunetti, lui, ne voyait que l'eau, le ciel, les marais, encore de l'eau et, par-ci par-là, un nuage. Pas de couleurs, pas de bruits, juste un horizon plat et morne, et l'eau sans fin, fidèle à elle-même.

Derrière lui, Casati annonça : « J'ai envie de boire quelque chose. Et toi ? » Il sentit le bateau ralentir et entendit le bruit sourd de la rame que Casati posa sur le plat-bord. Il en fit de même, en profita pour baisser les yeux sur sa chemise qui lui collait à la peau et vit que le devant était devenu entièrement gris foncé. Il se redressa, mais prit soin de le faire très lentement, pour ne pas brusquer sa colonne vertébrale.

Il se tourna pour regarder Casati et lorsqu'il vit à quel point l'île qu'il pensait être Sant'Erasmo était petite, loin derrière lui, Brunetti prit conscience de la longue distance qu'ils avaient parcourue. Le vieux rameur sortit quelque chose du panier en osier posé à ses pieds et tendit énergiquement une bouteille d'eau minérale à Brunetti, qui s'efforça de l'ouvrir lentement en regardant autour de lui avant de boire la première gorgée. Comme elle était immense, la lagune. Pas de terre solide, pas de rues ni de places avec des noms : seulement les veines et les artères de cette plaine liquide, disparaissant avec la marée, et revenant quand elle se retirait.

Le soleil était le seul moyen sûr de s'orienter : si les rayons dardaient sur son épaule gauche, c'est qu'ils se dirigeaient vers le nord. Il essaya de se rappeler les excursions qu'il avait faites avec son père, mais ses souvenirs – et pas seulement géographiques – n'étaient plus très fiables.

Burano devrait se trouver quelque part sur la gauche, pensa-t-il. Il se tourna et vit, effectivement, que l'île était bien là, mais plus loin qu'il ne l'imaginait.

Il essaya de boire à petites gorgées, mais la soif eut raison de lui et il finit l'eau d'un trait, remit le bouchon sur la bouteille et la coinça contre le plat-bord. Si c'était Burano et qu'ils allaient vers le nord…

« Sommes-nous dans le canal de San Felice ? demanda-t-il à Casati, en espérant que sa mémoire ne le trahissait pas.

— Nous en sommes tout près. C'est le prochain à l'est », expliqua Casati, en tirant un mouchoir de sa poche pour s'essuyer le front. Il ne portait pas de chapeau. Un homme, un vrai.

« Ça, c'est le canal de Gaggian. »

Brunetti secoua la tête pour avouer son ignorance.

« Il mène vers le nord, lui aussi. » Brunetti haussa les épaules, indiquant par là qu'il ne voyait toujours pas de quoi Casati lui parlait, puis sourit pour montrer que cela n'avait aucune importance pour lui.

« Il va vers l'île de Santa Cristina.

— Ah ! s'exclama Brunetti, en reconnaissant le nom. C'est une île privée, n'est-ce pas ?

— Oui, confirma Casati au bout d'un moment, mais je connais quelqu'un là-bas. »

Lorsqu'il comprit qu'il n'obtiendrait pas d'autres explications, Brunetti poursuivit : « Donc nous pourrions revenir par l'autre chemin, en passant par Torcello ? » Il essaya d'adopter le ton de la simple conversation, comme s'il se sentait complètement chez lui en ces lieux.

— Oui. Bien, dit Casati en regardant sa montre. Allons-y. La marée a changé, donc nous avons environ deux heures avant que le niveau de l'eau ne soit trop bas. »

Cette perspective d'un retour possible dans les deux heures emplit Brunetti d'un soulagement coupable : il avait enlevé sa montre pour perdre la notion du temps, mais ne put s'empêcher de calculer qu'ils étaient sortis depuis une heure et demie. Ils avaient donc fait plus ou moins la moitié du chemin. Dieu merci.

Il remit sa rame en place et attendit que Casati donne l'impulsion. Il la plongea alors dans l'eau et prit la direction de Santa Cristina.

Comme le canal rétrécissait, ils virent devant eux des spatules qui fouillaient la boue de leurs becs à la recherche de nourriture. Instinctivement les deux hommes rentrèrent leurs rames et s'approchèrent des oiseaux en silence, mais l'un d'eux dut faire un mouvement car les oiseaux s'envolèrent et disparurent en un clin d'œil. Ils reprirent leur route et Casati siffla à l'attention de Brunetti lorsqu'ils passèrent devant quatre bébés échassiers ébouriffés, aux ailes noires et aux longues pattes, en train de picorer dans la vase au bord du canal. À leur approche, les oiseaux glissèrent sous la végétation en surplomb et se mêlèrent aux roseaux et aux tiges des herbes sèches.

Un peu plus tard, Brunetti vit un massif d'arbustes sur leur gauche. « Nous y sommes ? s'informa-t-il.

— Oui », confirma Casati. Il donna un coup de rame violent qui fit tourner le bateau dans cette direction. Ils longèrent un petit mur derrière lequel se trouvait une épaisse rangée d'arbres. Environ dix mètres plus loin, Casati cessa son effort et plongea sa rame dans l'eau pour ralentir le bateau.

« Arrête-toi ici », dit-il à Brunetti qui l'aida à manœuvrer. Ils glissèrent en remontant le long du canal. Près du bord se dressait un grand bloc de ciment avec un anneau d'amarrage en métal. Brunetti sortit sa rame de l'eau et y attacha le bateau.

Casati accosta sur l'île et se tourna vers Brunetti. « Je vais voir mes filles, déclara-t-il avec un large sourire. Veux-tu venir avec moi ? »

Sans attendre sa réponse, Casati lui tendit la main et l'aida à monter près de lui. Puis il pivota et se dirigea vers le petit bois que Brunetti avait aperçu depuis l'eau.

Brunetti ne vit aucune fille, nulle part. De l'autre côté de la petite île, que l'on pouvait traverser en quelques minutes, se trouvait une maison aux volets fermés. Au cœur du massif d'arbres, ils étaient sûrement invisibles – tout comme les filles. Il perçut un éclair blanc sur sa gauche dont il s'écarta furtivement. Mais l'oiseau s'enfuit à tire-d'aile ; un canard, peut-être, mais pas une fille.

Dans une toute petite clairière, au milieu du massif d'arbres, Brunetti vit une rangée de trois boîtes en bois semblables à celles en plastique qu'il avait aperçues depuis sa chambre : rouge, blanche, verte : vive l'Italie ! Puis il entendit les filles : elles bourdonnaient et s'agitaient, emplissant l'air de leur bruit sourd. Brunetti se figea, par crainte des abeilles.

Devant lui, Casati sortit de la poche de son pantalon un briquet et un gros morceau de bois, qu'il alluma. Au bout d'un moment s'éleva une fine colonne de fumée rose. Casati le fit tourner autour d'eux comme une baguette magique et les abeilles ralentirent en planant, comme en transe.

« Viens. Elles ne te feront pas de mal. Donne-moi un coup de main », dit Casati d'une voix brouillée par le son des abeilles qui s'intensifiait au fur et à mesure qu'ils s'approchaient des ruches.

Casati avança et Brunetti le suivit, certain qu'il savait ce qu'il faisait. Et effectivement, les abeilles les encerclèrent, mais les ignorèrent. Casati continua à agiter son morceau de bois incandescent, en créant un passage sûr pour eux, tandis que les abeilles s'éloignaient du nuage de fumée et laissaient les deux hommes se frayer un chemin au milieu de leurs tourbillons sonores. Casati tendit le bâton à Brunetti.

Lentement, avec ces mouvements typiques des drogués que le commissaire avait pu observer maintes fois, caressant l'espace environnant et faisant de chaque geste une arabesque, Casati enleva le couvercle de la première ruche et le posa par terre. Il plongea la main dans la boîte et en retira un cadre en bois recouvert d'abeilles qui rampaient, marchaient, glissaient, se chevauchaient et volaient les unes au-dessus des autres, en se frôlant avec une douceur harmonieuse.

Casati fit signe à Brunetti de s'approcher. Surmontant sa peur, ce dernier alla vers lui et observa le cadre.

« Tu la vois ? demanda Casati.

— Qui ? » Les abeilles, savait-il, étaient des femelles, donc c'étaient elles, les filles. Mais laquelle était *la* fille ?

« Cherche le point bleu, poursuivit Casati et pendant une minute, Brunetti craignit que le vieil homme n'eût mieux fait de porter un chapeau de soleil. Derrière la tête. C'est la reine. »

La curiosité l'emportant sur son appréhension, Brunetti se pencha plus près de la masse grouillante et partit en quête du point bleu, mais tout ce qu'il vit fut des centaines d'abeilles ; il prit toute la mesure de ce que signifiait le mot « essaim ». Puis il l'aperçut : c'était un point bleu iridescent, à peine plus grand qu'une tête d'épingle. L'abeille avançait en zigzaguant, heurtée, poussée, caressée et nettoyée par les autres, plus petites qu'elle et toutes dénuées de cette marque. Elle plongea dans une des alvéoles hexagonales de cire, en sortit pour faire quelques pas, puis remonta et inséra son abdomen dans une cellule vide.

« Est-elle en train de pondre ? murmura Brunetti, presque sans voix face à la majesté de ce spectacle.

— Oui.

— Et les autres ?

— Elles la nettoient, lui donnent à manger et facilitent ses allées et venues. »

Brunetti se pencha davantage encore ; il avait oublié le danger. Elles bougeaient incessamment ; elles glissaient les unes sur les autres, encerclaient la reine, la suivaient comme une longue traîne. Ces mouvements semblaient fortuits, alors que tout était parfaitement synchronisé.

« Qu'est-ce qu'il y a dans celles-ci ? s'informa Brunetti, en désignant les rangées de cellules fermées, situées sur la partie inférieure du cadre en bois.

— Des œufs, comme tu as vu, et puis il y a aussi les larves et les pupes, et lorsqu'elles éclosent, ce sont des abeilles, complètement formées », expliqua Casati, en remettant le cadre à sa place et en en sortant un autre. Il l'observa rapidement et le glissa de nouveau à l'intérieur. Il recommença avec un troisième et passa un doigt tout en bas, récupérant de petites boules beiges. Il les porta à ses lèvres et sourit, puis tendit le cadre à Brunetti.

« Goûte ça », lui suggéra-t-il.

Brunetti passa le bâton toujours en train de brûler dans sa main gauche et imita Casati, recueillant quelques-unes de ces boulettes. Il mit son doigt dans la bouche et goûta le miel du bout de la langue. Sucré, légèrement granuleux, puis de nouveau sucré, caoutchouteux, pour finir par une sensation plus douce et plus agréable encore.

Casati reprit le cadre et l'introduisit dans la ruche. Lorsqu'il ouvrit la deuxième, Brunetti vit encore plus d'abeilles, encore plus de mouvements ; presque toutes les alvéoles étaient pleines et couvertes, et enveloppées du même bourdonnement hâtif, mais plus du tout menaçant, même s'il était devenu plus fort.

Fasciné, Brunetti agita le bâton fumant qui se refusait à s'enflammer et produisait seulement un flot constant de fumée. Le bruit était devenu incantatoire. Il songea à Aristote, qui avait écrit – il ne se souvenait plus où – « avoir entr'aperçu une fois l'être céleste ». Brunetti n'avait jamais compris cette réflexion – jusqu'à cet instant.

Le son diminua à proximité de la dernière ruche. « Encore une », dit Casati et il ôta le couvercle vert. Lorsqu'il enleva le premier cadre, Brunetti constata qu'il était quasi vide et que les quelques abeilles qui restaient rampaient lentement et apparemment sans but. Il ne vit pas de reine.

« Qu'est-ce qui se passe ? » demanda-t-il.

Casati secoua la tête en guise de réponse et posa le cadre en équilibre sur la ruche. Il se pencha et ouvrit un tiroir en bas. Brunetti vit les corps des abeilles qui y gisaient, constituant une couche trop épaisse pour pouvoir les compter. Casati cessa de respirer à leur vue. Il prit un sac en plastique refermable dans sa poche arrière, en tira un étui en cuir fin dont il sortit un petit flacon ainsi que des pincettes.

« Elles ne devraient pas mourir dans la ruche », murmura-t-il. Brunetti n'eut aucun mal à l'entendre tant le bourdonnement enveloppant cette ruche était léger.

« Quand elles sont malades, elles sont censées partir pour ne pas infecter les autres. »

Soigneusement, il préleva à l'aide des pincettes quelques-unes des abeilles mortes. Il les introduisit dans le flacon en plastique, le referma et le glissa avec les pincettes dans l'étui, puis dans le sachet, et enfin dans sa poche. Il se redressa et remit le couvercle de la ruche en place. « Cela ne devrait pas arriver, déclara-t-il de cette voix que

Brunetti associait aux victimes de crimes violents, en état de choc.

— Qu'est-ce qui se passe ? répéta le commissaire.

— Le test nous le dira », répondit Casati, avant de se ressaisir. Regardant sa montre, il suggéra : « Viens. Il ne nous reste que vingt minutes environ. »

Casati imposa une cadence rapide sur le chemin du retour. Il monta à l'arrière de son *puparìn*, laissant Brunetti prendre place de son côté. Il défit la corde et ils partirent.

« Nous allons faire demi-tour », annonça Casati et il joignit rapidement le geste à la parole, sans effort, en quatre coups de rame. Les rayons du soleil tombaient maintenant sur l'épaule droite de Brunetti, ils filaient donc vers le sud. Il regarda sur le côté et vit que les berges semblaient plus hautes ; il comprit alors pourquoi Casati voulait se hâter : les quais naturels émergeaient de l'eau des deux côtés quand la marée baissait et il leur faudrait donc ramer dans des eaux encore moins profondes.

Il sentit Casati accélérer soudain le rythme et s'y conforma. Ils risquaient d'être bloqués là toute la nuit, ou jusqu'au moment de la renverse. Il pensa aux nuées de moustiques au crépuscule, baume ou pas, et il rama.

Ce n'était pas le large. « À gauche », dit Casati dans son dos. Après environ vingt coups de rame, il ordonna : « À droite. » Brunetti l'aida docilement à guider le bateau et ils empruntèrent un canal qu'il ne parvenait pas à discerner. Ils distinguaient désormais les plantes poussant sur les deux berges lorsque le reflux révélait les herbes cachées sous l'eau. La coque du bateau racla le fond et les deux hommes se figèrent. « Courage ! » s'écria Casati, qui accéléra encore son mouvement. Ils entendirent de nouveau un crissement. La rame de Brunetti heurta quelque chose de dur.

La voie d'eau s'élargit soudain devant eux et ils arrivèrent dans un ample bassin. Casati ralentit et Brunetti fut heureux de s'adapter à sa nouvelle cadence. « C'est le canal de Sant'Antonio, affirma Casati, ce qui n'avait aucune importance pour Brunetti. Nous pouvons y aller doucement, maintenant. »

Brunetti vit devant eux des édifices et des toits, ainsi qu'une tour d'horloge caractéristique. « Est-ce Burano ? demanda-t-il à Casati en se retournant.

— Oui. Tu veux qu'on s'arrête prendre un café ? »

Brunetti aurait aimé s'arrêter et être ramené à la maison par d'autres rameurs. Mais il répondit : « Bonne idée. » Des hommes, des vrais.

8

Le café fut suivi de deux verres d'eau, puis d'un autre encore, et alors seulement Brunetti se sentit d'attaque pour aller de Burano à Sant'Erasmo. Deux hommes entrèrent dans le bar et saluèrent Casati, qui leur présenta le commissaire comme un ami venu lui rendre visite. À ces mots, ils voulurent leur offrir à boire mais Casati refusa, prétextant qu'ils avaient trop ramé et avaient besoin de rentrer chez eux avant de pouvoir avaler toute autre boisson que de l'eau.

Ils regagnèrent le bateau et les hommes les suivirent ; l'un d'eux déclara que c'était le *puparìn* le plus beau qu'il eût jamais vu et que si Casati décidait un jour de le vendre…

Ce dernier rit et s'assit sur le quai pour descendre dans le bateau tant le niveau de l'eau avait baissé. Brunetti en fit autant, délivra la barque, prit congé des deux hommes et, penché de nouveau sur sa rame, se demanda si telle était la condition des galériens. Mais les esclaves n'avaient pas de gants en cuir et ne s'arrêtaient certainement pas pour prendre un café dans l'après-midi.

Casati lui apprit qu'il existait un raccourci, mais qu'il ne lui inspirait pas confiance à marée basse. Ils empruntèrent donc le canal de Burano, où la profondeur était assurée, et ramèrent jusqu'à leur point de départ, le canal de Crevan. Ils glissèrent en silence le long du quai et Brunetti attacha le bateau à l'anneau en métal. Casati détacha la grille et la hissa sur la rive. « C'est mon grand-père qui l'a faite, déclara-t-il fièrement. Je m'en sers comme ancre, mais je ne la laisse jamais dans le bateau. »

Ce n'est qu'à ce moment-là que Brunetti remarqua les tourbillons et les arabesques en fer forgé qui avaient traversé les années, alors que d'autres éléments s'étaient brisés. Pour lui, connaître l'âge des objets ajoutait souvent à leur beauté.

Casati gravit rapidement les trois marches, avec sa rame et sa *fórcola* à la main, et pria Brunetti de lui passer les siennes. Il posa tout par terre et se pencha par-dessus bord pour tendre une main au commissaire, que ce dernier accepta sans la moindre honte. Une fois à terre, Brunetti prit les deux rames et les mit sur son épaule.

Ils marchaient l'un à côté de l'autre, Brunetti avec les rames et Casati avec les deux *fórcole* posées sur la grille. Ils tournèrent à droite sur un chemin de terre, au bout duquel se trouvait une petite maison en pierre où les tuiles et les nouveaux encadrements des fenêtres attestaient de récents travaux de restauration. Avant que Brunetti ne pût poser la moindre question, Casati expliqua : « La comtesse a fait rénover la maison pour nous. Mais ensuite… » Sa voix mourut et Brunetti vit son visage devenir livide. « J'habite là avec ma fille et sa famille, maintenant. »

Casati prit un chemin encore plus étroit qui menait à un modeste abri en bois. Il précéda Brunetti, posa la grille contre le mur et l'aida à ranger les rames et les *fórcole* sur des supports accrochés au mur.

« Merci pour la leçon », dit Brunetti. Il sortit les gants de ses poches et les tendit à Casati. « Et merci pour eux aussi.

— Garde-les pour demain ! suggéra Casati.

— À quelle heure ? demanda Brunetti, dissimulant son vif plaisir sous une fausse nonchalance.

— 7 h 30, proposa Casati, d'un air impassible. Ainsi on pourra atteindre notre destination et revenir avant les grosses chaleurs.

— J'y serai. » Brunetti lui serra la main et se dirigea vers la maison de maître.

« Federica t'apportera du pain frais », lança Casati, et Brunetti leva une main pour signaler qu'il avait bien entendu.

Il regarda sa montre en entrant dans la villa et fut surpris de voir qu'il était presque 18 heures. Ils devaient avoir passé plus de temps au bar qu'il ne pensait, ou être allés plus loin qu'il ne s'en était rendu compte. Il monta prendre son portable dans sa chambre et dès la troisième marche, il sentit différentes parties de son corps se rappeler à lui : ses mollets tiraient, il avait mal au dos, la douleur dans son cou remontait jusque dans son crâne ; il avait les mains meurtries, le pouce enflammé et la plante des pieds à vif. Il était impatient de le raconter à Paola.

Toute compatissante qu'elle fût, elle ne se montra cependant pas impressionnée. Elle exprima, à l'instar de Zerlina[1], de l'inquiétude pour ses blessures diverses et variées et pour son profond état de fatigue, mais n'étant pas sortie dans la lagune avec lui, elle ne pouvait ressentir

1. Jeune paysanne courtisée par Don Juan, dans l'opéra de Mozart.

son immense soulagement d'être libéré de la ville et des gens, ainsi que de leur bruit et de leurs exigences.

Comment lui expliquer, se demanda Brunetti, *comment lui faire sentir le ravissement que peut procurer l'épuisement ?* Il n'eut aucun mal, en revanche, à lui dire que la fille de Casati – dont il lui avait déjà raconté l'accueil si chaleureux – lui avait laissé le repas au réfrigérateur.

« Tu ne vas quand même pas manger maintenant ! s'écria-t-elle.

— Non, je vais lire un moment et je dînerai après. Je suis trop fatigué pour faire quoi que ce soit d'autre.

— Bien, répondit Paola promptement. Après tout, tu es là pour ça. Paresser, manger, dormir et j'espère que demain, ce sera encore mieux. T'a-t-il dit où il t'emmènerait ?

— Non. Mais cela n'a aucune importance. Où que l'on aille, c'est merveilleux : tu as juste à penser à ta rame dans l'eau. Et les abeilles, Paola : tu ne peux pas imaginer comme elles sont merveilleuses. Et le miel. Je voudrais que tu puisses y goûter. Et tu aurais dû voir la reine, en train de tourbillonner et de pondre les œufs. » Brunetti savait qu'aucun de ses propos ne pouvait exprimer la magie de la scène. « Si tu viens…

— Peut-être la semaine prochaine, Guido. Tu as dit que tu avais besoin d'être loin de tout. Et je fais partie de ce tout. Nous pouvons en reparler dans quelques jours.

— Tu passes tout ton temps à lire, n'est-ce pas ? demanda-t-il, jouant les maris jaloux avec plus de succès qu'il ne l'aurait voulu.

— Je me suis dit qu'il était temps de relire Jane Austen et j'ai passé la journée avec *Emma*. À rire aux éclats.

— Il y a peu de chances que Pline me fasse le même effet », rétorqua Brunetti.

Ils se souhaitèrent une bonne soirée, puis il raccrocha et alla chercher son texte latin.

Le commissaire fit le tour du rez-de-chaussée, un peu comme Boucle d'Or, en essayant tous les fauteuils du grand salon jusqu'à trouver le plus accueillant pour son corps endolori : un fauteuil à bascule assez bas pour lui permettre de croiser les jambes confortablement, tout en ayant une vue sur le jardin et le ciel. Près de lui était suspendu le portrait d'un homme avec un gros nez et de grands yeux, qui aurait pu être un membre de la famille Falier. *Ce n'est pas la compagnie idéale*, pensa Brunetti, mais il avait cherché cette solitude et à présent, il l'avait. Il ouvrit *L'Histoire naturelle* au livre XI, curieux d'apprendre ce que le monde de l'Antiquité pensait des abeilles. Ainsi apprit-il qu'elles travaillaient assidûment et que, si elles se retrouvaient par accident trop loin de leur ruche à la tombée de la nuit, elles se couchaient sur le dos pour éviter que la rosée ne mouille leurs ailes, de façon à pouvoir bondir au travail dès le point du jour. Brunetti avait, pour une grande partie de sa vie de lecteur, baigné dans les connaissances et les convictions de populations qui avaient vécu des milliers d'années avant lui et il avait appris à ne pas rire de leurs idées, mais à essayer de comprendre leur manière de penser. Après tout, le monde contemporain vivait lui-même dans la découverte constante de sa propre ignorance.

Brunetti avait lu un livre sur un peuple qui croyait que l'Univers avait été créé le dimanche 23 octobre, environ six mille ans plus tôt. Il n'avait jamais pu garder l'année en mémoire, mais il trouvait la précision de la date si charmante qu'il l'avait retenue aisément. Que sont les abeilles, dormant sur le dos, comparées à cela ?

Pline aussi croyait que les abeilles avaient le don de prévoir le vent et la pluie. S'il fait beau, l'essaim sort et s'adonne immédiatement à son travail : certaines abeilles chargent leurs pattes du pollen des fleurs, tandis que d'autres se remplissent la bouche d'eau.

À la lecture de ce détail, Brunetti sentit qu'il avait envie de se remplir la bouche d'autre chose que d'eau. Il alla à la cuisine et ouvrit le réfrigérateur. Ah ! du pinot gris. Peut-être pourrait-il s'en délecter les papilles ?

Il explora davantage et vit une énorme assiette de fruits de mer recouverte de cellophane et, à côté, un saladier rempli de morceaux d'avocats et de poires.

Prenant avec lui la bouteille et un verre, Brunetti retourna à son fauteuil, à son livre et à ses abeilles. Et il apprit de Pline l'Ancien que le miel « vient de l'air, surtout au lever des constellations ; il se fait principalement quand Sinus est dans son éclat, jamais avant le lever des Pléiades, au moment de l'aube. [...] Au commencement le miel est liquide comme de l'eau ; il bouillonne pendant les premiers jours comme du moût, et il se purifie[1] ». Brunetti leva les yeux de son ouvrage et observa le ciel : il était sans nuages et s'assombrissait en cette fin de journée. Aucun doute que le miel commencerait bientôt à couler.

Quel homme étrange, optimiste et résolu devait être ce Pline, qui collectait et enregistrait passionnément tous les aspects de la nature, enquêtait incessamment sur tout et finit victime de sa propre curiosité scientifique.

---

1. Traduction d'Émile Littré.

Désireux de voir de ses propres yeux l'éruption du Vésuve, il décida, assoiffé qu'il était de connaissance, de ramer jusqu'au pied du volcan, mais il changea de trajet pour aller sauver la femme d'un ami. Malgré les morceaux de pierre ponce brûlante et les cendres ardentes qui tombaient dans son bateau, il continua à naviguer. Selon la lettre où son neveu décrit les circonstances de sa mort, il déploya beaucoup d'efforts pour calmer l'inquiétude de tous ceux qu'il rencontrait. Mais sa bonne étoile s'éclipsa et le temps de vie qui lui avait été imparti parvint à son terme, et il mourut asphyxié par l'air chargé de poussières.

Brunetti se réveilla en sursaut un peu plus tard et fut surpris de se retrouver assis dans la pénombre. Il se leva, alluma la lampe et, gardant son livre à la main, alla dans la cuisine. Il posa le plat et le saladier sur la table, trouva une assiette dans le buffet et les couverts dans un tiroir. Il y avait une miche de pain sur le plan de travail ; il s'en coupa quelques tranches et remplit de nouveau son verre.

Il tira une chaise et prit une serviette qu'il plia et glissa sous son livre avant de revenir à son passage. Il leva les yeux de la page et observa les minuscules créatures dans le plat : des crevettes, des bébés pieuvres, des moules, des palourdes, des squilles, des œufs de seiches. La journée d'exercice avait eu raison de lui et il décida de manger directement dans le plat : c'était la meilleure façon d'éponger l'huile d'olive avec son pain. C'était plus salé et moins persillé que la cuisine à laquelle il était habitué. Brunetti fit deux allers-retours jusqu'au plan de travail, un pour se couper d'autres tranches de pain et le second pour remplir à nouveau son verre.

Il continua à lire après avoir fini son assiette qu'il fit reluire avec son dernier morceau de pain. Mais ce qu'il lisait devint bientôt confus : du miel provenant de lieux isolés ; des abeilles volant avec de petites pierres en équilibre sur leur dos pour les empêcher d'être emportées par le vent. Il prit quelques inspirations et revint à un chapitre précédent, pensant que ce serait plus facile de lire un sujet différent : il découvrit qu'en prévision de l'hiver, les hérissons roulaient sur des pommes pour les planter sur leurs piques avant de les emmener en lieu sûr, au creux des arbres, afin de les manger pendant la mauvaise saison.

« Il est temps que tu ailles te coucher », ordonna-t-il à personne en particulier, avant d'obéir.

9

Par chance, il y avait un réveil près de son lit, sans quoi Brunetti aurait manqué son rendez-vous avec Casati. Hélas, l'homme qui se leva ce matin-là avait perdu la vigueur et l'agilité de celui qui avait débarqué la veille à Sant'Erasmo. Une longue douche brûlante, deux cafés et le petit déjeuner améliorèrent les choses considérablement, et le temps que Brunetti arrive au bateau, il avait presque recouvré sa forme de la veille.

Casati était déjà là, un conteneur souple en polystyrène dans les bras. Brunetti lui dit bonjour, monta dans l'embarcation et l'aida à poser le conteneur à l'arrière.

Casati lui passa les deux rames et les deux *fórcole* et s'installa dans le bateau. Tous deux s'enduisirent de pâte visqueuse beige, puis Casati plaça sa rame dans le plat-bord et fit signe à Brunetti de détacher le bateau. Ils écartèrent ensemble la barque du mur et se levèrent, chancelant un moment avant de trouver leur équilibre et de sentir la première vague de chaleur de la journée les envahir.

« Je veux aller jeter un coup d'œil aux autres », dit Casati. Brunetti supposa qu'il parlait des abeilles. « Elles sont plus loin : cela va nous prendre environ deux heures. Mais nous pourrons nager une fois arrivés là-bas. Ça te va ? »

Brunetti sourit et fit un signe d'assentiment : peu lui importait où c'était. « Dis-moi, commença-t-il, hésitant à appeler Casati par son prénom, mais le tutoyant comme deux rameurs le feraient dans un bateau. Pourquoi veux-tu aller les voir ?

— Ah, fit Casati, d'un ton traînant. Tu as bien vu hier. Elles sont en train de mourir. Mes filles sont en train de mourir.

— De quoi ?

— Peut-être de la varroose.

— Qu'est-ce que c'est ?

— Ce sont des mites. De minuscules mites qui sucent le sang des abeilles et les affaiblissent. » Son visage exprimait tout son dégoût.

« Sans les tuer ? »

Casati émit un bruit. « Si elles sont faibles, elles peuvent mourir d'autre chose : de trop peu de nourriture, de maladie, de pesticides, ou encore d'herbicides. » Casati souleva sa rame. « L'homme s'est retourné contre elles », assena-t-il.

Brunetti regarda alentour et ne vit que de l'eau saumâtre et des marais salants.

« Tout ce qu'elles ont ici, c'est de l'eau salée. Cela ne leur fait pas aussi du mal ? »

Casati sourit. « As-tu eu le temps de prendre ton petit déjeuner ?

— Oui, dit Brunetti pensant au pain frais, au jambon et au miel qu'il avait trouvés sur la table, et au beurre dans le réfrigérateur.

— Comment était le miel ?

— Délicieux.

— Il n'avait pas un goût bizarre ? »

Il songea à ce que Pline avait écrit au sujet du miel : ses différents lieux de provenance et le fait que le miel de thym était bon pour les yeux et les ulcères. « Non, il avait bon goût, affirma Brunetti, se doutant de ce qui allait suivre.

— Il vient d'ici, spécifia Casati en embrassant le vaste miroir d'eau qui les entourait d'un mouvement du menton. La famille d'Emilio fait du miel depuis toujours. Et maintenant, j'en fais aussi. »

Songeant qu'il était temps de ramer, Brunetti se mit en position, attendit le signal et se régla sur le rythme de Casati. Il portait le même pantalon, une vieille chemise en coton qu'il avait depuis l'université et un chapeau trouvé dans un tiroir : une casquette de baseball orange décolorée qu'il n'aurait pu porter que là, où personne ne pouvait le voir. Sans oublier les gants. Au moins, se dit-il, ils les mettraient où qu'ils aillent. Ses mains étaient légèrement meurtries et rugueuses après les heures d'aviron de la veille, mais il n'y avait pas de traces d'ampoules.

Ils reprirent le même chemin. Peu de monde circulait sur le large canal de San Felice, jalonné de maisons du côté de Treporti. Brunetti se souvenait vaguement que cette partie de la lagune était complètement ceinte de terre et isolée ainsi de l'Adriatique, ce qui expliquait cette quasi-solitude sur l'eau. Ils continuèrent lentement, adoptant une cadence qui leur convenait à tous deux. Parfois, Casati attirait l'attention de Brunetti sur un oiseau rendu presque invisible par les herbes hautes, ou sur le courant qui pouvait les entraver, ou au contraire leur être favorable. Il avait l'air parfaitement chez lui au sein de cette étendue sans forme et d'un gris-vert monochrome. Sans constructions ni fleurs bariolées, sans ombre ni points de repère, Brunetti se sentait aussi perdu qu'un étranger dans les rues de Venise.

Un groupe de bâtiments entouré de champs apparurent à droite, ainsi que quelques bateaux, et peu après, le canal tourna vers la gauche et se rétrécit. Ils le suivirent jusqu'à une bifurcation où ils prirent sur la gauche le canal non balisé, encore plus étroit. Mais grâce à son sens de l'orientation, Brunetti comprit qu'ils n'étaient pas loin du lieu où il avait vu les abeilles le jour précédent.

Soudain, il entendit un doux chuintement derrière lui. La rame de Casati se souleva et se figea. Brunetti libéra la sienne de l'eau et se tourna vers lui. Les deux mains sur sa rame, Casati leva un doigt vers la droite. Brunetti regarda dans cette direction, mais ne vit rien. Il plissa les yeux pour mieux se protéger du soleil, puis il les aperçut : le long du canal se trouvaient une cane et ses cinq canetons, tous absolument immobiles et faisant de leur mieux, supposa-t-il, pour ressembler à des feuilles flottantes.

Le *puparìn*, porté par son élan, dépassa les canards. Brunetti observa leur réaction, mais la mère avait dû leur intimer le silence car aucun d'entre eux ne bougea, puis ils disparurent de sa vue, derrière des herbes penchées.

La rame de Casati retourna à l'eau et ils continuèrent d'avancer. Brunetti ramait dans la chaleur et la lumière de plus en plus fortes et se dit qu'il aurait dû prendre ses lunettes de soleil et se mettre de la crème solaire. Au moins avait-il, ce jour-là, des manches longues et des gants.

Depuis combien de temps ramaient-ils ? Il n'avait toujours pas de montre, intemporalité signifiant pour lui liberté. Un champ de terre cultivée surgit des roseaux sur leur droite, mais Casati ne ralentit pas. Brunetti se consola à l'idée que les galériens n'avaient ni chemises à manches longues ni casquettes de baseball. Il continua à ramer, malgré la sensation de soif et de raideur dans ses épaules, et plus encore dans son dos, sans compter les autres petites douleurs.

« Nous pouvons nous arrêter ici », déclara soudain Casati. Brunetti cessa de ramer, laissant à son coéquipier le soin de décider de l'endroit où amarrer le bateau. Casati donna encore quelques coups de rame et le bateau remonta le long de la rive gauche. Brunetti entendit un bruit sourd derrière lui et vit Casati assis sur le banc de nage, en train de nouer une corde à l'un des angles de la grille en métal. Il se leva et la lança sur la terre où elle s'affaissa, en guise d'ancre, au milieu des hautes herbes.

« Tiens, attrape ! » Casati lui jeta, comme la veille, une bouteille d'eau minérale. Cette fois, Brunetti l'ouvrit immédiatement et commença à boire avec un tel plaisir qu'il n'entendit pas Casati sauter à l'eau. Lorsqu'il se retourna, il ne vit que le dos nu de Casati et son pantalon disparaissant par-dessus bord. Mais en cet instant furtif, Brunetti aperçut une large trace descendant le long de son dos. Rouge, d'un rouge très foncé, presque noir, la marque s'étendait de ses deux épaules à sa taille et lui recouvrait quasi tout le dos. Cicatrice ou tache de naissance ? Brunetti n'en avait aucune idée.

Il vit Casati s'éloigner du bateau à la nage. Le silence se fit de nouveau ; la chaleur et le soleil l'assaillirent. Il reboucha la bouteille, la posa au fond du bateau et défit ses chaussures. Il enleva ses vêtements et les empila sur la planche à côté de lui, posa sa casquette de baseball pardessus et se glissa dans l'eau. Il gagna le milieu du canal à la brasse. Il plongea et lorsqu'il remonta à la surface, il se retrouva tout seul dans la lagune.

Il revint vers le bateau en plus ou moins vingt brassées et parcourut la même distance dans l'autre direction.

À sa grande surprise, le mouvement détendit ses bras et ses épaules, lui donnant bon espoir de pouvoir s'en servir de nouveau. Il allait et venait, la tête hors de l'eau, puis il vit Casati venir vers lui en nageant d'une main et en tenant l'autre au-dessus de la tête.

Brunetti gagna le flanc du bateau et s'y agrippa d'un bras. Lorsque Casati s'approcha, Brunetti vit ce qu'il tenait à la main : c'était un petit flacon en plastique, avec un capuchon vert, comme celui où il avait mis, la veille, les abeilles mortes.

Casati atteignit la poupe et se souleva pour poser le flacon sur sa chemise pliée, avant de s'accrocher des deux bras au bateau, visiblement essoufflé.

Brunetti désigna le flacon du menton. « Qu'est-ce que c'est ? D'autres abeilles ? »

Le souffle toujours court, Casati rectifia : « Non, c'est de la boue.

— Pas d'abeilles ?

— Elles sont toutes mortes », déclara Casati en s'éloignant brusquement du bateau. Il nagea en direction de l'île herbeuse, s'y hissa et se dirigea avec précaution vers l'arrière du bateau. Il s'arrêta pour enlever son pantalon et l'essorer, en secoua l'eau plusieurs fois et le remit. Il descendit dans le bateau, passa le bras sous le banc et en tira deux serviettes. Il en lança une à la place occupée par son compagnon et s'essuya les mollets et la poitrine avec l'autre. Brunetti ne vit que des éclairs rouge foncé lorsqu'il lui tourna le dos.

Le commissaire choisit la voie de la facilité pour monter à bord, en faisant le tour du bateau. Des herbes pointues lui piquaient les pieds et il baissa les yeux pour éviter les parcelles les plus acérées. Une fois sur la barque, il prit sa serviette et s'essuya à son tour, puis remit ses vêtements, laissant ses pieds exposés au soleil.

Lorsqu'il se tourna vers son vieux coéquipier, il vit qu'il était déjà habillé et assis sur la serviette pliée sur le banc arrière, le regard perdu au loin. Le flacon avait disparu. Casati se pencha pour s'essuyer les pieds, puis les glissa dans ses vieilles tennis usées. Il passa énormément de temps, debout, à plier et à déplier sa serviette, qu'il étendit soigneusement sur le bord du bateau. « Ça a pris du temps, mais nous avons fini par les tuer », proféra-t-il finalement, au grand étonnement de Brunetti, semblant l'impliquer dans ce crime du fait de sa seule appartenance à l'humanité. « Nous l'avons d'abord tuée elle, et maintenant, nous tuons les abeilles. La prochaine étape, ce sera Federica et ses enfants, et tes enfants aussi. » Il hocha la tête plusieurs fois pour appuyer ses propos.

Brunetti se demanda si l'excès de soleil n'avait pas eu raison des forces et de la patience de son aîné. Il ne souffla mot et se tint immobile, cherchant à se fondre avec la planche en bois sur laquelle il s'était assis, à devenir lui-même une des lattes du plancher du bateau. Il s'imagina en train de se transformer en un morceau de bois. Comment Daphné se sentit-elle lorsque ses membres se métamorphosèrent en branches et ses orteils en racines ? Elle devint bientôt invisible dans la forêt, comme il venait pratiquement d'espérer devenir invisible ici, dans la lagune. Sous forme d'épave flottante ? De déchets à la dérive ? Peu lui importait, du moment que Casati cessait de délirer.

Casati se pencha soudain vers lui mais Brunetti, protégé à présent par sa nature arborescente, ne bougea pas. Du ton typique de la spéculation, que le professeur de théologie morale de Brunetti adoptait pour poser ses questions rhétoriques avant chacun de ses cours, il demanda : « À ton avis, est-ce que certaines de nos actions sont impardonnables ? »

Brunetti baissa les yeux et continua à essuyer ses pieds déjà secs. « Je ne sais pas, répondit-il calmement, comme il l'avait si souvent fait en classe, dans l'espoir que cela forcerait le professeur à clarifier ses propos. Je ne suis pas très sûr de comprendre ce que tu veux dire. »

Casati réfléchit longuement et finit par répondre : « Laisse-moi demander à Franca si elle estime que je dois te le dire ou non. » Entendre Casati se référer si naturellement à sa femme comme si elle était vivante lui donna la chair de poule, mais avant que Brunetti pût proférer le moindre mot, ils furent surpris par un bruit d'ailes et virent trois hérons s'envoler sous leurs yeux.

Casati se frappa les genoux et se leva. « Bien, dit-il aimablement, nous devrions rentrer, je crois. » Il se pencha pour tirer son ancre improvisée à travers l'herbe sèche et l'entreposa au fond du bateau.

Il prit sa rame, attendant évidemment que Brunetti en fît autant. Lorsque ce dernier s'exécuta, Casati donna un coup contre le quai, ce qui propulsa de nouveau le bateau dans le canal.

Étonnamment, Brunetti se sentit revigoré, par la natation ou peut-être par le retour soudain de Casati à la réalité. Il aurait été prêt à ramer jusqu'à Trieste si ce dernier le lui avait demandé.

Il réfléchissait aux mots de Casati, sans parvenir toutefois à leur trouver un sens. À l'horizon, les avions continuaient à atterrir et à décoller, mais si loin que Brunetti ne savait jamais si c'étaient les avions qu'il entendait, ou les moteurs de bateaux plus proches d'eux. Il regarda vers l'ouest et aperçut une île, sans doute celle de Santa Cristina.

Sa rame heurta un obstacle dans l'eau, ce qui le propulsa violemment en avant, mais avant même qu'il ne tombe, elle se libéra toute seule de la *fórcola* et de ses mains, et glissa dans le canal. Brunetti chancela un moment avant de retrouver son équilibre, puis il s'assit sur le plat-bord en attendant que son cœur cesse de battre la chamade.

Les yeux fermés, il sentit le bateau ralentir et s'arrêter, et entendit un grand bruit provenant du côté de Casati. Lorsqu'il ouvrit les yeux, il vit le vieil homme penché pardessus bord, en train de sonder l'eau avec sa rame.

« Qu'est-ce que j'ai touché ? » demanda Brunetti d'une voix qu'il voulait normale.

Casati resta dans cette position pendant un instant, en fixant la lagune. Il se rassit sur ses talons, sa rame à la main, et regarda Brunetti. Il marmonna dans sa barbe et le commissaire crut entendre « mon passé », mais cela n'avait pas de sens. Au bout d'un moment, Casati se leva, observa l'eau de nouveau et expliqua, du ton le plus naturel : « Ici, ce pourrait être une racine immergée, ou un morceau de bois pourri, ramené par la marée. » Posant sa rame au fond du bateau, il s'empara de celle de Brunetti qui flottait encore et la plaça à côté de la sienne. Il jeta un coup d'œil à sa montre, au soleil, puis se tourna et regarda en arrière le chemin qu'ils venaient de parcourir. Il ouvrit la boîte et fourragea à l'intérieur. Il en sortit un appareil semblable à un vieux téléphone portable à clapet. Casati appuya sur un bouton, puis sur un autre, ferma l'appareil et le remit à sa place.

« Qu'est-ce que c'est ? demanda Brunetti.

— Un GPS, qui me donne exactement notre position.

— Pourquoi ? »

Il fixa Brunetti un long moment avant d'affirmer : « Sans raison particulière. Mais j'aime bien savoir où je suis allé. »

Brunetti se leva sans faire le moindre commentaire et se pencha pour récupérer sa rame. Il en profita pour examiner l'eau du canal et aperçut quelque chose qui ressemblait à un cercle en métal, du diamètre d'une chambre à air.

« Et ça ? » s'enquit-il en indiquant l'objet.

Casati baissa les yeux sur l'objet en question. « Une pièce perdue par un bateau, peut-être. Il y a beaucoup de choses qui traînent par ici. » Il se redressa et glissa sa rame dans la *fórcola*. « Rentrons », suggéra-t-il.

Brunetti n'aurait su évaluer combien de temps s'écoula jusqu'à leur arrêt suivant. Ce pouvait être vingt minutes, comme quarante, et ils auraient pu se trouver n'importe où, au milieu de ces buttes couvertes de hautes herbes aquatiques.

« Encore un détour et nous irons déjeuner, proposa Casati, en sortant de sous le banc de nage l'étui en cuir désormais familier au commissaire.

— Les abeilles ? s'informa Brunetti.

— Oui, je veux voir ce qu'il en est. Ce sont les plus éloignées, dans cette partie de la lagune.

— Est-ce que je peux venir avec toi ?

— Bien sûr. Mon activité n'a rien d'illicite, déclara Casati, inutilement sur la défensive.

— Cela ne m'a pas effleuré l'esprit une seule seconde, répliqua Brunetti en riant, pour lui montrer combien cette idée était absurde.

— C'est seulement un secret », précisa Casati.

Il lança son ancre de fortune et ils sortirent du bateau. Aucun sentier ne se dessinait au milieu des herbes sèches, mais Casati se dirigea vers le nord, d'un pas décidé. Brunetti, ravi de porter un pantalon, le suivait à travers les herbes rêches qui étaient parfois assez hautes pour venir griffer contre le dos de sa main.

La terre était plus tendre à cet endroit. Elle offrait peu de résistance, voire pas du tout, et à chacun de ses pas elle semblait former un coussin sous ses pieds. Il comprit d'emblée que la marée montante avait imbibé le sol sablonneux.

Casati accéléra le rythme. « Normalement, l'eau monte de deux centimètres ici », expliqua-t-il, alors que Brunetti se dépêchait de le rattraper. Il le conduisait vers un grand buisson laissé à l'état sauvage. À proximité se trouvait une plate-forme en bois surélevée sur laquelle s'alignaient trois ruches, présentant chacune une rayure de couleur différente sur le devant.

Casati s'arrêta pour mettre le feu à une torche en bois et la tendit à Brunetti, puis ils se remirent en route. Les abeilles s'activaient, les immergeant dans un véritable environnement sonore : elles volaient vers eux et autour d'eux, atterrissant de temps à autre sur une main ou une épaule, histoire de les explorer un tant soit peu. Puis elles s'envolaient de nouveau et retournaient à leurs paisibles affaires. Le bourdonnement pouvait augmenter ou baisser, mais ne constituait absolument plus une menace aux yeux de Brunetti.

Casati souleva le couvercle de la première ruche et le posa contre un des pieux de la plate-forme. Prudemment, se déplaçant comme s'il était sous l'eau, Casati étudia les trois ruches et sembla content du résultat. Une fois cette opération terminée, il prit le morceau de bois toujours brûlant de la main de Brunetti et le laissa tomber sur le sol, puis l'enfonça soigneusement dans la terre mouillée du bout du pied. Brunetti pivota pour partir, mais comme il n'entendait pas Casati derrière lui, il se tourna et le vit ramasser le morceau de bois carbonisé et le mettre dans son sac en plastique à fermeture éclair qu'il avait sorti de son étui en cuir. Il se pencha et disposa de l'herbe humide à l'endroit où ils avaient marché, pour effacer toute trace.

Ils revinrent sur leurs pas, côte à côte. Brunetti regarda l'eau montante dévorer leurs empreintes au fur et à mesure qu'ils soulevaient leurs pieds. Une fois au bateau, Brunetti se retourna. Il ne vit rien, hormis un petit monticule insignifiant au beau milieu de la *barena*.

10

Le piège de la routine, cependant, le guettait. Brunetti se faisait du café un peu après l'aube, lisait un moment, prenait une douche puis le petit déjeuner que Federica lui avait laissé. Certains matins, il réussit à la convaincre de boire au moins un café avec lui. Âgée d'une petite trentaine d'années, elle était grande et élancée. C'était une femme séduisante, à la voix douce, qui en parlant agitait les mains comme son père. Elle avait un fils de dix ans qui voulait devenir marin et une fille de sept ans qui voulait apprendre à ramer. Federica ne cachait pas sa fierté pour ses deux enfants et souriait en secouant la tête, étonnée par les cadeaux que pouvait faire la vie.

Elle vivait à Sant'Erasmo depuis son enfance, avait épousé un pêcheur, Massimo, qui avait grandi quatre maisons plus loin, et n'avait connu que du bonheur jusqu'à la maladie et la mort de sa mère. Au cours de leurs conversations, qui se prolongeaient parfois lorsqu'elle lui apportait dans l'après-midi une demi-tarte aux abricots, Brunetti apprit que son père ne s'était pas encore entièrement remis du décès de sa mère et n'y parviendrait probablement jamais.

« Je pense qu'il culpabilise, expliqua-t-elle vers la fin de la première semaine à Brunetti, que cette histoire intriguait.

— Les gens veulent toujours sauver les gens qu'ils aiment, n'est-ce pas ? fut la seule chose qu'il songea à répliquer.

— C'est plus grave que cela. Je vous l'ai dit : il se reproche sa mort. Mais comment aurait-il pu la sauver ? »

Perturbé par ces propos et dans l'incapacité de répondre, Brunetti se servit un autre morceau de gâteau et changea de sujet.

Casati et lui sortaient tôt chaque jour et ramaient dans la lagune surtout en début de matinée. Si leur sortie devait durer plus longtemps, le vieil homme le prévenait la veille et apportait le lendemain matin un déjeuner copieux. Ils rencontraient parfois des amis de Casati et dans ce cas ne rentraient pas, généralement, avant la fin de l'après-midi. Tous les gens qu'ils croisaient insistaient pour leur donner du poisson frais.

Comme Brunetti souligna la générosité de ces pêcheurs, Casati répliqua que ceux-ci avaient eu de tout temps bon cœur, bien plus que les paysans. En réponse à la question de Brunetti, il expliqua que les pêcheurs savaient que leurs prises ne pouvaient pas se conserver plus d'un jour, donc il leur était naturel de les donner : soit ils les offraient, soit ils les regardaient pourrir, alors que les paysans pouvaient entreposer leurs récoltes et avaient donc tendance à les garder, voire à les amasser.

À leur retour, en fin d'après-midi, ils rangeaient les rames et la grille, puis Brunetti allait à la villa et parfois lisait environ une heure. Ou bien il allait marcher dans les zones plus peuplées de l'île où il était simplement ravi de dire bonjour aux gens qui passaient dans la rue. Il n'appela pas Lucia Zanotto ; non pas par inimitié, mais seulement parce qu'il était là pour être seul, et qu'il voulait être seul.

Casati était, en quelque sorte, l'exception qui confirmait la règle.

Ce dernier lui avait dit qu'il y avait une bicyclette dans la remise et lui suggéra d'aller à vélo à la *trattoria*[1] située à l'autre bout de l'île, où il pourrait manger du poisson frais et des légumes du coin. Il appelait Paola chaque soir et lui racontait leurs tours dans la lagune – même si souvent, il n'avait pas de nom de localité à lui donner – et ce qu'il avait mangé à déjeuner et à dîner. Lorsqu'elle le questionna sur les livres, il avoua que pendant la journée, il avait peu de temps pour lire et que le soir il était si fatigué qu'il éteignait la lumière après dix minutes et ne se souvenait plus le lendemain matin de ce qu'il avait lu. Il l'invita à venir pour le week-end, lui proposa même d'aller la chercher en *puparìn* à l'arrêt de bateau, mais elle répondit qu'elle voulait qu'il passe deux semaines complètes dans la solitude et la réflexion.

Après ces mots, ils parlèrent quelques minutes encore, mais lorsqu'il raccrocha, Brunetti se sentit blessé. Il ne lui vint même pas à l'esprit que c'était lui qui avait décidé de venir à cet endroit et de se séparer un temps de sa famille parce que son métier s'était mis soudainement à lui sortir par les yeux et il ne prit pas non plus en considération que cette décision était le résultat de son comportement inconsidéré. Non, il était blessé parce que sa femme avait osé refuser de venir passer un week-end dans une villa perdue au fin fond d'une île, à se faire promener en bateau dans la lagune sous un féroce soleil de juillet ou à se retrouver toute seule dans une maison qui n'était pas la sienne, à attendre le retour de son mari.

1. Petit restaurant sans prétention.

Le deuxième vendredi – qui correspondait à son dixième jour à Sant'Erasmo –, lorsque Brunetti s'amarra avec Casati devant la maison, en fin d'après-midi, le vieil homme le prévint qu'ils ne pourraient pas sortir samedi et dimanche, car il lui était revenu en mémoire qu'il avait une question à régler. Comme Casati semblait gêné, Brunetti s'abstint de lui rappeler sa promesse de la veille de ramer toute la fin de semaine. Disposé à faire contre mauvaise fortune bon cœur et empli de gratitude envers Casati pour les journées qu'il avait passées avec lui, Brunetti répondit que cela ne le dérangeait pas de se reposer un peu, puis déclara gauchement qu'ils avaient le privilège de pouvoir prendre leur week-end quand bon leur semblait.

Casati sourit et dit qu'il le verrait à l'heure habituelle le lundi suivant. Ils avaient passé une journée relativement tranquille et s'étaient arrêtés déjeuner à Burano, mais une fois seul, Brunetti se sentit fébrile. Après le départ de Casati, il sortit la bicyclette de la remise et roula un long moment, s'arrêta au bar pour prendre un café et un verre d'eau, puis revint lire à la villa, allongé sur le canapé. Plus tard, à la tombée de la nuit, il retourna à la *trattoria* manger de la truite saumonée au beurre et aux amandes, puis il rentra lentement à la maison dans le noir, ravi d'avoir des lumières à la fois à l'avant et à l'arrière de sa bicyclette. Comme il aurait aimé que Paola vît le ciel rouge passer au rose, puis se fondre dans une étrange noirceur, si différente des rues trop éclairées de la ville.

Le samedi s'écoula rapidement. Brunetti renonça à faire de l'aviron et se contenta de se baigner devant la maison, préférant descendre les marches pour entrer dans l'eau plutôt que de plonger. Sous la surface, il vit énormément de petits poissons, probablement des bébés turbots, ainsi qu'un nombre déconcertant de méduses. Il nagea une heure le matin et une autre heure l'après-midi, et au dîner, il était épuisé. Lorsque Federica vint en début de soirée lui demander s'il voulait qu'elle lui prépare à manger, il lui répondit que ce n'était pas la peine, qu'il s'en occuperait lui-même : le menu serait donc fait de pâtes et de salade, qu'il dégusterait en lisant.

Le dimanche commença en beauté. Le soleil dardait ses rayons et inondait l'île d'une telle chaleur qu'il obligeait toute vie – fût-elle humaine ou animale – à se mettre à l'ombre ou à se réfugier dans un abri. C'est ce que firent les humains, tandis que les chèvres s'agglutinèrent sous les arbres, en suivant la lente course de l'ombre au fur et à mesure que le soleil s'élevait dans le ciel. Les chiens disparurent littéralement de la circulation. Après son déjeuner – une grosse portion de spaghettis *aglio, olio e peperoncino*[1] –, Brunetti sortit prendre son café. Il passa à vélo devant deux mulets allongés sous un figuier, les pattes complètement étirées, et craignit qu'ils ne fussent morts de chaleur, mais fut rassuré d'en voir un agiter nonchalamment la queue. Malgré sa casquette de baseball et ses manches longues, et même s'il s'était tartiné de crème solaire que Paola avait caché dans sa valise, il eut la sensation, le temps d'arriver au bar à l'autre bout de l'île, que toute sa peau n'était plus qu'une vaste ampoule.

Il commanda son café et s'assit à une table pour lire *Il Gazzettino*, qu'il n'avait pas feuilleté depuis plus d'une semaine. Venise, visiblement, survivait à son absence. Il lut le journal de la première à la dernière page, y compris

1. Recette classique de dépannage, consistant en pâtes assaisonnées avec de l'ail, de l'huile et du piment.

les publicités, et ne trouva aucune mention de Ruggieri – comme il s'y attendait. On avait fini par réinstaller les passerelles pour l'*acqua alta* à Rialto, qui semblaient cette fois s'emboîter correctement. On n'avait pas touché au MOSE[1], la barrière contre les marées, à l'exception des travaux de maintenance et de réparations ; depuis combien d'années lisait-il ce gros titre ? Le nouveau maire avait fait une énième remarque désobligeante sur la culture en général, et sur les « professeurs » en particulier. Brunetti se demanda ce que Sa Majesté leur reprochait. Qu'ils sachent lire et écrire ?

Brunetti se rendit compte soudain qu'il approchait de plus en plus son nez de l'article qu'il lisait ; ses lunettes avaient-elles cessé de remplir leur office ? Lorsqu'il leva les yeux, il s'aperçut que la lumière ne filtrait plus par les fenêtres dans son dos. Il replia le journal et gagna la porte. Il regarda en direction de Venise, qui se trouvait quelque part au-delà de l'horizon, sans aucun doute encore baignée des rayons dorés du soleil de cette fin d'après-midi. Il sortit et fut surpris de constater que l'air avait fraîchi. Après quelques pas, il se tourna pour regarder la mer, visible au-delà du Lido. Elle avait perdu de son immensité, ou du moins eut-il cette impression. À une distance difficilement calculable, un gigantesque rideau sombre était brusquement descendu du ciel et empêchait de voir au large. Il observait le mur de nuages qui semblait venir vers eux. Il fut distrait par le son d'un bateau en train d'arriver, entendit le bruit sourd de sa coque heurtant le quai avec une violence injustifiée – quel chauffard que ce capitaine ! Mais

1. Acronyme pour Modulo Sperimentale Elettromeccanico (module expérimental électromécanique), jouant sur l'assonance avec Moïse, qui se dit Mosè en italien.

lorsqu'il regarda de nouveau vers le quai, il s'aperçut qu'il n'y avait pas de bateau, et entendit un autre bruit sourd, plus fort, provenant du rideau de nuages, puis un autre encore, accompagné d'une débauche soudaine de lumière.

Brunetti remarqua que le mur de nuages s'était rapproché pendant les quelques minutes où il avait détourné son regard. Une autre explosion, et cette fois il vit la foudre surgir directement des nuages et s'abattre à la surface de la mer. Instinctivement, il recula d'un pas et porta la main droite à ses yeux, comme pour se protéger des éclairs.

Brunetti évalua le temps du retour à la villa ; il entra rapidement dans le bar, posa un euro sur le comptoir et fit signe au serveur. À l'extérieur, il écarta d'un coup sec la bicyclette du mur et partit en direction de la maison. Le vent soufflant depuis sa droite était puissant et le forçait à lutter constamment contre lui. Au bout de quelques minutes, il se mit à comparer sa vitesse et celle des nuages que le vent poussait vers lui : qui arriverait le premier à la villa ? Qui gagnerait ? Il baissa la tête et pédala, mais même cette dépense d'énergie ne le réchauffait pas, avec cette température en chute libre. Il cessa de réfléchir à la vue de l'éclair à sa droite et n'attendait plus que le coup de tonnerre.

Il éclata quatre secondes plus tard ; le choc le transperça et emplit ses oreilles d'un bruit sourd. Il avançait, aiguillonné par le froid, ou peut-être la peur.

L'éclair suivant lui fit fermer les yeux. Il se cramponna plus fermement encore au guidon, mais comme la route était droite et lisse, il parvint à résister aux bourrasques qui le poussaient sur le côté. Lorsqu'il ouvrit les yeux, il s'aperçut qu'il était encore au milieu de la route. Une détonation assortie d'une rafale de pluie lui fit perdre brièvement le contrôle de sa bicyclette. Il fit une embardée sur la gauche, aveuglé par la pluie. Il freina et s'arrêta, et eut l'impression qu'une vague s'abattait sur lui. Il se remit en route, trempé jusqu'aux os, et pédala comme un fou, en se guidant uniquement grâce aux bandes blanches intermittentes de la route et avec l'espoir que les rares motards venant dans la direction opposée puissent le voir.

Il franchit le portail à toute vitesse et gagna la maison. Il lâcha la bicyclette, gravit les marches et entra. Comme dans un film d'horreur, il claqua la porte derrière lui et s'appuya tout contre, les yeux fermés, haletant de panique et de soulagement. Derrière lui, conformément au script, le monstre frappa trois fois contre le ciel et chacun de ses coups fut suivi d'un long et sourd grognement.

Lorsque son cœur se calma, Brunetti monta dans sa chambre pour mettre des vêtements secs ; il sortit son pull de son sac et l'enfila. Il se frotta les pieds pour les réchauffer, mit des chaussettes et d'autres chaussures et alla fermer la fenêtre, même si la pluie n'entrait pas à l'intérieur. Il fit ensuite le tour du dernier étage, pour vérifier les autres fenêtres. Du côté donnant sur la mer, la pluie martelait les vitres presque à l'horizontale, ce qui empêchait toute vue sur l'extérieur.

Revenu au rez-de-chaussée, il alluma la lumière dans les deux salons, prit son téléphone et composa le numéro fixe de chez lui. Avec un tel orage, Paola était sûrement à la maison.

Il laissa sonner un bon moment. N'obtenant aucune réponse, il raccrocha et l'appela sur son portable. Sans lui laisser le temps de parler, il lui demanda : « Où es-tu ?

— Chez mes parents.

— Est-ce qu'il pleut ?

— Ici ?

— Oui. » Un autre énorme coup de tonnerre éclata, suivi d'une longue symphonie de sonorités graves.

« Qu'est-ce que c'est ? demanda-t-elle, effrayée.

— L'orage », répondit Brunetti calmement. Il pouvait parler tranquillement, maintenant qu'il était à l'intérieur et à l'abri des éclairs.

Lorsque le bruit s'éloigna, il reprit : « Il y a une terrible tempête ici. Si elle tourne, elle sera bientôt sur la ville.

— Bien, dit Paola.

— Comment ?

— Bien, répéta Paola, cette fois un peu plus fort. Tu devrais voir les rues, Guido. Elles sont dégoûtantes. Cela fait des semaines qu'il ne pleut plus, Dieu sait ce que nous ramenons chaque jour à la maison. » Elle marqua une pause, puis ajouta : « Je n'aurais jamais pensé qu'un jour, je souhaiterais voir les hautes eaux envahir la ville, mais au moins, elles la nettoieraient.

— Si cet orage arrive jusque chez vous, les rues seront plutôt propres, ma chère. Comment vont tes parents ?

— Bien, tous les deux. Mon père part en Mongolie mercredi.

— Pour l'acheter ? s'enquit Brunetti sur le ton de la plaisanterie.

— Ha ha ha, répliqua Paola, sans la moindre once d'humour. En fait, il va en acheter juste une petite partie. »

Brunetti attendit.

« Du cuivre. Il paraît qu'il y a encore là-bas d'immenses gisements. Et les gens qui possèdent les mines ne veulent pas le vendre aux Chinois, donc ils ont demandé à mon père si cela l'intéressait. »

Puis, changeant de sujet, elle lui demanda : « Comment vas-tu ? »

Sentant qu'elle ne lui avait pas posé cette question pour la forme, Brunetti répondit : « Je passe mes journées à faire de l'aviron ou de la bicyclette, donc je n'ai pas beaucoup de temps pour réfléchir, pour réfléchir sérieusement, et ça me plaît bien.

— Encore une semaine, et tu nous rentreras comme un pauvre diable dénué de cervelle, répliqua Paola en riant.

— Mais avec des muscles d'acier et les yeux brillant de bonne santé campagnarde.

— Heureusement que je suis assise, Guido. J'en ai les genoux qui flageolent.

— Je me sens vraiment mieux, déclara Brunetti, reprenant soudain son sérieux. Je ne bois pratiquement plus, j'ai mes huit heures de sommeil, je fais de l'exercice et je m'occupe toute la journée.

— Est-ce que je vais te reconnaître ?

— J'espère, sinon j'en aurais le cœur brisé », répondit-il, se rendant compte à cet instant précis à quel point c'était vrai.

Lorsqu'ils raccrochèrent, Brunetti s'aperçut qu'il ne pleuvait plus et que le tonnerre s'était éloigné de l'île. Il regarda par les fenêtres et vit de grands nuages blancs reflétant une lueur vespérale. Il alla au bout du jardin, bien content d'avoir son pull, et regarda vers le sud-ouest. Aucun signe d'orage à l'horizon, luisant uniquement de la même et douce lumière du soir provenant de la ville lointaine. Comment une tempête d'une telle force avait-elle pu se déchaîner sans laisser la moindre trace ? Il poserait la question à Casati.

Il regarda sa montre et vit qu'il était 19 heures passées et pourtant, il faisait encore jour et tout était imprégné d'une luminosité vibrante de vie. Il enfonça ses mains dans les poches et marcha vers le quai. Il observa un instant les gros nuages et leurs reflets passer du rouge au rose, avant de disparaître complètement. Au bout d'un long moment, Brunetti revint à la maison pour préparer son dîner solitaire ; solitaire, mais en compagnie de Caius Plinius Secundus, mort depuis presque deux mille ans, mais bien présent pour lui.

11

Brunetti se réveilla au paradis : les oiseaux gazouillaient, le soleil chatouillait ses paupières de ses doigts de rose, une vache invisible meuglait au loin ; il faisait une douce chaleur et son dessus-de-lit en coton lui souhaitait la bienvenue de bon matin. Il était encore couché, écoutant le silence, et renonça à regarder du côté gauche du lit pour voir si Paola s'y était glissée pendant la nuit – espièglerie à laquelle il s'était livré chaque matin depuis son arrivée.

En descendant à la cuisine se faire un café, il fut surpris de sentir le sol en briques si froid sous ses pieds. Federica n'avait pas apporté de pain. Il regarda l'horloge au-dessus de l'évier et vit qu'il n'était même pas 7 heures : il avait largement le temps de préparer son café et de prendre une douche avant son rendez-vous avec Casati.

Il but son café debout devant le plan de travail, mit la tasse vide dans l'évier et monta à l'étage où il se rasa soigneusement. Ses journées d'aviron avaient assez d'effets sur sa musculature sans qu'il ait besoin de prouver sa virilité par une barbe de trois jours ; en outre il se sentait mieux le visage glabre.

L'air du matin le faisait frissonner et il mit son pull sur les épaules. Toujours pas de signe de Federica. Le vendredi après-midi, elle lui avait apporté ses vêtements lavés et repassés, insistant sur le fait que c'était le signor Emilio qui l'avait priée de s'occuper de son linge. La gêne qu'il en éprouva l'incita à se demander pourquoi cela ne le dérangeait pas de recevoir les mêmes traitements à la maison. Les chemises propres et repassées, il le savait bien, n'arrivaient pas chaque nuit dans son armoire, comme par magie, pendant qu'il dormait, ni ici ni chez lui. Encore qu'elles auraient pu se livrer à ce manège, vu le peu d'attention qu'il portait à ces détails.

En sortant de la villa, il vit Federica tourner dans le sentier qui menait à la porte d'entrée. « Bonjour », lui dit-il.

Ignorant ses salutations, elle lui demanda : « Avez-vous vu mon père ? » Elle regarda par-dessus l'épaule de Brunetti, comme si elle le soupçonnait de dissimuler Casati dans la maison.

« Non. N'est-il pas dans son bateau ? »

Elle secoua la tête. « Il n'est pas descendu prendre son café ce matin et quand je suis montée, il n'était pas dans sa chambre. Je l'ai vu hier matin, mais plus depuis. Il n'est pas venu dîner. » Puis après une pause, elle poursuivit : « Et il n'a pas dormi à la maison la nuit dernière. » Elle était intriguée, mais pas inquiète, donc Brunetti en conclut que ce n'était pas un événement trop inhabituel. La situation n'était pas absurde, à son avis : Casati était encore un très bel homme, d'un âge indéfinissable, mais d'une vigueur qui sautait aux yeux. Comme si elle avait lu dans son esprit, Federica ajouta : « Autrefois, il appelait toujours quand il ne rentrait pas. » Consciente de ce renversement comique des rôles, elle esquissa un sourire embarrassé.

« Et sa barque ? » Casati devait sûrement l'avoir mise en lieu sûr la veille ; aucun propriétaire n'aurait laissé son bateau attaché à un mur en pierre, avec ou sans pare-battage, avec un orage à venir.

« Il y a une petite marina où beaucoup d'entre nous mettent leurs bateaux quand il fait mauvais temps. Mais je n'ai pas eu le temps d'aller voir.

— Où est-ce ? s'informa Brunetti.

— Venez avec moi », proposa-t-elle, tournant déjà les talons.

Il la rattrapa et ils marchèrent l'un à côté de l'autre, en silence, les yeux rivés au sol, jusqu'à ce que Brunetti vît un quai en ciment en forme de L à fleur d'eau, avec des bateaux amarrés du côté intérieur. Ils s'approchèrent des bateaux pour les observer, mais leur *pupàrin* n'était pas là. Les embarcations flottaient en toute tranquillité. Une seule, dont la bâche s'affaissait par endroits sous le poids de la pluie qui n'avait pas encore été écopée, révélait des signes de l'orage passé.

« C'est très étrange, dit Federica, en glissant la main dans ses cheveux mal peignés. Un bateau ne peut pas disparaître.

— L'a-t-il sorti, hier ? s'enquit Brunetti.

— Je lui ai dit de ne pas le faire, avec l'orage qui menaçait », répondit-elle, en essayant de dissimuler sa colère. Puis ses traits se détendirent. « Mais peut-être qu'il est sorti quand même et qu'il a dormi dans sa barque, car il ne pouvait pas rentrer. »

C'est en l'entendant se raccrocher à cet espoir si ténu que Brunetti commença à s'inquiéter. Casati n'avait-il pas de portable ? Il y avait douze heures que l'orage était passé : un homme aussi familier de la lagune que l'était Casati aurait retrouvé son chemin pour rentrer chez lui, même dans le noir. Il reprit sans tarder la direction de la villa, le seul endroit où il était pertinent de retourner. Au bout d'un moment, Federica le rejoignit et marcha au même pas que lui.

« Avez-vous une idée de l'endroit où il ait pu aller ? » s'informa Brunetti.

Federica fixait le sol, même si elle devait connaître le chemin aussi bien que le plancher de sa propre maison. Puis elle ralentit et s'arrêta. « Mon père... », commença-t-elle, avant de se taire et de se mordiller la lèvre. Elle s'éclaircit la gorge et expliqua : « Mon père va voir ma mère chaque semaine, généralement le dimanche.

— Je vois, fit Brunetti d'un ton qu'il voulait encourageant.

— Il va lui parler, il lui raconte ce qui se passe et lui demande ce qu'elle en pense. » Elle le regarda comme une étudiante marquant une pause pendant un examen pour évaluer les réactions du professeur.

Brunetti hocha la tête.

« Il le fait depuis qu'elle est morte, donc j'y suis habituée. »

Il hocha de nouveau la tête ; sa mère faisait la même chose.

« Donc, il est probable qu'il soit allé là-bas », conclut-elle.

Brunetti remarqua qu'elle avait au coin de ses yeux bleus les mêmes rides que son père. « C'est ce qu'il a dû faire. » Elle observa l'eau, en direction de Treporti.

Elle fixa les champs lointains pendant plusieurs minutes. Il vit passer un petit bateau poussif, avec un chien jappant joyeusement à la proue.

Lorsque le bruit du moteur disparut, elle se tourna vers Brunetti. « Mon père m'a dit qu'il vous aimait bien. Et qu'il avait confiance en vous.

— Confiance ? s'étonna Brunetti.

— Il a dit qu'on voyait bien qui vous avait appris à ramer et que vous étiez quelqu'un d'absolument fiable. » Elle opina du chef, comme pour confirmer le souvenir de ces mots.

Il se demanda si elle savait, pour la course, et lâcha : « Mon père et lui ont gagné la régate ensemble. »

Elle sourit. « Ce n'est pas la première fois que j'en entends parler. » En réponse à la question silencieuse de Brunetti, elle ajouta : « C'est une de mes histoires préférées. Je l'ai entendu décrire chaque virage et chaque tournant, et je connais le nom des hommes des quatre premiers bateaux ayant passé la ligne d'arrivée. C'est la seule fois où il a gagné. »

Elle se remit à marcher vers la villa. Lorsque Brunetti la rattrapa, elle se tourna vers lui. « Je ne peux pas vous dire pourquoi, mais il semblait nerveux ou impatient, comme s'il était impatient de faire quelque chose. J'ai cru qu'il voulait raconter cela à ma mère. »

Il n'y avait toujours pas de signe de bateau. « L'avez-vous appelé ? demanda Brunetti, sachant que c'était une question idiote.

— J'essaye depuis ce matin », répondit-elle en sortant son téléphone de sa poche et en appuyant sur la touche bis. Elle le tendit à Brunetti, qui entendit un long *bip-bip* jusqu'à ce qu'elle l'éteigne. « Je ne sais pas quoi faire », avoua-t-elle d'une voix rauque.

Brunetti était désemparé. Sur le continent, en pareil cas de figure, on appelle les hôpitaux et la police, mais il était de la police et ils étaient à des kilomètres du premier hôpital. « Qu'en est-il des gardes-côtes ? s'informa-t-il. Ou de la capitainerie du port ? » L'une ou l'autre institution devait certainement se charger de chercher les gens perdus en mer.

Cependant, en était-il sûr ? Casati avait disparu depuis moins de vingt-quatre heures et beaucoup d'hypothèses étaient envisageables. Mais une disparition advenue aussi près de la mer – et surtout après une tempête comme celle de la veille – semblait bien plus grave qu'une disparition sur le continent où la personne pouvait tout simplement avoir pris un train pour aller passer la journée à Ferrare, sans penser à prévenir ses proches. Le continent offrait une vaste gamme de destinations ; ici, il y avait peu de choix, à part rentrer chez soi.

« Massimo a un ami à la capitainerie, enchaîna-t-elle. Je vais lui demander d'appeler. »

Elle se tourna et fixa la lagune, comme si elle venait de prendre conscience de l'amplitude du lieu où il fallait chercher son père.

« Y a-t-il un endroit où il aurait pu aller ? » demanda de nouveau Brunetti lorsqu'ils revinrent au point d'amarrage devant la villa. Il voulait absolument vérifier toutes les possibilités avant de lancer un avis de recherche.

Federica y réfléchit longuement et finit par secouer la tête ; on aurait dit qu'elle avait écarté, plutôt que trouvé, une éventualité. « Il n'a jamais passé la nuit dehors sans me prévenir.

— Est-ce que votre mari est encore à la maison ?

— Non, il est parti ce matin. À 4 heures, précisa-t-elle, en regardant sa montre.

— Voulez-vous l'appeler et lui demander de contacter son ami ?

— Oui, oui. » Elle appuya sur une autre touche avant de fixer de nouveau l'horizon vide. Brunetti baissa les yeux et vit combien l'eau était trouble, comme si les sédiments soulevés du fond de la mer par les vagues de la veille n'avaient pas encore eu le temps de décanter. Il observa les mouvements furtifs des poissons, puis entendit une voix d'homme répondre à l'appel de Federica. Elle recula de quelques pas et se détourna de lui pour continuer la conversation.

Brunetti se dirigea par discrétion vers la villa. Casati lui avait dit le vendredi qu'il avait quelque chose à faire ce week-end-là, alors qu'il lui avait proposé la veille de sortir ramer. Mais les projets varient, Brunetti le savait bien : tout peut arriver.

La lumière avait explosé et la température avait grimpé. Brunetti sentait la sueur couler sur sa poitrine. Il avisa Burano et, par-delà, Torcello, mais les reflets sur l'eau étaient si violents qu'il se tourna vers le sud-ouest, en direction de Murano. Comme cette île semblait différente vue de ce côté-ci, et non pas depuis les Fondamente Nuove. Le point de vue changeait tout, comme pour les raisons qui avaient pu conduire Casati à dormir ailleurs que chez lui. Brunetti, en tant qu'homme, les aurait trouvées compréhensibles chez quelqu'un d'encore aussi jeune et vigoureux, mais il doutait que Federica vît la chose de la même manière. Une femme pouvait-elle ressentir cette forme de satisfaction complice à l'idée que Casati ait pu passer une nuit galante ? Sans doute que non, surtout si la femme en question était sa fille.

Mais Casati aurait appelé s'il avait su qu'il ne rentrait pas à la maison, dût-il mentir sur la cause. Surtout en présence d'un tel orage.

Ses méditations furent interrompues par Federica. « Massimo a dit qu'il allait immédiatement appeler son ami, dit-elle en le rejoignant. La capitainerie va s'occuper de l'affaire. »

Federica plaqua soudain ses deux mains sur le visage et émit un bruit sourd qui n'avait rien à voir avec les mots ou la pensée ; c'était l'expression sonore de la peur, de rien d'autre que la peur. « Tout, mais pas cela ! » s'exclama-t-elle d'une voix torturée.

Brunetti prit la fille de Casati par le bras et dut l'appeler plusieurs fois avant qu'elle ne se ressaisisse. Elle baissa les mains et recula. Elle hocha la tête, les lèvres serrées, puis lui dit qu'elle allait bien et se remit en route vers la villa.

Brunetti chercha le numéro de la capitainerie du port et appela pour les informer qu'il était commissaire de police, qu'il se trouvait à Sant'Erasmo avec la fille de l'homme qui avait été porté disparu et qu'il aimerait parler avec la personne chargée du dossier.

Il s'attendait à ce que son interlocuteur lui demande de prouver son identité, mais il n'en fut rien. L'homme pria Brunetti d'attendre un moment et transféra l'appel au capitaine Dantone, le responsable des recherches et des sauvetages en mer. Le capitaine lui assura qu'ils allaient immédiatement sonder les alentours de Sant'Erasmo avec des bateaux, puis qu'ils élargiraient leur zone d'action en suivant un ordre donné de quadrants. Enfin, en cas d'échec, ils demanderaient aux pompiers et aux gardes-côtes de venir en renfort. S'il n'y avait toujours pas de signe d'homme ou de bateau d'ici le milieu de la journée, ils demanderaient aux *carabinieri* de survoler la zone en hélicoptère.

Brunetti remercia le capitaine, lui dit qu'il restait sur l'île et s'informa du temps que dureraient les recherches.

« Jusqu'à ce que nous retrouvions le bateau. » Après s'être assuré que Brunetti n'avait pas d'autres questions, il raccrocha.

Jusqu'à ce qu'ils retrouvent le bateau, lui fit écho Brunetti.

12

Lorsque Brunetti vint informer Federica de la situation, il la trouva à la cuisine, en train de faire du café. Il remarqua qu'il y avait deux tasses et deux soucoupes sur la table ; il tira une chaise et s'assit en attendant que le café soit prêt.

Federica leur servit une tasse à chacun. Elle s'assit et mit deux sucres dans la sienne, fit glisser l'autre vers Brunetti et tourna le sucre avant de prendre sa première gorgée. Brunetti en fit autant.

« La capitainerie va envoyer des bateaux. De même que les gardes-côtes et, au besoin, les pompiers, annonça Brunetti.

— Et s'ils ne trouvent rien ?

— Les *carabinieri* enverront un hélicoptère.

— Et si son bateau a coulé ?

— Il est trop léger pour sombrer, répliqua Brunetti, même s'il était loin d'en être convaincu. L'employé de la capitainerie m'a dit qu'ils diviseraient la zone en quadrants et qu'ils chercheraient dans toutes les directions.

— Ils sont du sud, habituellement, dit-elle à la grande confusion de Brunetti.

— Qui ?

— Ces gens-là.

— Oui, un grand nombre d'entre eux, concéda Brunetti. Mais ils ont été entraînés pour accomplir ce genre d'opération.

— La lagune est grande.

— Federica, dit-il en se retenant de lui toucher le bras, laissons-les travailler, puis nous verrons. »

Elle prit les tasses et les soucoupes et alla les mettre dans l'évier. « Je crois que je vais rentrer. Papa pourrait essayer de me joindre.

— Bien sûr », approuva Brunetti en se levant.

Lorsqu'elle fut partie, il appela Paola.

« J'ai vu les éclairs depuis le balcon, dit-elle, mais ils ne sont toujours pas arrivés ici. Juste un peu de pluie, vraiment pas beaucoup. Est-ce que tu seras impliqué dans les recherches ? s'enquit-elle en abandonnant la question de la tempête.

— Les seules personnes qui savent que je suis un policier sont Federica – son père le lui a dit, et il l'avait su par Emilio – et l'officier de la capitainerie. Pour tous les autres, je suis juste un parent d'Emilio qui est venu faire de l'aviron.

— S'il était un aussi bon marin, pourquoi est-il sorti par un tel orage ?

— Je ne sais pas ce qu'il a fait. Tout ce que Federica m'a dit, c'est qu'elle le trouvait impatient ou nerveux, au petit déjeuner, sans pouvoir expliquer pourquoi.

— Elle dit peut-être cela maintenant qu'elle ne sait pas où il est. Rétrospectivement.

— Peut-être. Mais elle me paraît sensée.

— Raison de plus pour elle d'essayer de donner du sens à ce qui s'est passé. Ou d'y trouver une raison.

— Tu as lu trop de livres, répliqua Brunetti, dans une tentative de légèreté.

— Probablement, dit-elle fort aimablement. Tiens-moi au courant », ajouta-t-elle avant de lui dire au revoir.

Après qu'elle eut raccroché, Brunetti fut soudain envahi par une vague de nostalgie : la présence de Paola, le réconfort que son esprit procurait au sien... Le simple fait de lui avoir parlé cinq minutes l'avait calmé et le faisait se sentir un homme meilleur.

Il mit brusquement fin à cette introspection et monta dans sa chambre, où il jeta son pull au pied du lit et changea de jean. Il fut surpris de le voir flotter à la taille ; il enfila sa ceinture. Il y avait un miroir contre le mur, mais Brunetti ne se regarda pas. Il préféra sortir, prendre sa bicyclette et descendre au bar à l'autre bout de l'île.

Indifférente aux émotions humaines, la journée suivait son cours parfait. La pluie du soir précédent avait rafraîchi l'atmosphère et, malgré la hausse inévitable de la température, l'air demeurait une véritable caresse sur la peau.

Brunetti roula lentement à cause des petites flaques qui restaient dans les champs. Il y avait longtemps qu'il n'avait pas plu ; les plantes semblaient soulagées d'avoir bénéficié de cette pluie et il s'en réjouissait pour elles. La pensée de Casati l'assaillit de nouveau et il se sentit coupable d'avoir si facilement cédé aux sirènes de la nature.

Tout en roulant, il essaya de se remémorer ses conversations avec Casati et ses remarques sur les abeilles, ses filles. Brunetti avait lu, comme tout le monde, des articles sur le sujet et savait que le phénomène de leur mort en masse était mondial, mais il n'avait jamais pris soin d'approfondir la question, même si Chiara en parlait en connaissance de cause et ne cessait de répéter que les abeilles étaient comme les canaris dans les mines de charbon, et un bon thermomètre pour juger de l'état de santé déplorable de la planète.

Il pensa aux abeilles mortes que Casati avait rapportées dans le bateau et qu'il devait faire examiner. Brunetti en avait fait peu de cas à ce moment-là, mais puisqu'elles étaient mortes, le seul but de ces examens était de trouver la cause de leur mort. Il se demanda comment réagirait son ami, le médecin légiste Rizzardi, s'il apprenait que son collègue se souciait maintenant de la mort d'abeilles.

Il vit un mouvement sur sa gauche et ralentit par réflexe. Quelqu'un lui faisait signe, au beau milieu d'un champ rempli d'arbres. Il reconnut l'un des hommes qui jouaient aux cartes dans le bar l'après-midi, un pêcheur à la retraite qui maintenant cultivait son champ et exprimait souvent son plaisir à faire la grasse matinée, ce qui signifiait pour lui se lever à 6 heures du matin.

« Eh, Guido ! cria-t-il. Viens me donner un coup de main. »

Brunetti arrêta sa bicyclette et la coucha dans l'herbe sur le bas-côté, puis traversa le champ en direction de l'homme dénommé, croyait-il se souvenir, Ubaldo. L'herbe humide, qui était demeurée des semaines sans être coupée, frottait ses chevilles, une sensation plutôt agréable. Le paysan était entouré de quatre ou cinq seaux en plastique, entourés eux-mêmes par les arbres. Brunetti s'arrêta à quelques mètres de lui et lui demanda : « Qu'est-ce que c'est ?

— Des abricots, expliqua Ubaldo en désignant le sol, où Brunetti remarqua de petites formes ovales de couleur orange, cachées dans l'herbe.

— Que s'est-il passé ? »

En guise de réponse, Ubaldo indiqua les arbres dont les feuilles scintillaient de l'humidité de l'averse nocturne.

Quelques abricots pendaient encore aux branches, mais le tapis de fruits à leurs pieds laissait clairement imaginer le massacre auquel s'étaient livrés le vent et la pluie.

« Que voulez-vous que je fasse ? s'enquit Brunetti.

— Prenez un de ces seaux, remplissez-le et ramenez-le chez vous, lui suggéra Ubaldo, en se penchant pour ramasser deux abricots et les poser délicatement par-dessus les autres. Allez-y.

— Mais il y en a trop, objecta Brunetti.

— C'est pourquoi je vous dis d'en prendre. Il y en a trop pour ma famille aussi. » Comme Brunetti hésitait encore, Ubaldo insista : « S'il vous plaît. C'est un péché de jeter la nourriture, ma mère nous le disait tout le temps. Il faut les prendre. Je vous en prie. »

Brunetti se souvint de ce qu'on lui avait dit sur les pêcheurs : quand ils se retrouvent avec une pêche excessive, ils préfèrent la donner, plutôt que de la voir pourrir. Il prit un seau et commença à le remplir. « Prenez juste les bons, précisa Ubaldo. J'enverrai mes petits-enfants chercher ceux qui sont abîmés, ma femme en fera de la confiture. »

Brunetti s'autorisa donc à chipoter et prit soin de sélectionner seulement les fruits intacts. Cinq minutes plus tard, le seau était déjà à moitié plein. Il finit rapidement de le remplir et demanda à Ubaldo s'il voulait de l'aide pour le reste.

« Non, répondit l'ancien pêcheur, marquant une pause pour essuyer son visage avec un grand mouchoir blanc. Cela me fait quelque chose à faire. »

Brunetti transporta son seau jusqu'à sa bicyclette. Une fois celle-ci remise d'aplomb, il le fit glisser sur le guidon et poussa le vélo jusqu'à Ubaldo, qui était encore occupé à ramasser les fruits tombés.

« Avez-vous vu Davide ? » demanda Brunetti affablement.

Ubaldo se redressa, lançant un abricot dans le seau et répondit : « Non, pas depuis quelques jours. Rien de grave ?

— Non, je voulais lui demander quelque chose au sujet du bateau. Mais je peux attendre. » Brunetti sourit, mit son pied sur une pédale, remercia Ubaldo et partit en direction du bar.

Quand il entra dans le petit établissement, les trois hommes assis à la longue table levèrent les yeux vers lui, leur visage empli d'une curiosité qu'ils n'avaient aucune raison de dissimuler. L'un d'eux lui fit signe et tira une chaise pour lui. « L'ont-ils trouvé ? » demanda le premier, Pierangelo, sans prendre la peine d'expliquer comment ils savaient que Casati était porté disparu.

Brunetti appela le serveur et commanda un café avant de s'asseoir. Il leva les deux mains en un geste de reddition et répondit : « Je n'en ai pas la moindre idée. J'ai parlé à Federica, elle a appelé son mari qui a discuté avec la capitainerie. » Depuis son installation sur l'île, Brunetti n'avait parlé qu'en vénitien avec tous les gens qu'il rencontrait ; en passant au dialecte, espérait-il, il pourrait entrer dans leur cercle intime et être pris pour un des leurs.

Le plus vieux, Gianni, portait une veste de costume élimée, témoignant de son ancien emploi de comptable dans une verrerie de Murano ; il s'était arrogé le rôle de chef et proféra : « Ils le trouveront. Si quelqu'un peut y arriver, c'est bien eux. »

Franco – ils n'avaient jamais donné leurs noms de famille et pour Brunetti, c'était le grand aux mains pleines d'arthrose – intervint : « J'ai entendu dire qu'il était à Burano avec cette femme. Il a probablement essayé de rentrer pendant la tempête. »

Brunetti observait Gianni, pendant que Franco parlait, et il vit son visage se crisper à ces mots. Le commissaire détourna les yeux. Un moment s'écoula avant que Gianni ne précise : « Davide est quelqu'un de sensé. Il est probablement sorti pour voir si ses abeilles étaient saines et sauves. » Il haussa les épaules très fort, comme pour indiquer qu'il n'y avait rien à comprendre à l'étrange comportement des humains, ou aux efforts qu'un individu était prêt à accomplir pour ce qui lui tenait à cœur.

Pierangelo sirotait son vin sans rien dire ; c'était sa contribution habituelle à toute conversation. Cependant, il jeta sur Gianni un regard de souffrance entendue et secoua la tête.

Le serveur apporta son café à Brunetti et déclara : « Cette tempête n'était rien pour quelqu'un comme Davide. Vous vous souvenez de celle où Claudio Mozza s'est perdu ? Ça, c'était une tempête. Cela fait combien d'années – sept, peut-être huit ? » Il s'appuya sur une chaise vide et croisa les bras sur son dossier, en cherchant de l'aide autour de la table. L'homme qui ne parlait jamais précisa : « Huit », sans un mot de plus. Sans doute était-il leur mémoire collective.

« C'est cela, confirma le serveur. Il y a juste deux jours, Davide m'a dit avoir vu plein de dorades à deux kilomètres de Treporti et qu'il avait juste à tendre un filet dans l'eau : elles se battaient pour y entrer. » Il gloussa à ce souvenir et poursuivit : « Je parie que c'est là qu'il est allé.

— Et ce Mozza ? Que lui est-il arrivé ? » s'informa Brunetti. Il regarda tour à tour le serveur, Gianni et Franco, en quête d'une réponse.

« Ils ne l'ont jamais retrouvé, raconta Gianni. Ils ont cherché trois jours, ils ont même envoyé un hélicoptère. » Il jeta un coup d'œil circulaire et les autres hommes à la table opinèrent du chef pour confirmer ses propos. « Ils ont retrouvé son bateau. Vers Poveglia. Personne n'a jamais compris comment il avait pu atterrir là-bas.

— Vont-ils faire la même chose cette fois aussi ? s'enquit Brunetti innocemment.

— Pas besoin, insista le serveur. Dès qu'ils commenceront les recherches, Davide refera son apparition et demandera pourquoi on a fait tout ce raffut. »

Le serveur lâcha le dossier de la chaise, prit les trois verres vides sur la table et, sans demander s'ils voulaient autre chose, retourna au comptoir et commença à les laver.

« Ce qu'il a dit sur Davide est vrai : c'est un des meilleurs, déclara Gianni à Brunetti, en regardant dans la direction du zinc. Mais le vent était mauvais la nuit dernière et il n'est plus tout jeune. » Les hommes à ses côtés firent un signe d'assentiment.

Brunetti les remercia et paya la tournée en leur annonçant qu'il retournait à la villa pour voir s'il y avait du nouveau.

13

La hausse de la température invita Brunetti à pédaler lentement vers la villa et lui fit regretter d'avoir oublié ses lunettes de soleil et sa casquette de baseball. En ville, la vie se déroulait à l'ombre des murs, tandis qu'ici, le soleil était implacable et cruel.

Le bruit du seau contre le guidon lui rappela la présence des abricots ; il y plongea la main et les tâta, en sortit un bien moelleux et mordit dedans. Le fruit explosa dans sa bouche, la remplissant d'une douceur qu'il n'avait plus goûtée depuis des années, quand, plus jeunes, ses amis et lui allaient en chaparder. Il lança le noyau sur le côté de la route et se nettoya le menton avec le dos de la main. Puis il en mangea un autre, et un autre encore, jusqu'à ce qu'il s'oblige à arrêter. Il vit couler devant lui une fontaine publique. Sans descendre de son vélo, il se rinça la main, se nettoya la bouche et le menton, puis se rinça de nouveau la main et l'essuya contre son jean.

Il repartit et, dédaignant volontairement les fruits mûrs, continua à rouler en direction de la maison. Sur sa gauche, il entendit s'approcher un bateau puissant et rapide. Il se tourna et lut les mots inscrits sur le côté : *Capitaneria di porto*. Il lui sembla voir quatre hommes à bord. Il accéléra, mais le bateau le doubla rapidement.

Il pédala vigoureusement sur la distance restante et arriva à la villa pour trouver le bateau en train de tanguer à proximité des marches. Un homme en uniforme était au gouvernail, un autre se tenait près de lui. Un troisième était en train d'attacher l'embarcation à l'anneau de métal scellé dans le mur, pendant qu'un quatrième se dirigeait vers la demeure.

Brunetti freina, une fois arrivé à leur hauteur, et descendit de vélo. Il l'appuya contre le mur d'enceinte de la villa. « Capitaine Dantone ? demanda-t-il à l'homme à terre, ayant reconnu les deux galons sur les épaules de sa veste.

— Oui », répondit-il en se tournant vers Brunetti. Il lui lança un regard attentif, mais dénué de toute suspicion, même si le commissaire était en jean, avec une chemise délavée et une paire de vieilles tennis usées, et s'il avait un seau d'abricots mûrs à la main. Dantone devait avoir au moins dix ans de moins que lui et dégageait une aura de calme et d'assurance. Il avait les cheveux blond foncé coupés ras, les yeux clairs et un nez si fin qu'il aurait pu être celui d'une femme, si son front bas et sa mâchoire anguleuse ne venaient contredire cette idée saugrenue.

Brunetti se présenta en lui tendant la main et précisa que c'était lui qui avait appelé.

« Avez-vous une pièce d'identité ? » demanda Dantone d'un ton neutre. Brunetti ne parvint pas à cerner son accent.

« Oui. Dans ma chambre. Voulez-vous que j'aille la chercher ? » Au signe affirmatif du capitaine, Brunetti gravit l'escalier. Il prit sa carte plastifiée et la tendit à Dantone qui la regarda de près, la retourna et en étudia le dos.

« Merci, commissaire, dit-il en la lui rendant. Pourriez-vous me dire pourquoi vous êtes ici ?

— La tante de ma femme possède cette villa et je suis venu y passer quelques jours, expliqua-t-il.

— Je vois, fit Dantone. Connaissez-vous le signor Casati ?

— Oui. J'ai ramé avec lui depuis mon arrivée.

— Cela fait combien de temps ?

— Dix jours.

— Et vous n'avez fait que de l'aviron ensemble ? » Comme Brunetti hocha la tête, le capitaine s'informa : « Est-ce un bon rameur ?

— Très bon.

— Même en cas de tempête ? nuança Dantone.

— Je suis désolé, capitaine, mais je ne peux pas le dire. Je ne suis qu'un amateur. Vous devriez le demander à quelqu'un qui a plus d'expérience et qui connaît mieux que moi le signor Casati. »

Dantone opina du chef et s'apprêtait à parler lorsqu'il fut interrompus par un bruit perçant provenant du bateau. Dantone retourna à bord et prit le combiné téléphonique. Il parla brièvement, puis demanda quelque chose au pilote. Le marin qui se tenait à ses côtés descendit dans la cabine.

Dantone parla au téléphone un long moment, écouta son interlocuteur et raccrocha. Il appela Brunetti : « Voulez-vous vous joindre à nos recherches, commissaire ? »

Brunetti accepta immédiatement, puis demanda : « Puis-je aller chercher quelques affaires dans ma chambre ?

— Bien sûr », approuva Dantone. Le pilote se mit à gauche du gouvernail et indiqua un écran sur la tablette devant lui. L'homme qui avait amarré le bateau dénoua la corde.

Brunetti se dépêcha de monter dans sa chambre, prit ses lunettes de soleil et son pull, puis enfouit sa casquette de baseball dans sa poche. Il était déjà à la porte lorsqu'il pensa à aller chercher son portable resté sur la table de nuit.

Il entendit le moteur vrombir ; il descendit l'escalier en courant et claqua la porte derrière lui. Il monta sur le bateau et resta sur le pont, près du pilote. L'eau était basse, par rapport au matin.

Le pilote emprunta le même canal que celui que Brunetti et Casati avaient suivi les deux premiers jours. Chaque fois qu'ils passaient dans un canal plus étroit, le pilote ralentissait et les deux marins observaient l'affluent avec leurs jumelles. Brunetti avisa l'écran devant lequel se tenaient Dantone et le pilote. Il reconnut la carte de la lagune nord où un point rouge se déplaçait en direction du nord-est ; il ne lui fallut qu'un moment pour saisir que ce point correspondait à leur position.

Le pilote actionna quelques touches et des lignes rouges horizontales et verticales divisèrent la zone tout entière en secteurs carrés. De sombres petits rectangles apparurent sur la droite de l'écran et lorsque Brunetti regarda le rivage sur ce même côté, il aperçut les édifices correspondants.

Les vasières et les canaux étaient aussi familiers à Casati que les *calli* de Venise à Brunetti. Casati prenait automatiquement en compte les schémas des marées et leur mouvement de recul deux fois par jour, suivi de la nouvelle formation de canaux et de rigoles ; c'était exactement ainsi que Brunetti procédait en ville pendant l'*acqua alta*, en choisissant les *calli* en fonction du flux ou du reflux de la marée.

Brunetti interrompit sa rêverie et s'aperçut qu'ils filaient vers le nord. Sur les berges poussaient des roseaux et de hautes herbes ; au fur et à mesure qu'ils avançaient, les herbes semblaient ramper vers eux, sur chacune des rives de l'étroit canal. Finalement, le pilote ralentit et le bateau s'arrêta. « Pas plus loin, capitaine, ou nous risquons de nous enliser. »

Dantone, qui était au téléphone, hocha la tête et lui fit signe de faire marche arrière. Il continua à parler pendant que le pilote s'exécutait, en redescendant lentement le canal. Les herbes reprenaient leur position initiale après le passage du bateau. Le pilote finit par trouver un canal latéral assez large pour reprendre la direction de Sant'Erasmo.

Brunetti avait dressé les oreilles tout au long de la conversation : Dantone était en contact avec deux autres bateaux, représentés sur l'écran par deux autres points rouges. L'un sillonnait quelque part entre Torcello et Burano, alors que l'autre se trouvait dans le canal de Treporti. Dantone leur disait quel canal emprunter et les autorisait à revenir en arrière quand les fonds devenaient trop bas.

Brunetti mit sa casquette de baseball, plus pour se protéger de la lumière violente que du soleil, ravi de l'avoir prise avec lui.

Une heure plus tard, aucun des petits canaux n'était plus praticable. Brunetti comprit aux conversations de Dantone qu'il en allait de même pour les zones où les autres bateaux patrouillaient.

Après avoir ordonné à ces derniers d'aller jeter un coup d'œil vers l'ouest et, si possible, au canal de Silone et au canal de Dese, Dantone sortit son portable et composa un numéro.

« *Ciao*, Toni, dit-il, et Brunetti supposa que c'était un coup de fil personnel. La marée est sur le point de redescendre, nous n'allons rien pouvoir faire pendant les quelques heures à venir. Je voudrais que tu envoies un hélicoptère, d'accord ? » Dantone écouta un moment puis répliqua : « Peu m'importe la procédure. Peu importe qui j'appelle : que ce soit les pompiers ou les gardes-côtes, aucun bateau ne pourra circuler dans les canaux pendant plusieurs heures. Tu as vu la lune hier soir : la marée est basse. » De nouveau un long silence puis il affirma, sans plus se soucier de masquer son irritation : « Peut-être en kayak, mais pas avec les bateaux que nous avons. » Il s'écoula un autre moment de silence, puis Dantone énonça, d'un ton beaucoup plus conciliant : « Je sais, Toni : les comptables aussi ne cessent de nous hurler après. Mais ce type doit être blessé dans sa barque, quelque part. Et ce n'est pas comme ça que nous le trouverons, pas avec nos bateaux. Fais-le, et je te paye à boire la prochaine fois qu'on se voit. »

Dantone se tut un moment et Brunetti crut qu'ils allaient devoir attendre la prochaine marée pour reprendre les recherches, mais le capitaine dit alors : « Merci, Toni. Prions pour que ça marche. »

Il remit son téléphone dans sa poche et se tourna vers Brunetti. « Je pense que le mieux que nous ayons à faire maintenant, c'est d'aller déjeuner. »

Ils se rendirent à un endroit que Brunetti connaissait à Burano, même s'il y avait des années qu'il n'y était plus allé. La décoration intérieure – ou ce qui était censé être de la décoration – n'avait pas changé et, par bonheur, la nourriture non plus. Le service était comme dans son souvenir : brusque, à la limite de l'impolitesse ; aucun risque d'avoir envie de traîner une fois le repas terminé. *Sans doute est-ce pour cette raison que les touristes ne s'éloignent pas du rivage*, se dit Brunetti. *Dommage qu'il n'y ait pas plus de restaurants de cet acabit.*

Dantone parla peu pendant le repas ; il se contenta de remarquer que l'orage avait été *tanto fumo, poco arrosto* : un bien maigre rôti, pour autant de fumée. « Il a dû être impressionnant par ici, concéda-t-il lorsque Brunetti protesta, mais c'étaient surtout des éclairs de chaleur et la pluie n'a pas duré longtemps. J'ai parlé à notre météorologue avant de venir ici et elle m'a dit que c'était ce que montraient ses mesures. » Il ajouta ensuite, comme pour convaincre Brunetti de sa compétence : « Cela fait vingt ans que je suis ici et j'ai passé le plus clair de mon temps dans la lagune. »

Le garçon arriva et servit trois roulés de poulet aux carottes et aux oignons, partit et revint avec deux autres assiettes sans souffler mot, apparemment mécontent de les servir. La conversation cessa lorsqu'ils commencèrent à manger. Comment quelque chose d'aussi banal que du blanc de poulet pouvait être aussi bon, aussi mœlleux en bouche ? Peut-être était-ce l'ajout de carottes qui adoucissait le plat.

Ils l'entendirent tous au même moment et levèrent les yeux simultanément, comme si à travers le plafond et le toit du bâtiment, ils pouvaient discerner ce qui s'approchait au-dessus de leurs têtes. Ce bruit mit un terme à leur déjeuner et ils quittèrent la table sur une dernière bouchée. Dantone laissa un billet cinquante euros, finit son verre d'eau et se dirigea vers la porte. Brunetti sortit son portefeuille, mais le capitaine l'arrêta d'un signe en disant : « Cela suffit largement. »

Estimant qu'il n'était pas poli d'insister, Brunetti le remercia et le suivit. Un hélicoptère volait en direction du nord-ouest. Les hommes regagnaient le bateau, mais leur sentiment d'urgence était soumis aux caprices des marées, qui continuaient d'aller et venir, en suivant leur rythme méthodique. Ils montèrent à bord ; le moins gradé largua les amarres et ils mirent le cap vers le nord.

Dantone prit le téléphone du bateau et pressa certaines touches. Soudain, tous entendirent le bruit des pales de l'hélicoptère et une voix d'homme qui leur donnait sa position. Dantone regarda la carte de la lagune sur l'écran et ordonna : « Je voudrais que vous alliez au canal de Sant'Antonio, puis vers la vallée de la Cura et l'île de Santa Cristina. »

La voix provenant de l'appareil énonça quelque chose que Brunetti ne put comprendre, contrairement à Dantone qui répondit : « D'accord. Bien. Redescendez le canal de Gaggian. » Il toucha l'épaule du pilote ; le bateau ralentit, longea la rive droite du canal et s'arrêta.

Dantone se tourna vers Brunetti et secoua la tête : « Rien », déclara-t-il. Le moteur de l'hélicoptère devint peu à peu audible puis ils le virent, peut-être à dix mètres au-dessus du sol, venir lentement vers eux.

Dantone regarda de nouveau la carte sur l'écran et reprit le téléphone, en dessinant une trajectoire de la main droite : « Nous sommes allés aussi loin que vous, donc montez vers San Felice jusqu'à l'extrémité du canal de Cenesa, puis redescendez le canal de Balolli. » Il y eut une pause, puis Dantone déclara, sans chercher à dissimuler son agacement : « Faites ce que je vous dis. Je connais les marées. »

Tous virent l'hélicoptère tourner sur la droite et partir en direction du nord-est. Il maintint son altitude au-dessus des champs d'herbe, sa silhouette diminuant au fur et à mesure qu'il s'éloignait.

« Et maintenant ? s'enquit Brunetti, sachant que c'était une question idiote.

— Nous attendons leur appel.

— Et s'ils ne trouvent rien ? »

Dantone esquissa un sourire furtif. Il désigna l'écran qui montrait une carte détaillée de la lagune. « J'ai lu les bulletins météorologiques et j'ai consulté la carte des marées. Il y a très peu d'endroits dans la lagune nord où il puisse être allé, ou être parti à la dérive. » Il parlait avec cette assurance des hommes de la mer lorsqu'ils évoquaient les vents et les marées – l'assurance de Casati –, et Brunetti le crut.

Il remarqua que le bruit de l'hélicoptère avait disparu, ou du moins s'était atténué au point qu'il était difficile de différencier son moteur du faible bruissement du vent. Le téléphone de Dantone sonna et le capitaine répondit immédiatement. Il écouta un moment, puis s'informa : « Quoi ? Qui ? Qui est-ce ? » Il garda longtemps le silence que ne vint briser aucun vrombissement d'hélices.

« En est-il sûr ? À l'arrière, du côté des chantiers ? Mais qu'est-ce qu'il faisait là ? » Dantone se pencha pour regarder la carte devant lui et affirma : « Nous allons y jeter un coup d'œil. » Il raccrocha et remit le téléphone dans sa poche. Il posa sa main sur le bras du pilote pour attirer son attention et expliqua : « C'était Minniti. Ils ont eu un appel. Un gars de Murano qui était sorti ramer a vu un bateau qui a chaviré derrière le cimetière. On y va. »

Brunetti détourna son regard du nord pour le poser sur la vaste étendue d'eau.

« Derrière l'île de San Michele, là où ils font des travaux d'agrandissement », précisa Dantone.

Le pilote avait déjà tourné et filait à toute vitesse vers le canal de Scomenzera. À l'approche de Murano, il actionna la sirène. Il contourna un petit bateau à voile, fonça vers le canal d'Ondello et arriva bientôt dans un canal plus large, situé devant Murano.

L'île de San Michele se trouvait juste en face d'eux. Un homme dans une *sanpierota*[1] leva un bras à leur vue.

« Pouvez-vous le rejoindre ? demanda Dantone au pilote.

— J'en doute, mon capitaine. L'eau est très basse à cet endroit et je ne veux pas prendre le risque de m'approcher davantage.

— D'accord. » Dantone alla vers le bastingage et d'un ample geste de la main droite, il somma l'autre batelier de s'approcher.

Sans accuser réception du signal, l'homme remit sa rame dans la *fórcola* et vint vers eux à une vitesse surprenante. Il longea leur bateau et s'arrêta habilement après une marche arrière.

Âgé d'une petite vingtaine d'années, il avait le hâle typique des marins, même si après l'avoir vu ramer, Brunetti n'en avait déjà pas le moindre doute.

Le capitaine Dantone se présenta.

« Bartolomeo Penna, dit le jeune homme. À votre disposition, mon capitaine. » Le sourire accompagnant ces

1. Barque traditionnelle en bois, qui doit son nom au bourg de San Pietro in Volta, situé sur le lido de Pellestrina, à proximité de Venise.

mots exonérait sa remarque de toute trace d'ironie : c'était un homme de la mer, vouant à un officier le respect qui lui était dû.

« Où est le bateau ? » s'informa Dantone.

Penna pivota et indiqua les tas de gravats accumulés au bord de l'île. On voyait bien que le chantier de construction était en cours, avec des planches et des pierres, et de vieux sacs en papier de ciment ; remplis à présent de fragments de coquillages, certains tenaient debout grâce à des planches croisées ou à des panneaux de bois.

« Par là-bas, précisa Penna, en désignant les piles de déchets.

— Je ne vois rien, répliqua Dantone.

— Il est caché par tout ce bazar, il faut vous approcher.

— Pouvons-nous y aller ? s'enquit Dantone.

— Pas avec celui-ci, affirma Penna, en donnant un coup affectueux au gros bateau, comme un poney de polo frottant son nez contre le cou d'un percheron.

— Pouvez-vous nous y emmener ?

— Bien sûr, mon capitaine », répondit le jeune homme qui gagna l'arrière de l'embarcation pour leur faire de la place.

Dantone invita Brunetti à le suivre, enjamba le bastingage et descendit au milieu du bateau. Brunetti s'installa juste derrière lui.

Penna remit sa rame dans l'eau et ils partirent en direction du cimetière.

14

Brunetti luttait contre un mauvais pressentiment. Casati aurait-il pu aller ailleurs qu'au cimetière pour discuter avec sa femme ? À qui d'autre aurait-il pu parler de la mort de ses abeilles, ses filles ? Il ne souffla mot.

Ils foncèrent comme des flèches vers le plus grand des tas de terre et de pierres. Dix mètres avant, Brunetti sentit le bateau s'entraver dans quelque chose. Penna les mena aussitôt vers une eau plus profonde, mais après seulement quelques coups de rame, il tourna sur la droite et repartit en avant. Encore quatre coups de rame et il arrêta son embarcation.

Brunetti aperçut alors le fond d'un petit bateau qui avait chaviré et flottait à la surface.

Derrière lui, Dantone s'informa : « Son bateau est un *puparìn*, n'est-ce pas ?

— Oui.

— Penna, pouvez-vous vous approcher un peu plus ?

— J'aimerais bien, répliqua le jeune homme, mais les gens ont déversé beaucoup de détritus dans l'eau et je ne sais pas si je peux m'y frayer un chemin. » Puis, d'une voix qu'il voulut encourageante, il ajouta : « Ce n'est vraiment pas profond ici, signore, il n'y a pas plus d'un mètre. Même si le fond a été un peu dragué. »

Brunetti s'était tourné vers l'arrière du bateau, la meilleure position pour pouvoir suivre leur conversation. Dantone accueillit ces informations avec un haussement d'épaules, regarda le commissaire et lui demanda : « Vous venez ?

— Oui. »

Dantone posa son chapeau à l'envers aux pieds de Penna et y rangea sa montre et son portable. Puis il enleva sa veste avec un soupir et la plaça près du chapeau. Avec autant de désinvolture que s'il s'apprêtait à plonger dans une piscine, il passa ses pieds encore chaussés par-dessus bord et descendit, complètement habillé, dans l'eau qui lui arrivait, comme Penna l'avait prédit, seulement un peu au-dessus de la taille.

Le temps que Dantone fasse le tour du bateau, Brunetti se pencha pour mettre sa propre montre et son téléphone dans le chapeau, avant de se glisser à son tour dans l'eau. Sentant la vase glisser et ondoyer sous ses pieds, il fut content de porter ses tennis.

Le capitaine se dirigea vers le bateau immobile qui flottait à dix mètres d'eux.

Brunetti le suivait ; ses pas s'enfonçaient dans la vase et résistaient lorsqu'il cherchait à les libérer des objets durs ou – pire – des objets mous qu'il heurtait par intermittence. Tout à coup, Dantone poussa un cri et disparut. Brunetti se précipita pour le repêcher, avec pour seule prise les cheveux du capitaine. Il tira et parvint à sortir sa tête de l'eau, mais impossible de remonter son corps. Dantone agitait les bras et se débattait dans tous les sens, en proie à la panique.

Pour avoir une meilleure prise sur lui, Brunetti avança, mais le sol se déroba sous lui. Instinctivement, il lâcha Dantone et recula prestement. Son pied s'enfonça dans un trou. Il l'en sortit et attendit d'avoir retrouvé sa stabilité dans la vase molle pour se pencher de nouveau et saisir Dantone par le bras. Il fit un pas en arrière, tirant le capitaine à lui.

Dantone continuait à lui résister, émergeant puis s'enfonçant dans l'eau comme s'il était happé vers le bas par d'autres forces, puis il se libéra enfin et atterrit dans les bras de Brunetti.

Dantone toussa, vomit de l'eau et toussa encore. Lorsque sa toux se calma, il se pencha, les mains sur les hanches, et respira profondément un long moment. « Un trou, finit-il par expliquer. Il y a un trou là-dessous. Je ne pouvais pas m'empêcher de glisser. » Leurs deux cœurs battant de nouveau normalement, par un consentement mutuel, ils se prirent par le bras et repartirent vers le bateau prudemment, en testant chacun de leurs pas.

C'est ainsi qu'ils s'approchèrent de la coquille renversée du *puparìn*. Des algues et des crustacés s'étaient accrochés au fond désormais visible de l'embarcation qui flottait à trois mètres environ de la rive. Le pied de Brunetti s'enfonça dans le vide ; échappant à la poigne de Dantone, il tomba dans un trou. Il ne pouvait plus réfléchir, il avait perdu la raison. Il sombra et crut mourir. Ses pieds heurtèrent le fond et s'enfoncèrent dans la boue. Son corps remonta sous l'effet de la panique ; revenu à la surface de l'eau, il put recommencer à respirer.

Dantone tenait Brunetti par les épaules et le tira d'un coup sec vers lui. Le commissaire avait réussi à sortir du trou, il ne savait comment. Dantone l'entraîna à l'écart. La terreur – même si Brunetti appellerait plus tard cela de l'instinct – le figea et il eut le sentiment qu'il allait expérimenter quelque chose d'étrange, de désagréable et de dangereux. Puis Dantone le tira sur la gauche et ils repartirent plus précautionneusement, plus lentement, en faisant cette fois le tour du bateau, mais sans s'approcher. Brunetti surmontait sa peur au fur et à mesure qu'ils faisaient le tour de l'embarcation. Il s'arrêta et posa une main ferme sur l'épaule de Dantone. « C'est un *puparìn*.

— Que faisons-nous ? demanda Dantone. Nous le retournons ? »

Le policier en Brunetti suggéra : « Je n'y toucherais pas tant que nous n'en avons pas vu davantage. » Il songea à toutes les fois où les preuves avaient été contaminées par une curiosité trop hâtive et se demanda pourquoi cette idée lui avait traversé l'esprit. Des preuves de quoi ?

« Je veux jeter un coup d'œil dessous », dit-il. Peu importait qu'ils soient dans ou hors de l'eau : ils n'étaient plus désormais que deux êtres amphibies, et sales de surcroît. En réaction au hochement de tête de Dantone, Brunetti aspira le plus d'air possible et plongea. Les yeux ouverts, il glissa sous le bord, mais comme il n'y avait pas de lumière, il ne put rien voir. Il passa les mains sous l'invisible courbe intérieure et se créa un passage jusqu'au côté opposé, mais il ne sentait rien, excepté les flancs lisses et le plat-bord. Il revint à son point de départ et sortit de l'espace oppressant pour refaire surface, non loin de Dantone.

« On ne peut rien voir. Il fait trop sombre, déclara-t-il.

— Et donc ? demanda le capitaine.

— Si nous le tirons sur la rive, nous pourrons peut-être le retourner et vérifier si c'est le sien », proposa Brunetti, se demandant pourquoi il se refusait à le croire.

Dantone passa de l'autre côté et ensemble, ils tirèrent le bateau vers la berge qui ne présentait aucun accès facile, du fait de son brusque dénivelé de presque un mètre. Abandonnant le bateau, Brunetti grimpa sur la terre, suivi de Dantone. Pliés en deux, ils prirent quelques inspirations profondes et sonores avant de revenir au bateau.

Il fut relativement aisé de tirer la proue sur la rive et de traîner la barque sur un quart de sa longueur, mais ils se rendirent compte rapidement qu'il n'y avait aucun moyen de la remettre à l'endroit ou de la faire entièrement sortir de l'eau. Sur le côté gauche de la proue, Brunetti aperçut une longue trace bleue : Casati lui avait raconté qu'il avait évité de justesse quelques semaines plus tôt un bateau de livraison dont le pilote était ivre. « C'est le sien », assena-t-il.

Il fit le tour du bateau et vit une corde tendue qui pendait à l'anneau scellé à l'arrière. Il se pencha et tira dessus, en espérant libérer l'ancre et pouvoir la lancer à terre, car il faudrait sûrement ramener le bateau à Sant'Erasmo. Il réitéra son geste plusieurs fois, mais elle devait s'être accrochée à quelque chose au fond.

« Pouvez-vous m'aider, capitaine ? demanda-t-il, surpris de ne pas encore connaître le prénom de Dantone.

— Andrea, précisa Dantone en allant vers lui, et vous êtes Guido, n'est-ce pas ?

— Oui, confirma Brunetti. Il y a une grille en métal au bout de la corde : elle doit être bloquée au fond. » Il passa la corde à Dantone qui se mit face à lui.

Ils tirèrent ensemble. Brunetti sentit l'ancre céder et regarda Dantone avec un air de satisfaction.

Ils continuèrent à tirer ensemble, une main après l'autre, en fonction des mouvements de l'ancre au fond de l'eau et la corde s'enroula doucement sur elle-même à leurs pieds.

Il regarda l'endroit où elle pénétrait dans l'eau, se demandant si Casati avait décidé d'utiliser quelque chose de plus lourd, de plus sûr que la grille qu'il lui connaissait. Il se pencha par-dessus et scruta l'eau de la lagune. C'est là qu'il aperçut la main.

15

Peut-être perdit-il l'équilibre ; peut-être la corde s'enroula-t-elle autour de sa cheville et le fit trébucher ; ou peut-être était-ce la vue de la main qui fit tomber Brunetti à genoux. Toujours est-il qu'il se retrouva dans la boue, les genoux égratignés par les pierres et les éclats de tuiles. Il tenait encore la corde, mais il redoutait de plonger la main dans l'eau, où se trouvait cette autre main.

« Guido, qu'est-ce que qui se passe ? demanda Dantone, debout derrière lui.

— Dans l'eau, fut tout ce que Brunetti put dire. Regardez. » Il luttait contre ses haut-le-cœur.

Dantone suivit la corde des yeux. Et il la vit. « Sainte Marie », murmura-t-il – une expression que la mère de Brunetti utilisait – et ses mains se figèrent autour de la corde.

Il s'écoula une éternité, ou peut-être seulement une minute. Brunetti finit par se lever et regarda le capitaine dans les yeux. « Nous devons le sortir de là. »

Dantone hocha la tête, incapable de prononcer un mot.

Ils unirent leurs mains et hissèrent ensemble cette horrible nouvelle ancre. Brunetti commença par détourner les yeux, puis il se blinda et regarda la corde et ce qui se trouvait en dessous : le sommet d'une tête, une épaule, la deuxième épaule, puis la poitrine de l'homme. Il jeta un coup d'œil furtif à son visage, qui lui confirma l'identité de Casati, dont le corps se balançait et tournoyait dans l'eau.

Lorsqu'il vit la tête de Casati flotter à la surface, Brunetti déclara : « Je m'en charge. » Il regarda Dantone qui fit un signe d'assentiment et planta solidement les jambes dans le sol, assurant sa prise sur la corde.

Brunetti la laissa se dévider et se pencha, saisit la dépouille sous les épaules et tenta de la tirer sur la terre ferme. Il se mit à genoux pour faire levier, mais il lui fut impossible de soulever le corps.

Au moment où il s'apprêtait à demander de l'aide à Dantone, ce dernier le rejoignit. Ensemble, ils hissèrent le cadavre sur la terre ferme et l'allongèrent sur le dos. L'eau qui coulait des cheveux et des vêtements de Casati fut rapidement absorbée par la boue autour de lui. Sa vieille chemise et son ample pantalon collaient à son corps ; il avait perdu une chaussure. La corde, tel un python, était enroulée autour de sa jambe, juste en dessous du genou, et avait creusé un cercle dans la chair au-dessus de sa cheville, puis disparaissait dans l'eau, aspirée par l'objet qui servait d'ancre. Dantone tira dessus jusqu'à ce que la grille en métal brise la surface ; il la souleva et la laissa tomber sur la berge, aux pieds de Casati.

Brunetti se pencha sur le mort, sans se soucier de l'intégrité des preuves. De la main, il lui baissa les paupières, qui restèrent closes un moment, puis se rouvrirent. Brunetti sortit de sa poche arrière un mouchoir en coton, trempé et informe ; il le déplia et le posa, dégoulinant, sur le visage du cadavre, puis il se remit à genoux et ferma les yeux.

Ils entendirent soudain des pas et peu après apparut un des marins du bateau de Dantone, qui se frayait un chemin au milieu des piles de roches cassées et couvertes de saletés et semblait étrangement déplacé dans son uniforme blanc immaculé. Lorsqu'il vit le corps, il se figea. Dantone leva une main pour lui ordonner de ne pas s'approcher.

Brunetti se leva et observa Casati. Comme il semblait petit, ce vieil homme qui de son vivant avait l'air si jeune, était si énergique.

« Où est le bateau ? demanda Dantone à la grande surprise du commissaire, mais il s'adressait au marin, bien sûr.

— Là-bas, mon capitaine, répondit le jeune homme, en se tournant pour indiquer l'angle du mur du cimetière qui empêchait de voir au-delà. Il y a un quai.

— Vous avez marché ?

— D'après la carte, l'eau était trop basse pour passer en bateau. »

Dantone, qui venait de patauger dans l'eau et d'y remorquer le corps d'un homme sur plus de un mètre, émit un son exaspéré et se redressa. Il se dirigea vers Brunetti : « Je vais chercher le bateau », annonça-t-il. Lorsque le jeune homme fit mine de le suivre, Dantone se tourna vers lui et demanda : « Avez-vous votre téléphone ?

— Oui, signore.

— Appelez les *carabinieri* et dites-leur que nous l'avons trouvé. Ils peuvent renvoyer l'hélicoptère. » L'officier opina du chef et repartit, s'éloignant de Brunetti et du cadavre.

Le commissaire scruta l'eau autour de lui, mais ne vit que du vide. Il se pencha au-dessus de la grille, sans la toucher. Casati avait-il essayé de la lancer par-dessus bord, lors de la tempête, pour éviter que le vent et la marée n'emportent le bateau vers des eaux plus profondes ? Le bateau s'était-il éloigné du rivage ? Si cela s'était produit pendant l'orage, il aurait pu être aveuglé par le vent et la pluie, et ne pas distinguer où il posait les pieds, ni voir la corde s'enrouler autour de sa jambe.

Cela aurait pu se produire rapidement, mais Casati nageait comme un poisson : il aurait sûrement essayé de dérouler la corde pour se libérer, voire de soulever l'ancre, qui ne pesait que quelques kilos.

Brunetti regardait son ami ; il essayait de réfléchir, en vain. Toutes ses spéculations aboutissaient là, à cette corde entortillée.

Brunetti regarda par-dessus le mur du cimetière où Casati était allé si souvent parler à sa femme. Après avoir passé du temps avec elle, il rentrait toujours chez leur fille. Et si cette fois, elle lui avait demandé de rester auprès d'elle ?

Le cri de Dantone interrompit le cours de ses pensées : « Guido, Guido, nous sommes là ! »

Brunetti se tourna en direction de la voix et vit une scène qui lui rappela un tableau qu'il aimait enfant, où une vingtaine de bateliers de la Volga halaient une péniche le long d'un large canal, en tirant depuis le rivage la même longueur de corde. Cette fois, c'étaient deux marins en uniforme, avec leurs bottes noires et leurs longues vestes blanches boutonnées, qui tiraient leur bateau lentement le long de l'île du cimetière, en direction de Brunetti et de leur futur passager. Le taud à l'arrière du navire était ouvert ; le moteur à l'air libre. Dantone était couché à plat ventre, à la proue ; il observait l'eau et donnait des ordres aux deux marins.

Lorsqu'ils s'arrêtèrent à sa hauteur, non loin du rivage, Brunetti dit à Dantone : « Pouvez-vous me donner mon téléphone ? »

Dantone gagna rapidement la poupe de l'embarcation où il retrouva le portable de Brunetti. Il se pencha au-dessus du bastingage pour le lui tendre et Brunetti s'avança dans l'eau sans hésiter pour le récupérer. Le téléphone était neuf; la signorina Elettra le lui avait acheté sur le budget alloué aux accessoires des officiers qu'elle pillait depuis des années. Elle avait passé un bon bout de temps à lui expliquer comment se servir de l'appareil photo intégré et il pensait avoir compris.

Prenant garde où il posait les pieds, Brunetti revint sur le rivage et s'approcha du *puparìn* naufragé. Il en fit le tour en prenant des photos. Il s'agenouilla et fit des gros plans des deux côtés de la corde enroulée autour de la jambe de Casati.

Puis il n'eut plus le choix. Il se pencha, enleva son mouchoir et photographia le visage de Casati, les yeux ouverts, ses deux profils; le prit en photo de face, vu d'en haut. Il replaça ensuite le mouchoir et lui tourna le dos pour prendre des photos de la terre qui avait été remuée, de la grille abandonnée encore attachée au bout de la corde entortillée autour de la jambe et de la cheville de Casati, ainsi que le mur du cimetière et l'horizon : tout était prétexte à insérer de nouvelles images dans l'appareil et dans son esprit. Il glissa le téléphone dans la poche de sa chemise et regarda au loin.

Les marins aidèrent Brunetti à soulever le corps; sans hésitation, ils entrèrent tous dans l'eau et passèrent la dépouille à Dantone et au pilote, qui le descendirent lentement sur le pont. Casati pesait bien moins lourd que Brunetti ne s'y était attendu, comme si la mort lui avait enlevé autre chose que la vie.

Brunetti monta ensuite à bord. Le pilote disparut un moment dans la cabine et revint avec une couverture en laine qu'il étendit lentement sur le corps de Casati, en prenant soin de couvrir son visage d'où le mouchoir avait glissé. Brunetti hocha la tête en signe de remerciement et le pilote porta sa main à la tempe en guise de salutation, adressée aussi bien à Brunetti qu'au défunt.

Dantone dit quelque chose aux marins ; Brunetti, debout près de lui, entendit les mots, mais ne comprit pas leur signification. Les marins se saisirent des extrémités des cordes de traction qu'ils avaient laissées sur le rivage et, après avoir bataillé un certain temps pour faire faire demi-tour à la vedette de la police, ils se mirent à la tirer en sens inverse. Brunetti et Dantone restèrent à bord avec le pilote.

« Je préviens l'hôpital », dit Brunetti.

Les deux autres échangèrent un regard. « Dans dix minutes environ, évalua le pilote, peut-être moins. Nous avons juste à reprendre les canaux profonds. »

Brunetti appela Foa, le pilote en chef de la questure, et lui raconta ce qui était arrivé. Il lui demanda de venir derrière l'île du cimetière, lui décrivit le bateau abandonné sur le rivage et lui ordonna d'apporter une bâche en plastique avec lui pour en couvrir l'embarcation avant de la remorquer à la questure et de trouver un endroit où la garder jusqu'à ce que la famille la réclame.

« Êtes-vous à nouveau de service, signore ?

— Non, pas vraiment », répondit Brunetti brièvement. Il réitéra ses instructions et pria Foa de s'exécuter immédiatement.

« Oui, signore. » Il raccrocha, visiblement heureux d'avoir reçu une mission.

Pendant tout ce temps, les deux marins remorquaient toujours le bateau, mais la scène avait désormais perdu de son charme. Lorsqu'ils atteignirent un endroit assez profond, les hommes quittèrent le rivage, montèrent à bord et baissèrent le moteur dans l'eau. Le pilote fit pivoter la vedette qui partit en direction de l'hôpital civil.

Brunetti récupéra sa montre dans le chapeau de Dantone et fut surpris de voir qu'il était presque 18 heures. *Quelle étrange réaction*, se dit-il. Casati était couché, privé de vie, à ses pieds, et lui s'inquiétait de savoir quelle heure il était.

Le téléphone encore en main, il trouva le numéro de Federica et l'appela. Le moteur couvrit sa voix jusqu'à ce qu'il descendît dans la cabine et fermât la porte. Il lui apprit qu'ils avaient trouvé son père et qu'il était mort, victime de l'orage. Il était dans le bateau qui l'amenait à l'hôpital. Oui, il l'attendrait là-bas. Hésitant à lui dire que le corps serait à la morgue, il lui conseilla de demander le *dottor* Rizzardi à son arrivée, qui viendrait la chercher pour l'amener voir son père.

Elle avait réprimé ses sanglots pendant leur conversation, mais aux derniers mots de Brunetti, elle perdit le contrôle et se mit à pleurer. « Federica, m'entendez-vous ? demanda Brunetti.

— Oui.

— Venez quand vous pouvez. Venez avec votre mari. Je serai là.

— Que s'est-il passé ? demanda-t-elle d'un ton faussement calme.

— Je ne sais pas. Votre père s'est noyé.

— À cause de la tempête ?

— Oui », répondit Brunetti, qui lui promit de nouveau qu'il serait à l'hôpital à son arrivée.

Elle commença à dire quelque chose, s'arrêta et lâcha seulement : « Non, non, il ne pouvait pas… », avant de raccrocher.

Brunetti composa le numéro d'Ettore Rizzardi, le médecin légiste en chef.

Après trois sonneries seulement, Rizzardi répondit, avec sa politesse habituelle qui laissait craindre le pire : « Ah Guido, comme ça me fait plaisir de t'entendre. En quoi puis-je t'être utile ?

— *Ciao* Ettore », commença Brunetti. Il devait demander une faveur à son ami, mais ne savait pas jusqu'à quel point être direct. « Comment vas-tu ? temporisa-t-il.

— Je suis chez moi après une longue journée frustrante ; je vais prendre un verre avec ma douce et tendre, puis dîner avec quelques amis. Est-ce que tu appelles pour te joindre à nous ?

— Non Ettore, répliqua Brunetti, renonçant pour une fois à emberlificoter Rizzardi. Il s'agit d'un ami, qui est mort la nuit dernière. Il s'est noyé. Je voudrais que tu t'en occupes. »

Il y eut une longue pause. Brunetti pouvait entendre des éclats de voix dans la pièce. « Où es-tu ? s'informa Rizzardi.

— Sur le bateau, en direction de l'hôpital. » Brunetti regarda par la vitre et précisa : « En fait, nous y sommes déjà.

— Où était-il ? s'enquit Rizzardi.

— Au cimetière de Sant'Erasmo. »

Le médecin prit une profonde inspiration, puis émit un soupir qui remonta toute la ligne téléphonique et enveloppa Brunetti de son souffle. « Je pars tout de suite, déclara Rizzardi, ayant repris son sérieux. J'y serai dans vingt minutes au plus tard. Je les appelle et leur dis que tu arrives et qu'ils lui réservent une place.

— Merci, Ettore », dit Brunetti en raccrochant.

Il inspira trois fois et composa son numéro personnel. Paola répondit à la seconde sonnerie : « Comment vas-tu, Guido ?

— Pas très bien. Je suis revenu en ville...

— Qu'est-ce qui ne va pas ? le coupa-t-elle.

— Moi ça va, mais Casati est mort.

— Oh mon Dieu. Que s'est-il passé ?

— Il est sorti hier soir pendant l'orage. Nous l'avons trouvé il y a une heure, coincé sous son bateau. Noyé.

— Où es-tu ?

— Dans le bateau qui l'amène à l'hôpital.

— Mais toi tu vas bien.

— Oui, oui.

— Viendras-tu à la maison ? Après ?

— Oui, accepta-t-il, alors qu'il n'y avait guère songé. À la maison, bien sûr. Je ne sais pas quand, mais je viendrai », lui assura-t-il avant de raccrocher.

Rizzardi avait tenu sa promesse, car trois brancardiers en veste blanche attendaient sur le ponton avec une civière prête à transporter le corps. Le bateau glissa le long du quai et s'arrêta. Les brancardiers montèrent à bord, se penchèrent pour soulever Casati et le hissèrent sur la civière. Un des hommes étendit la couverture de manière à couvrir son visage.

Ils firent un signe de tête à Dantone – ou à son uniforme – et emportèrent le corps. « Vous pouvez rentrer, dit le capitaine à son équipage. Je reste ici jusqu'à ce que... »

Il acheva ses propos par un haussement d'épaules, car il ne savait pas plus que Brunetti ce qui allait se passer à présent, ni combien de temps ils resteraient là.

Brunetti connaissait le chemin et se dirigea vers la morgue. Dantone le rattrapa et marcha à ses côtés. « Que pensez-vous de cette histoire ? » demanda-t-il alors qu'ils traversaient l'une des cours intérieures. Les têtes se tournaient sur le passage de ces deux hommes affreusement sales ; que diable pouvaient-ils bien faire dans un hôpital ?

Brunetti leva une main. « Tout porte à croire qu'il s'est noyé.

— Ce n'est pas une réponse », répliqua Dantone d'un ton désinvolte.

Brunetti s'arrêta, puis emprunta une des allées en briques qui traversait la cour en diagonale. « Vous avez vu la corde, dit-il.

— Oui », répondit Dantone.

À la vue de l'expression de Brunetti, il ajouta : « Je crois que nous avons besoin d'un café. »

Indifférents aux regards insistants du serveur et des autres clients, ils burent leur café, laissant le sucre et la caféine imprégner leur organisme de leurs bienfaits. Brunetti, après une journée entière sous le soleil, s'inquiétait pour ses mains devenues rouge brique. Il ne pouvait pas vraiment demander à Dantone s'il avait un coup de soleil au visage, mais il commençait à se sentir fiévreux.

Après le café, il but deux verres d'eau minérale et commanda un *tramezzino*[1] – peu importait la garniture –, qu'il accompagna d'un troisième verre d'eau.

Dantone insista pour payer et Brunetti le laissa faire.

---

1. Sandwich à base de pain de mie, de forme triangulaire.

Les gens qui passaient près d'eux dans les couloirs essayaient de ne pas les regarder, mais certains ne pouvaient pas s'en empêcher. Dantone avait un aspect effroyable – on aurait dit qu'il avait sorti son pantalon d'une poubelle : sale, parsemé de taches grises et marron, il y avait en plus des morceaux de boue encore accrochés dessus. Ses bottes couinaient quand il marchait. Brunetti savait qu'il n'avait pas meilleure allure, mais au moins ses chaussures en toile avaient-elles un peu séché et ne faisaient plus de bruit.

Il frappa à la porte de la morgue. Un gardien qu'il ne connaissait pas l'ouvrit ; lorsqu'il vit les deux hommes, son premier réflexe fut de leur fermer la porte au nez, même si en y regardant de plus près, il se serait vite aperçu que Dantone portait un restant d'uniforme. Brunetti tendit le bras et bloqua le battant de sa main.

« Police », annonça-t-il.

Il remarqua que l'homme était grand et bien bâti, pas le genre de personne à se laisser facilement intimider. « Puis-je voir votre pièce d'identité ? » s'enquit l'employé. Ce n'était pas véritablement une question.

« Allez trouver le *dottor* Rizzardi et dites-lui que le commissaire Brunetti et le capitaine Dantone sont là. » Puis, d'un ton plus raisonnable, et reculant d'un pas, il ajouta : « Nous l'attendrons dans le couloir, si vous préférez. »

C'est sans doute la volonté de ne pas poser de problèmes qui convainquit l'homme, car il ouvrit la porte et leur dit : « Je vous en prie, entrez, messieurs. Je ne faisais que mon travail.

— Je comprends », affirma Brunetti. Il regarda Dantone, déguenillé, qui hocha la tête.

« Ont-ils amené l'homme qui est mort dans la lagune ? s'informa Brunetti.

— Oui. Le *dottor* Rizzardi est avec lui en ce moment. Cela prend habituellement une heure, signore. » Il remonta sa manche et regarda sa montre. « Pas avant 19 h 30, je dirais.

— Merci, répondit Brunetti.

— Puis-je faire quelque chose pour vous ? » demanda le gardien.

Brunetti s'autorisa à sourire et répondit : « Nous procurer des vêtements propres, mais cela n'a plus d'importance désormais. Nous attendrons le *dottore* et verrons ce qu'il a à dire, puis nous partirons. »

L'employé regarda Brunetti bizarrement, percevant sans doute l'état d'épuisement des deux hommes. Il se tourna et les guida dans le couloir. La salle d'attente était glaciale et Brunetti se demanda si la climatisation était branchée, mais il se rendit compte que c'était dû simplement à la grande épaisseur des murs et à leur exposition au nord.

Brunetti et Dantone répétèrent au gardien qu'ils n'avaient besoin de rien et s'assirent, en laissant une chaise vide entre eux. L'homme partit et referma la porte derrière lui.

Pendant quelques minutes, ni l'un ni l'autre ne parlèrent, puis Dantone demanda : « Vous connaissez bien le médecin légiste ?

— Oui. Il y a longtemps que nous travaillons ensemble.

— Ce doit être un travail épouvantable », remarqua le capitaine, en veillant à garder une voix et un visage neutres.

Brunetti se tourna vers lui. « Il pense que c'est miraculeux.

— Quoi donc ? demanda Dantone, visiblement choqué. Ce qu'il fait ?

— Le corps, pas l'autopsie, précisa Brunetti. D'après lui, son fonctionnement et ses potentialités sont la perfection même. »

Reconnaissant envers Rizzardi, qui était venu ici pendant son soir de congé à sa seule demande, Brunetti se sentit obligé d'expliquer : « Il m'a dit un jour qu'il pouvait évaluer la force du corps, et sa conception parfaite, garante de sa survie : c'est cela qu'il considère comme miraculeux. »

Dantone joignit les mains et posa les coudes sur ses genoux. Il riva ses yeux au sol un long moment, puis finit par lancer un regard en coin à Brunetti. « Je vois. »

Après ces mots, les hommes restèrent assis en silence un certain temps jusqu'à ce que le capitaine, qui avait de plus en plus froid, se levât et se mît à faire les cent pas dans la pièce. Brunetti croisa les jambes, enveloppa ses bras autour de son corps et attendit. On frappa à la porte et le gardien entra.

« Le *dottor* Rizzardi aimerait vous parler.

— A-t-il terminé ? s'enquit Brunetti d'un ton qui, espérait-il, dissimulait l'appréhension qu'il ressentait à l'idée de la conversation à venir.

— Oui, il est de retour dans son bureau. Vous connaissez le chemin ?

— Oh que oui », affirma Brunetti en soupirant.

16

Brunetti les conduisit le long du couloir jusqu'au bureau de Rizzardi, qui avait laissé la porte ouverte. Le commissaire passa la tête et vit son collègue assis sur une chaise adossée au mur en train de lacer ses chaussures.

« Ah, Guido », dit-il en se levant. Le médecin remarqua ensuite Dantone et vint à leur rencontre. Il serra la main à Brunetti puis au capitaine, et ils se présentèrent mutuellement. Il recula d'un pas et les regarda. « Est-ce vous qui l'avez sorti de l'eau ?

— Oui, fit Brunetti en leur nom à tous les deux.

— Quand ? »

Brunetti regarda Dantone qui répondit : « Il était environ 16 heures, je pense, peut-être 16 h 30. Est-ce que cela change quelque chose ? »

Rizzardi secoua la tête et expliqua : « Non, pas vraiment, simple curiosité de ma part. C'est le seul détail dont je n'étais pas sûr.

— De quoi es-tu sûr ? s'enquit Brunetti.

— Il s'est noyé. Dans de l'eau salée, la nuit dernière. » Il s'appuya contre son bureau plutôt que de s'asseoir dans un fauteuil, comme s'il n'avait pas l'intention de s'éterniser. « Tu m'as dit que c'était un ami à toi ?

— Oui, je crois que oui, répondit Brunetti. Oui.

— Tu n'en es pas certain ?

— Je ne l'ai pas connu longtemps. Un peu plus d'une semaine. » Rizzardi accueillit l'explication de son collègue par un grognement. « Mais il connaissait mon père », ajouta Brunetti, conscient de l'affection que cette relation lui avait inspirée à l'égard de Casati. Il attendit un moment et demanda à Rizzardi : « D'autres éléments ? »

Rizzardi opina du chef. « Il y avait de l'eau dans ses poumons, comme je te l'ai dit, il était vivant quand il est tombé. Je pense qu'il a dû vivre des heures difficiles pendant la tempête : il avait des marques sur les bras et sur le côté droit de son front, qui seraient devenus des bleus. » Face à la confusion de Dantone, il précisa : « Le sang cesse de circuler à la mort de quelqu'un, donc il ne peut pas y avoir formation d'ecchymoses. » Rizzardi se pencha sur ses chaussures et enchaîna : « Je ne pense pas que les coups aient été très violents, rien d'inhabituel sur un bateau par mauvais temps.

— C'est tout ? s'informa Brunetti.

— J'ai l'impression qu'il a eu la vie dure, aussi, du moins dans sa jeunesse. Il a des cicatrices et de la graisse autour du foie : c'est le cas de la plupart des alcooliques, indépendamment du moment où ils ont cessé de boire. Même chose avec les cigarettes : il a dû être un gros fumeur, mais il avait arrêté. »

Brunetti était étonné d'apprendre tous ces détails. Qui donc avait été cet homme doux et tempéré ? Son corps avait livré des secrets que sa vie tranquille ne laissait absolument pas présager. Il remarqua que le médecin légiste serrait et desserrait les mains sur le rebord de son bureau dans son dos, et Dantone suivait leur conversation, son regard allant de l'un à l'autre.

Rizzardi alla prendre sa veste, accrochée à son fauteuil. Il l'enfila et demanda : « As-tu d'autres questions, Guido ?

— Qu'en est-il des cicatrices ? »

Rizzardi devait s'attendre à cette interrogation, car il énonça : « Les blessures ont été provoquées il y a longtemps, vingt ans peut-être, voire plus, sans entraîner sa mort. » Puis, avant que Brunetti lui en demande la cause, il affirma : « Ce n'est pas le genre de cicatrices que j'ai coutume de voir.

— Qu'est-ce que cela signifie ?

— Ce sont des brûlures chimiques. Ou provoquées par de l'acide. Quelque chose qui fait fondre la peau. Les flammes laissent des cicatrices différentes.

— La corde ? s'enquit Brunetti.

— Ah, la corde, fit Rizzardi en passant les doigts dans ses cheveux, geste annonçant chez lui la fin de la conversation. Elle s'est entortillée en haut de son mollet et autour de sa cheville. Le frottement a abîmé les tissus aux deux endroits. »

Cela pouvait s'être produit après la mort de Casati, pensa Brunetti, pendant que l'eau ballottait son corps, et il n'en aurait donc pas souffert. Mais cette pensée ne le consolait pas.

« J'ai fermé ses yeux », dit Rizzardi.

Brunetti le remercia par un hochement de tête, incapable de prononcer une parole, puis finit par signaler : « J'ai pris quelques photos là-bas. Je te les enverrai.

— Merci », dit le médecin. Comme Dantone et Brunetti se taisaient, Rizzardi proposa : « Pouvons-nous y aller, messieurs ? » et Brunetti apprécia qu'il ne fasse pas allusion au dîner auquel il avait renoncé pour eux. Le médecin les raccompagna dans le couloir et ferma la porte de son bureau à clef.

Brunetti se souvint alors de la promesse qu'il avait faite à Federica. « J'ai dit à sa fille que je la retrouverais ici.

— Ah, j'oubliais, répliqua Rizzardi. Je suis désolé, Guido. Son mari a appelé et a dit qu'elle n'avait pas la force de venir. Elle s'est évanouie hier, après votre conversation. Il l'emmènera dans la matinée. »

Brunetti sentit une vague de soulagement, puis une vague encore plus forte de honte, face à sa lâcheté. « Ont-ils dit quand ils viendraient ? s'informa-t-il, désireux de faire amende honorable en étant présent à leur arrivée.

— À 10 heures. »

Ils se dirigèrent ensemble vers l'entrée principale, tous sensibles à la hausse de température à l'approche de la porte. Le temps d'arriver sur le *campo*, leurs corps, comme ceux des plongeurs, s'étaient adaptés aux nouvelles conditions. La chaleur les enveloppait et Brunetti eut l'impression que l'odeur de ses vêtements tapissait ses narines.

Ils se serrèrent la main devant la porte principale. Rizzardi partit en direction de la Strada Nuova, pour aller prendre le vaporetto qui le ramènerait chez lui. Dantone retournait à la capitainerie et précisa à Brunetti que ses hommes et lui étaient à sa disposition s'il souhaitait revenir dans la lagune.

« Merci, dit Brunetti tandis qu'ils longeaient l'hôpital.

— Merci de m'avoir sorti de l'eau. »

Brunetti tapota le bras de Dantone. « Et réciproquement. » Les deux hommes s'avancèrent sur le *campo* et se séparèrent.

Brunetti s'arrêta au pied du pont en face de l'hôpital et regarda devant lui. Comme elle était étrange et confinée, cette petite *calle* flanquée de bâtiments des deux côtés. Il discernait un pont, puis un autre, un grand nombre de bâtiments et de toits, mais il ne jouissait d'aucune vue dégagée. *Voilà ce que signifie être en ville*, songea-t-il, *alors que mes yeux se sont habitués au grand large.*

Sur le chemin familier menant à la maison, cette étrange sensation le quitta : le temps de prendre sa propre *calle*, sa vue s'était réadaptée aux perspectives urbaines. N'ayant pas ses clefs sur lui, il appela Paola pour lui demander de lui ouvrir la porte d'en bas. Quelques secondes plus tard, il entendit le cliquetis de la grande porte qui se déverrouillait. Brunetti, couvert de sueur et bien conscient de l'odeur que dégageaient ses vêtements, commença à gravir l'escalier jusqu'à son appartement. Arrivé au troisième étage, il entendit la porte s'ouvrir au-dessus de lui et la voix de Paola qui lui disait : « *Ciao*, Guido, ravie de te revoir. »

Oui, c'était bon de rentrer chez soi, dans ce nid douillet et protégé qu'ils avaient créé avec les années. Il marqua une pause avant la dernière volée de marches et leva les yeux. Elle était debout dans l'embrasure de la porte et le regardait, le sourire aux lèvres.

« Je suis un peu dépenaillé, fut tout ce que Brunetti trouva à dire.

— Plus qu'un peu, remarqua-t-elle, incapable de masquer sa surprise.

— C'est parce que je suis resté loin de toi trop longtemps », expliqua-t-il en reprenant son ascension. Sans Paola, sa vie n'était pas seulement dépenaillée, mais morne, froide, dénuée d'humour et de joie. Il voulait le lui dire, mais préféra déclarer : « J'ai besoin de boire quelque chose et de prendre une douche. »

Il arriva sur le palier et se pencha pour lui donner un baiser, en veillant à ne pas la toucher avec ses vêtements sales.

Elle recula d'un pas et le regarda de bas en haut : « Tu pourrais peut-être inverser l'ordre de tes priorités ? »

Lorsque Brunetti vint dîner, après s'être étrillé et avoir entassé ses habits dans un sac en plastique pour les jeter avec les ordures du matin, seuls Raffi et Paola étaient présents. Chiara passait trois jours chez un ami dont les parents prenaient leurs quartiers d'été au Lido et n'était pas encore rentrée. Le premier réflexe de Brunetti fut de songer qu'elle se baignait dans ces eaux, mais elle était à des kilomètres de l'endroit où il avait trouvé Casati.

Heureux de voir son père, Raffi passa la majeure partie du repas à lui raconter ce qu'il avait fait avec ses amis pendant son absence. L'un d'eux avait reçu une *topetta*[1] comme cadeau pour ses dix-huit ans et il laissait Raffi participer aux leçons de navigation dispensées par son père.

« Elle a un petit moteur de seulement cinq chevaux, mais c'est formidable de sortir avec et d'aller où tu veux, affirma-t-il, tellement enthousiaste qu'il en oublia de manger quelques minutes, détail qui ne passa pas inaperçu aux yeux de ses parents.

— Tu n'as pas besoin de permis avec un aussi petit moteur, n'est-ce pas ? s'informa Brunetti, en embrochant un morceau de rôti de canard et en s'en servant pour absorber le reste de la sauce à l'orange dans son assiette.

1. Embarcation à moteur et à fond plat que l'on trouve fréquemment sur la lagune de Venise.

— Non, ce qui fait qu'ils peuvent me laisser prendre la barre sans commettre la moindre infraction, confirma Raffi, visiblement fier d'utiliser ce terme technique avec autant de désinvolture. Et puis, le père de Danilo est tout le temps avec nous.

— Bien. »

Brunetti commençait à suffoquer sous cette conversation centrée sur les bateaux et la lagune.

Comme si elle avait lu dans ses pensées, Paola interrompit Raffi : « Veux-tu m'aider à débarrasser la table ? » Il se leva et ils emmenèrent les assiettes ensemble, laissant Brunetti seul sur le balcon où il se livra au plaisir de se perdre dans une extrême contemplation. Même si cette vue dégagée survolant les toits était de temps à autre obstruée par les clochers, elle apaisa son esprit autant que ses yeux, grâce à la douce assurance que lui procurait la sensation d'avoir retrouvé son havre de paix.

Paola revint au bout d'une vingtaine de minutes ; entre-temps, Brunetti s'était installé sur le canapé dans le salon, avait lancé ses chaussures dans un coin et mis ses pieds sur la table basse devant lui, où elle posa deux cafés. Comme Raffi n'avait pas vu l'état de son père à son retour à la maison, ils n'avaient pas discuté, pendant le dîner, de ce que Brunetti avait vécu dans la lagune, et à présent Raffi était parti au cinéma avec un ami.

« Il est déjà sucré », le prévint Paola, en s'asseyant à côté de lui. Ils burent leur café en silence. Après s'être contenté d'un verre de vin à dîner pendant plus d'une semaine, Brunetti ne désirait rien d'autre qu'un café ; il se surprit à ne pas avoir envie de grappa.

Brisant leur long silence, il décida de lui raconter tout ce qu'il savait. Malgré tout le temps que prit ce récit, Paola attendit qu'il eût terminé pour observer : « C'est bizarre que cela soit arrivé à un homme qui a passé autant de temps sur l'eau, n'est-ce pas ?

— Rizzardi a dit qu'il a dû être victime de l'orage. La corde de l'ancre s'était enroulée autour de ses jambes, c'est ce qui a dû le faire tomber.

— Ah, fit Paola. C'est terrible pour sa fille.

— Oui », dit-il simplement avant de pousser sa tasse et sa soucoupe vers le bout de la table.

Il posa sa tête contre le canapé et pensa aux jours insouciants qu'il avait passés avec Casati. À aucun moment, il ne s'était remémoré le geste impulsif de Pucetti pendant l'entretien avec Ruggieri, tout comme il n'avait eu de nouvelles de personne de la questure.

« Il a parlé de ses abeilles, reprit Brunetti.

— Ses quoi ?

— Ses abeilles. Il avait des abeilles dans les *barene* de la lagune et nous sommes allés les examiner.

— Pour faire du miel ?

— Non, c'est trop tôt. Pas avant la fin de l'été. Mais il m'a dit qu'elles étaient en train de mourir.

— Oui, fit Paola, qui ferma les yeux un moment pour réfléchir à cette question. J'ai lu des choses à ce sujet : cela arrive partout et on dirait qu'il est impossible d'enrayer ce phénomène. S'il n'y allait pas pour le miel, que faisait-il ?

— Nous avons prélevé des échantillons.

— Des échantillons de quoi ?

— Une fois, des abeilles mortes. Il les a mises dans une éprouvette en plastique, le genre d'éprouvette qu'on utilise pour le sang, pour les faire analyser.

— Une fois ?

— Une autre fois, il est revenu au bateau avec un flacon de boue.

— La boue aurait pu les tuer ? s'informa-t-elle.

— J'en doute, répondit Brunetti après une brève pause. Il m'a dit que les gens gardaient leurs ruches au même endroit depuis des générations. Si la boue pouvait les tuer, je suppose qu'elle l'aurait fait depuis longtemps. »

Paola referma les yeux un instant et finit par demander : « Qui devait procéder à ces analyses ? »

Brunetti, qui avait passé plus d'une semaine sur l'île, répondit sans hésitation : « Personne de Sant'Erasmo, ça c'est sûr.

— Donc il lui fallait les envoyer ailleurs. Comment peut-on les expédier depuis Sant'Erasmo ?

— Par la poste, je suppose. »

Sans un mot, Paola se leva et gagna son bureau. Elle revint quelques minutes plus tard, en annonçant : « Il n'y a pas de bureau de poste à Sant'Erasmo.

— Comment font-ils, dans ce cas ?

— Ils vont à Burano, j'imagine. C'est le plus près. »

Brunetti répliqua spontanément : « Alors je vais aller me renseigner auprès de ce bureau de poste. Je peux m'y arrêter en retournant à Sant'Erasmo.

— Tu y retournes ? demanda Paola, incapable de cacher sa surprise.

— Tout le monde sait là-bas que je suis un parent d'Emilio, venu passer deux semaines chez lui. »

Paola le regarda longuement et agita ses doigts devant son visage : « Allô commissaire Brunetti, ici la Terre. Allô commissaire Brunetti, ici la Terre. M'entendez-vous ? Me recevez-vous, commissaire ? demanda-t-elle d'une voix déformée.

— Qu'est-ce que ça veut dire ? s'enquit-il, même s'il le savait.

— Que, maintenant, tous les gens sur l'île ont entendu parler de ce qui s'est passé. Ils savent que tu es parti avec le bateau de la capitainerie, ils savent que tu es un commissaire de police – probablement connaissent-ils même le numéro de ton insigne – et savent que tu as emmené son corps à l'hôpital.

— Je vais quand même y retourner, insista Brunetti.

— Tu crois que les gens vont te parler ?

— Oui, s'ils ont l'impression de ne pas courir de risques et si j'exprime les sentiments attendus.

— C'est-à-dire ? »

Brunetti y réfléchit un moment et finit par expliquer : « J'ai passé cinq à six heures par jour avec lui, pendant quasi deux semaines. Nous avons parlé de beaucoup de choses lors de nos sorties, même si j'ai l'impression de ne pas en savoir long sur lui, hormis le fait que c'était quelqu'un de bien et un homme d'honneur, et que sa mort me fait de la peine.

— Je vois, fit-elle.

— Je suis désolé de ne pas pouvoir être plus expressif. »

Paola se pencha et posa sa main sur le genou de Brunetti : « Je suis heureuse que tu aies apprécié sa compagnie. » Elle s'enfonça de nouveau dans son fauteuil et lui laissa le temps de parler, mais Brunetti ne put en dire davantage.

« Que vas-tu faire ? demanda-t-elle.

— Retourner écouter ce que ces gens disent de lui. Voir s'il avait parlé à quelqu'un de ses abeilles. Essayer de trouver une certaine femme et voir s'il avait envoyé des colis à la poste de Burano.

— Et qu'est-ce que tu en concluras ? s'informa-t-elle avec un intérêt sincère.

— Je n'en ai pas la moindre idée, admit-il. Mais j'espère que cela m'aidera à comprendre comment il est mort. »

17

Le lendemain matin, Brunetti arriva à l'hôpital à 9 h 45. Il attendit un moment près de l'entrée principale, puis il songea que si Federica et son mari avaient pris le numéro 13 à Sant'Erasmo, ils descendraient aux Fondamente Nuove et entreraient donc par l'arrière du bâtiment, ou par les portes près de l'église. Brunetti hésitait à appeler Federica, sachant comment elle avait réagi à la nouvelle. Il préféra lui envoyer un texto, leur proposant de les retrouver au rez-de-chaussée dans l'aire D, devant le bureau du *dottor* Rizzardi. Ainsi évitait-il d'écrire « morgue », un mot qu'il détestait et que la plupart des gens redoutaient.

Il n'avait pas acheté le journal, car ce serait manquer de respect, pensa-t-il, que d'être surpris en train de le lire au moment de leur arrivée. Il patienta donc dans le couloir qui menait au bureau de Rizzardi en regardant les gens passer.

Brunetti revit la corde autour de la jambe de Casati et tourna ses pensées vers le Casati encore en vie. Il se remémora le vieil homme et le plaisir qu'il avait à lui signaler les échassiers pataugeant et nichant dans la lagune et au milieu de la nature qui explosait littéralement de vie à chaque instant. Il se souvint notamment du bébé échassier aux ailes noires que Casati lui avait montré, se fondant parfaitement avec les roseaux et les brins d'herbe sèche. Casati connaissait les noms et les habitudes de tous les oiseaux qu'il voyait et les indiquait au citadin qu'il était avec une patience d'ange.

Il se rappela aussi lui avoir demandé, un des premiers jours où ils étaient allés ramer, pourquoi ses abeilles étaient si importantes pour lui. Ils étaient au bout du canal de Bussolaro à ce moment-là. La fin de sa question avait été atténuée par le vrombissement d'un avion décollant de l'aéroport derrière eux, que le vent avait porté à leurs oreilles. Casati s'était abstenu de répondre, jusqu'au retour du calme, propice à la conversation : « Les abeilles, c'est la seule chose qui me donne encore de l'espérance. »

Il avait cessé de ramer; Brunetti avait levé sa propre rame et s'était retourné vers son vieux coéquipier. « Regarde », avait dit Casati, en pointant son menton sur la gauche. Comme Brunetti n'avait pu saisir la signification de ce geste, il avait désigné de sa main une ample arche sur le continent. « Partout, nous avons construit, creusé et abîmé, et fait ce que nous voulions avec la nature. Et regarde ça, avait-il dit en indiquant la lagune sur sa droite, nous l'avons empoisonnée, elle aussi. » Son visage était crispé de colère.

La voix nouée, il avait continué : « Ils ont fait pis que pendre à la nature et nos enfants en paieront le prix. » Immédiatement, Brunetti avait pensé au MOSE, la barrière contre les marées dont beaucoup de gens pensaient qu'elle ne fonctionnerait jamais, et pris conscience que la prophétie de Casati incluait ses propres enfants. « Nous avons tout empoisonné, tout tué », avait-il déclaré en se tournant vers le commissaire.

Puis, au milieu de cette liste de méfaits, l'expression de Casati s'était adoucie et il avait repris d'une voix plus calme : « Les abeilles ont mis cinquante millions d'années, peut-être plus, pour devenir ce qu'elles sont. Mes reines pondent deux mille œufs par jour, Guido, chacune dans sa ruche. Le poids de leur propre corps – tu imagines – chaque jour. Donc, quel que soit le mal qu'on se donne, on n'arrivera jamais à toutes les tuer. Elles nous survivront, comme à ce que nous leur avons fait. »

Son sourire avait disparu et il avait ajouté, d'une voix plus faible : « Et ce que je leur ai fait. »

Une remarque que Brunetti n'était sans doute pas censé entendre.

« Et elles te donnent de l'espérance ? »

Cette question avait effacé les dernières traces de sourire sur le visage de Casati. À l'instar du plus tragique des prophètes de l'Ancien Testament, le vieil homme avait assené : « Seuls les gens bons méritent l'espérance. » Puis, pour signifier la fin de la conversation, Casati avait inséré sa rame dans la *fórcola* et recommencé à ramer.

Sans raison, les pensées de Brunetti passèrent de ces souvenirs à l'homme dans le bar qui avait essayé de faire taire son ami lorsque ce dernier avait mentionné la « femme de Burano » que Casati allait voir. Brunetti se rappela aussi la satisfaction masculine qu'il avait éprouvée lui-même à l'idée que Casati puisse fréquenter une femme, mais cette bonhomie s'était volatilisée depuis longtemps, et tout ce qu'il voulait, à présent, c'était trouver cette personne.

Une voix féminine l'appela et l'arracha à sa rêverie. Il leva les yeux et vit Federica, en jupe noire et chemisier gris, au bras d'un homme grand, aux cheveux implantés très haut et avec un gros nez qui avait été cassé et mal ressoudé.

Brunetti s'approcha d'eux ; elle ouvrit les bras et l'étreignit. Il la sentait sangloter et la tint serrée contre lui jusqu'à ce qu'elle cesse et s'écarte de lui, le visage baissé. Brunetti tendit la main à l'homme qui la serra longuement et se présenta comme Massimo. Une fois ces formalités réglées, il reprit la main de sa femme. C'était un geste de pure protection, dénué de toute possessivité.

« Pouvons-nous le voir ? demanda Massimo.

— Oui, répondit Brunetti. La pièce est au fond du couloir. Ensuite, si le *dottor* Rizzardi est disponible, nous pouvons aller lui parler.

— Est-ce le médecin légiste ? s'informa le mari de Federica.

— Oui, confirma Brunetti. C'est quelqu'un de bien. » Non pas que cela changerait quoi que ce soit pour eux.

Il les guida le long du couloir et s'arrêta devant la porte familière. Il frappa et le gardien de la veille leur ouvrit. Cette fois, l'homme recula immédiatement et permit à Brunetti de les conduire dans la petite salle où les parents et les amis étaient conviés pour identifier les défunts. Il chuchota quelque chose de doux et d'inaudible lorsqu'ils entrèrent.

La pièce était aussi froide que dans le souvenir de Brunetti, ce qui constituait un fort contraste en ce jour de juillet. Les murs étaient d'un gris neutre ; le sol était composé d'énormes dalles d'ardoise foncée que Brunetti avait toujours assimilées à des pierres tombales.

Un brancard occupait le centre de la pièce ; il y avait une seule fenêtre, donnant sur une cour où un palmier poussait à l'ombre d'un pin. Il aurait voulu observer les arbres, mais finit par poser les yeux sur la silhouette allongée et drapée – avec le nez, et au bout, de travers, les pieds.

L'employé s'approcha du corps et saisit des deux mains la partie supérieure du tissu qui recouvrait la tête. « Je vais découvrir le visage, prévint-il à voix basse. Je voudrais que vous me disiez s'il s'agit bien de Davide Casati. »

Federica et son mari hochèrent la tête en silence. Elle s'entoura de ses bras, comme si elle espérait insuffler un peu de chaleur dans la pièce. Son mari lui enlaça de nouveau les épaules, en la tirant tendrement vers lui.

Le gardien souleva le drap. Les yeux de Casati étaient enfin fermés. Une sorte de toque de boulanger recouvrait son front, afin de cacher l'incision – dont Brunetti savait l'existence, contrairement à Federica et à Massimo, espérait-il.

La jeune femme se raidit et se tourna pour enfouir son visage dans la poitrine de son mari. Il toussa doucement et confirma : « Oui, c'est Davide Casati.

— Merci », dit l'employé en couvrant de nouveau le visage du défunt.

Brunetti le vit désigner la porte d'un signe de tête. Federica et Massimo pivotèrent et se dirigèrent vers la sortie, suivis de Brunetti. Le gardien toutefois gagna la porte le premier et la tint ouverte pour eux. Brunetti les laissa sortir et tandis qu'ils s'engageaient dans le couloir, il s'informa auprès de l'employé : « Peuvent-ils voir le médecin ?

— Je suis désolé, mais le *dottor* Rizzardi est en pleine autopsie. » Sans lui laisser le temps de protester, il précisa : « Un petit garçon opéré des amygdales il y a trois jours, et qui est rentré à la maison hier.

— Il est mort ? demanda Brunetti, dans l'espoir d'avoir mal compris.

— Ses parents l'ont trouvé inanimé hier soir.

— C'est terrible. »

Le gardien opina du chef. « C'est pourquoi ils ont demandé que le *dottor* Rizzardi procède immédiatement à l'autopsie. Ils ont besoin de savoir. »

Qui sont ces « ils » ? se demanda Brunetti. *Les parents ? Les médecins ? L'administration de l'hôpital ? La police ? Mon Dieu, protégez mes enfants du mal.* Il savait que c'était une superstition primitive de la pire engeance ; il savait que cela n'avait aucun sens et qu'il n'y avait aucune chance que cela marche, mais il ne pouvait s'empêcher de formuler cette prière en silence. *Et faites que les parents ne soient pas détruits par cette épreuve*, ajouta-t-il, même si ce n'était qu'un vœu pieux.

Brunetti rejoignit Federica et Massimo. « Le *dottor* Rizzardi ne peut pas vous recevoir maintenant. Il est occupé », leur dit-il en s'abstenant de toute explication.

Federica demanda instamment : « Cela signifie-t-il que nous n'aurons aucune information ? Personne ne nous dira ce qui s'est passé ?

— Je lui ai parlé hier, très rapidement », répondit Brunetti. Il les mena dans la cour, du côté moins fréquenté. Il s'assit sur le muret et les pria de l'imiter. Il leur rapporta les conclusions de Rizzardi : Casati avait apparemment été surpris par l'orage et s'était emmêlé dans la corde de son ancre qui l'avait entraîné dans l'eau.

Brunetti observa Massimo, assis à côté de lui, en train de repenser à ses propres batailles contre les éléments déchaînés, seul dans la lagune. En pareille situation, on entasse les cordes au fond du bateau, on s'arrange pour que rien ne puisse être happé par une rafale inattendue et jeté par-dessus bord. Brunetti le vit hocher la tête à cette possibilité.

Federica, les mains jointes entre les genoux, fixait le sol en silence. Brunetti la voyait de profil et regardait sa bouche se serrer et se détendre, se serrer et se détendre au fur et à mesure qu'elle s'efforçait de comprendre, peut-être d'imaginer la scène. Elle sortit sa main gauche et prit celle de Massimo, puis elle demanda à Brunetti : « Vous a-t-il dit quelque chose pendant que vous étiez dans la lagune ?

— Nous avons beaucoup parlé, Federica. Nous passions des heures entières ensemble chaque jour.

— Je le sais, répliqua-t-elle brusquement. Je veux dire, vous a-t-il dit quelque chose d'étrange, d'inhabituel ? »

Brunetti songea aux conversations qu'il avait eues avec le vieil homme au sujet des abeilles et des dégâts subis par la lagune, mais leurs esprits avaient tellement fusionné pendant ces longues journées qu'il n'aurait su dire si Casati avait tenu des propos sortant de l'ordinaire.

— Non, finit par dire Brunetti.

— Vous a-t-il parlé de ma mère ?

— Il m'a seulement dit qu'elle lui manquait terriblement.

— Qu'elle lui manquait terriblement », répéta Federica. Elle se redressa et Brunetti ne la voyait plus derrière le corps de Massimo, mais il l'entendit énoncer, d'une voix lente et désolée : « Eh bien, elle ne lui manquera plus… »

La tête de Massimo se tourna brusquement vers elle. Au bout d'un moment, le pêcheur assena : « Tu lui avais dit de ne même pas y songer, Fede.

— Mais il est allé là-bas », rétorqua-t-elle avec un désespoir qui laissa Brunetti bouche bée. Elle se leva et

Massimo en fit autant, comme en osmose avec elle. Il pinça les lèvres avant de se couvrir la bouche de la paume droite en murmurant : « Le pauvre homme, le pauvre homme. »

Puis il tendit la main à Brunetti : « Merci pour votre aide. »

Federica essuya ses larmes d'un geste furtif et s'agrippa fortement au bras de son mari. « Nous partons, dit-elle.

— Puis-je vous accompagner au bateau ? demanda Brunetti.

— Non, répondit-elle rapidement. Nous aimerions être seuls. »

Elle pivota pour gagner la porte qui menait à la sortie principale, avec son mari à ses côtés. Après quelques pas, elle s'arrêta et s'appuya contre Massimo, qui l'entoura de ses deux bras et la soutint un moment. Puis elle s'écarta de lui, s'essuya le visage et se remit à marcher. Brunetti les regarda s'en aller; nul doute à présent qu'il retournerait à Sant'Erasmo le lendemain.

Brunetti occupa une bonne partie de son après-midi à flâner, puis il rentra faire une sieste. Après le dîner, il raconta à Paola la scène de l'hôpital, en essayant de formuler avec clarté des sentiments encore flous. Ils empilèrent les assiettes sur le côté de l'évier et restèrent assis à table pour boire leur café.

« Toute cette histoire me paraît bien nébuleuse, finit par conclure Brunetti. C'est peut-être bien un accident. Casati a pu mettre le pied dans cette corde : tu te souviens, il y a quelques années, c'est arrivé à un des bateliers sur un vaporetto et il a perdu une jambe. » Cette anecdote n'était d'aucune aide, il le savait, vu que chaque accident était particulier et qu'il n'y avait aucun lien entre ces deux-là.

« Sa fille m'a demandé s'il ne m'avait jamais rien dit de bizarre et s'il m'avait parlé de sa mère. Si tu avais entendu sa voix lorsqu'elle m'a dit que désormais, elle ne lui manquerait plus, tes cheveux se seraient dressés sur la tête. *Ça*, c'était bizarre, bien plus que tout ce que Casati a pu me raconter. » Si le désespoir avait une voix, ce serait celle de Federica à ce moment-là, et si la mort de son père était due à son propre désespoir, alors la jeune femme avait de bonnes raisons de s'exprimer ainsi.

« Cela pourrait signifier tant de choses », observa Paola.

Brunetti était d'accord avec elle, mais il nuança : « Hier, avant de trouver son corps, j'étais au bar à l'autre bout de l'île, en train de parler avec des amis à lui. Quand l'un d'eux a évoqué une femme de Burano, les autres ont changé de sujet. J'ai senti confusément qu'il y avait là quelque chose qu'un étranger ne devait pas savoir. Ce fut juste une fausse note et je n'y ai pas trop prêté attention sur le moment. Mais une île, c'est tout petit, et on ne peut pas y garder des secrets. » Il posa sa tasse sur la table et se leva.

« Si Casati était allé voir cette femme, cela aurait au moins été un signe de vie, cela aurait prouvé qu'il était encore vivant.

— Et sa fille en aurait éprouvé de la jalousie, et non pas du désespoir. Est-ce bien mieux ?

— Oui, déclara Brunetti. Mille fois mieux. »

Paola le surprit en demandant : « Puis-je dire quelque chose de terrible ?

— Vas-y.

— Les réactions les plus intéressantes sont les plus spontanées.

— Mais on est dans la vie, pas dans les livres, rétorqua Brunetti, en masquant son irritation.

— Comme tu veux, Guido », décréta Paola.

18

Le lendemain matin, Brunetti appela Vianello sur son portable à 8 heures pour lui demander s'il pouvait se faire porter pâle et le retrouver à l'embarcadère des Fondamente Nuove pour aller à Burano avec lui.

« Pas en uniforme, je suppose, répliqua l'inspecteur.

— Non. C'est juste pour aller poser quelques questions. »

Le numéro 12 mit plus d'une demi-heure pour arriver à Burano et pendant le trajet, Brunetti expliqua à Vianello ce qui était arrivé à Casati et ce qu'ils faisaient avant son décès. Le commissaire lui parla de la mort des abeilles, lui expliqua combien Casati en avait été bouleversé et lui apprit qu'il avait prélevé des insectes morts en guise d'échantillons. Vianello l'écoutait attentivement et hochait la tête, visualisant petit à petit le déroulement des journées de Brunetti.

Parvenu à la moitié de l'histoire, Brunetti se rendit compte que son récit ne justifiait pas la présence de Vianello à ses côtés sur le vaporetto en direction de Burano. Aussi lui avoua-t-il : « Casati a passé la plus grande partie de sa vie sur un bateau. J'ai du mal à croire qu'il ait pu commettre une telle imprudence, mais je veux définitivement écarter la possibilité qu'il… qu'il ait choisi de rejoindre sa femme.

— Et si tu découvres qu'il avait une… relation, suggéra Vianello, cela te suffirait-il ?

— Oui, et à sa fille aussi. Du moins je l'espère. »

Comme Vianello ne réagit pas, Brunetti précisa : « En fait, peut-être que je voudrais simplement mieux le connaître. » Il se souvint alors que Casati avait été le seul homme avec lequel son père ne s'était jamais fâché, l'homme que son père avait toujours considéré comme son seul ami. Mais Brunetti ne pouvait dire cela à personne, pas même à Vianello.

« Alors, allons-y. En outre, j'ai toujours aimé Burano », déclara l'inspecteur.

Brunetti opina du chef en signe d'approbation puis ne put se retenir de demander : « Où en est-on de l'affaire Ruggieri ?

— Il se rappelle maintenant avoir donné à la jeune fille deux aspirines. Elle lui avait dit qu'elle avait mal à la tête et il se trouve qu'il en emmène toujours aux soirées, en cas de besoin. » Vianello n'aurait pu parler d'un ton plus glacial.

« Comme c'est pratique que la mémoire lui soit revenue, remarqua Brunetti.

— Les gens qui l'ont vu donner quelque chose à la jeune fille prétendent désormais que ça pouvait bien être de l'aspirine. Ils ne savent plus trop.

— Et donc ?

— Et donc on va probablement enterrer cette histoire », fut la conclusion de Vianello.

Brunetti regarda par la fenêtre du vaporetto et vit qu'ils passaient devant Mazzorbo. Beaucoup de choses passaient. C'était le sort qui les attendait tous.

« Qu'est-ce que tu veux faire là-bas ? s'informa Vianello, en entendant le moteur du bateau ralentir. Essayer de trouver cette femme ?

— Dans un second temps, énonça Brunetti. Je voudrais d'abord aller vérifier au bureau de poste s'il avait bien envoyé des échantillons. »

Le bateau s'arrêta et s'amarra. La foule matinale de touristes débarqua. Ils partaient à la recherche des dentelles de Burano fabriquées en Indonésie et du verre de Murano fabriqué en Chine, certains que sur une île authentiquement vénitienne, ils trouveraient des produits authentiques. Et à petit prix.

Brunetti avisa un bar sur leur gauche et ils y entrèrent. La femme derrière le comptoir les accueillit par un sourire et leur demanda ce qu'ils désiraient. Tous deux prirent un café et un croissant fait maison qui leur inspira des compliments. Leur petit déjeuner terminé, Vianello sortit un billet de vingt euros de son portefeuille et tout en attendant sa monnaie, il demanda : « Signora, pourriez-vous me dire où se trouve le bureau de poste ?

— N'avez-vous donc pas un bureau de poste à Castello, pauvres malheureux? demanda-t-elle en reconnaissant distinctement l'accent de Vianello.

— Seulement via Garibaldi, et je peux aussi aller à Sant'Elena si je veux, répondit Vianello d'un air impassible, mais en exagérant son accent pour lui signifier qu'il avait bien saisi le sel attique.

— Il est facile à trouver. Vous savez où est Da Romano[1] ?

1. Un des restaurants les plus célèbres de Burano, connu entre autres pour son *risotto di gò* (de gobies) et sa riche collection de tableaux.

— Oui. » Vianello y avait mangé plusieurs fois et en avait toujours été satisfait.

« Tournez dans la *calle* juste avant et passez le pont. Vous tomberez dessus. Elle est ouverte jusqu'à 14 heures. » Elle rendit la monnaie à Vianello avec un sourire et tous deux quittèrent le bar.

La poste était située sur le rio Terranova, entre une *tabaccheria*[1] et un magasin de masques et autres souvenirs. Ils entrèrent et trouvèrent un large comptoir en bois derrière lequel étaient assises deux employées. Deux vieux messieurs se tenaient debout devant la première, deux vieilles femmes devant l'autre.

Brunetti jeta un coup d'œil circulaire à la recherche d'un bureau et vit une porte ouverte, juste en face de l'entrée.

Un homme aux cheveux gris, d'environ son âge, y était assis et parlait au téléphone. Il semblait fort peu ravi du contenu de la conversation et lorsqu'il aperçut Brunetti et Vianello, il opina du chef et leva une main, leur suggérant qu'il s'occuperait d'eux dès la fin de son coup de fil.

Ils s'éloignèrent de l'embrasure, non sans l'avoir entendu déclarer : « Mais nous avons besoin de rester ouverts jusqu'à 14 heures, signore. Nous ne pouvons en aucun cas réduire nos horaires. »

Il n'y avait pas de climatisation ; seul un grand ventilateur au plafond déplaçait l'air d'un endroit à l'autre, sans effet sensible sur la température. Ils restèrent debout à regarder les personnes âgées retirer leur retraite ou payer leurs factures, et Brunetti fut frappé par la lenteur de chacune de ces opérations. Des deux côtés des guichets ne

1. Un débit de tabac.

fusaient que les prénoms des gens et l'atmosphère était imprégnée d'une familiarité de longue date. On pouvait même remarquer une ressemblance physique et vestimentaire chez les usagers. En vérité, ils auraient pu tous être membres d'une seule et même famille.

Dix minutes plus tard, une des vieilles femmes était encore au guichet. Au moment où Brunetti se dirigea vers la porte du bureau, l'homme apparut sur le seuil et leur fit signe d'entrer. Brunetti pouvait distinguer de près la douce rondeur de son visage où l'accumulation de chair sous son menton ne tarderait pas à déclarer son indépendance. Il portait une chemise à manches courtes et une cravate étonnamment large, censée cacher la tension exercée sur les boutons.

« Messieurs, en quoi puis-je vous être utile ?

— Signor Borelli, je suis ravi de faire votre connaissance. » Brunetti, qui avait vu le nom de l'homme inscrit à gauche de la porte, lui tendit la main et se présenta en donnant son titre, puis il présenta Vianello.

« Nous sommes ici pour vous parler d'un de vos clients. Ou plutôt, rectifia-t-il en baissant la voix et en parlant plus lentement, d'un ancien client.

— De qui s'agit-il ? s'informa l'homme, sans faire le lien avec la mort de Casati.

— Davide Casati.

— Ah, soupira Borelli, j'ai entendu parler de lui. Le pauvre homme.

— Le connaissiez-vous ?

— C'est possible, répondit-il à la grande surprise du commissaire. Je vois passer beaucoup de gens ici et j'en reconnais certains, mais je ne me rappelle pas le nom de tout le monde. S'il venait souvent, les employées doivent le connaître. Ce sont les seules qui sont en contact direct avec nos clients.

— Dans ce cas, je souhaiterais leur parler, s'il vous plaît.

— Rien de plus facile », déclara le directeur en gagnant la porte. La vieille femme avait disparu et les deux guichetières se livraient à un plaisant bavardage.

Le directeur se dirigea vers elles et dit à la femme de gauche, visiblement plus âgée que l'autre : « Maria, ces messieurs voudraient vous parler, à vous et à Dorotea, de quelqu'un qui pourrait avoir été un de nos clients. » Ces propos captèrent leur attention et elles regardèrent toutes les deux Brunetti et Vianello. « Je retourne travailler », annonça le signor Borelli à la cantonade. Il fit un signe de tête à l'adresse de Brunetti et de Vianello, mais sans leur serrer la main ni expliquer aux femmes qui ils étaient, et retourna dans son bureau, cette fois en fermant la porte.

La plus âgée des employées poussa quelques papiers sur la droite, comme si un bureau rangé pouvait faciliter les réponses. Celle qui s'appelait Dorotea continuait de regarder tour à tour Brunetti et Vianello en essayant de deviner lequel était le plus haut gradé. Pour lui simplifier la tâche, Vianello recula d'un pas afin de laisser Brunetti en première ligne.

« C'est au sujet de Davide Casati », commença ce dernier, adoptant le ton d'un agent d'assurances ou d'un ami de la famille. Il vit aussitôt qu'elles savaient de qui il parlait. « Le connaissiez-vous ? » La plus jeune leva la main timidement, comme une écolière n'osant pas parler tant que le professeur ne lui donne pas la parole.

« Vous le connaissiez, signora ? » répéta Brunetti de sa voix la plus douce.

Elle s'éclaircit la voix avant de répondre : « Oui.

— Était-il un de vos clients ?

— Oui, confirma-t-elle, avec une hésitation laissant entendre que ce n'était que la moitié de la réponse et que si Brunetti voulait avoir l'autre moitié, il devait insister.

— Était-ce quelqu'un que vous connaissiez aussi personnellement, pas seulement comme client ?

— Oui.

— Puis-je vous demander en quels termes, signora ?

— J'allais à l'école avec le petit-fils de son frère, dit-elle.

— Bien sûr, bien sûr, dit Brunetti en souriant à cette heureuse coïncidence. Les îles sont si proches. » Du point de vue géographique, mais aussi du point de vue social ; tout le monde y connaissait tout le monde : les affaires des gens, leur vie privée. Il opina du chef en signe de satisfaction et la vit se détendre peu à peu.

« Il s'est marié avec une amie de ma sœur, ajouta-t-elle, comme si Brunetti l'avait interrogée sur sa vie de famille et non pas sur Casati.

— Je vois. Et le signor Casati, le connaissiez-vous ? »

Saisie d'une vive détresse, elle se tourna vers sa collègue qui y vit une invitation à répondre à sa place : « Dorotea traite les colis, donc elle le connaissait mieux que moi. Moi, je m'occupe des chèques de retraites. Nous pouvons traiter toutes les deux les pensions. » Elle plaça sa main sur la pile de papiers, comme si elle prêtait serment.

« Ah, les colis, reprit Brunetti, en s'adressant à Dorotea. Donc quand il recevait un colis ou en envoyait un, il demandait votre aide ? » En formulant sa question, il prit conscience qu'il devrait en faire, des kilomètres à travers le pays, avant d'entendre évoquer la notion d'aide au sein des bureaux de poste. Mais l'employée sourit et opina du chef; sans doute était-ce bien ainsi qu'elle concevait son travail.

« Oui, je l'ai aidé de nombreuses fois, affirma-t-elle fièrement.

— Ah, répliqua Brunetti en affichant une expression de surprise polie. Recevait-il beaucoup de colis ?

— Non, mais il en envoyait de temps en temps, surtout ces derniers mois. » Elle regarda sa collègue du coin de l'œil, qui fit un petit signe d'assentiment, et elle poursuivit, sur le ton de la confidence : « Il m'a dit qu'il avait essayé avec le service DHL, mais après avoir passé une demi-heure en attente au téléphone, il a renoncé et décidé de venir chez nous.

— Je vois, je vois, murmura Brunetti. Est-ce qu'il envoyait de grands paquets ?

— Non. Moins de un kilo. Et pour les colis de petite taille, nous sommes vraiment meilleur marché que les DHL. Et presque aussi rapides, la plupart du temps », glissa-t-elle, dans l'espoir peut-être que Brunetti ait sur lui quelque chose de peu volumineux à envoyer.

Le commissaire hocha la tête en signe de remerciement pour son offre implicite et passa en revue les pays susceptibles d'effectuer des analyses scientifiques d'insectes et de terre. « Est-ce qu'il envoyait les colis en Allemagne ?

— Non, en Suisse, rectifia-t-elle. À l'université de… ça commence par un L, mais ce n'est pas Lugano. » Elle baissa les yeux sur le guichet, comme si elle essayait de visualiser l'enveloppe. Un sourire fleurit sur ses lèvres : « Lausanne. »

Sa collègue Maria intervint, incapable de se retenir plus longtemps : « C'est terrible ce qui lui est arrivé. Puisse-t-il reposer en paix. »

Elle avait adopté le ton typique que l'on employait pour parler de gens atteints de maladies graves ou perdus en mer. Brunetti baissa les yeux, tout comme Vianello, et observa vis-à-vis du défunt le nombre de secondes de silence dictées par la décence.

Un couple entra à ce moment-là. Ils payèrent trois factures et partirent, sans dire grand-chose, peut-être gênés à la vue de ces deux hommes étranges.

« Est-ce que l'université lui a envoyé quelque chose ? reprit Vianello.

— Non, pas à lui », répondit promptement Dorotea.

Vianello sourit à cette dérobade.

« Alors à qui ? »

Les deux femmes échangèrent un regard alarmé, telles deux personnes s'étant engagées dans des sables mouvants. « Eh bien, commença Dorotea, c'est... » Elle regarda sa collègue plus âgée, comme pour lui demander de l'aider à la dépêtrer de ce piège.

« L'université a envoyé quelques lettres, avec accusé de réception, à... une personne que Casati connaît. Connaissait. » Brunetti décida de la laisser parler à son rythme, comme si les lettres étaient un détail mineur, sans grand intérêt à ses yeux.

« Patrizia Minati, finit-elle par dire.

— Une femme divorcée », l'interrompit Maria.

Brunetti essaya de lui lancer un regard entendu, entre la désapprobation et la curiosité paillarde, mais à la vue de l'expression de Vianello, il se rendit compte combien sa propre tentative était pathétique et il tourna son attention vers Dorotea.

« Est-ce qu'elle vit ici ? s'enquit Vianello.

— Du côté de l'église », précisa Maria, comme si ce choix géographique compensait l'état civil sacrilège de Patrizia.

Conscient qu'elle n'en dirait pas plus sur le sujet, Brunetti enchaîna : « Les gens ne peuvent-ils pas recevoir leur courrier à Sant'Erasmo ? »

De nouveau, ce fut Maria qui prit la parole : « Bien sûr que oui. Mais ces lettres étaient adressées à elle, pas à lui. » Et au cas où il n'aurait pas compris, elle ajouta : « Comme elles venaient de la même université, elles devaient être pour lui.

— C'est bien mon avis », intervint Vianello, du ton de la fausse connivence.

Sentant que les deux femmes s'impatientaient, Brunetti conclut : « Merci à toutes les deux. Vous nous avez été d'une aide précieuse. » À ces mots, leur visage s'imprégna de satisfaction ; Brunetti et Vianello en profitèrent pour partir.

Une fois sortis, Brunetti vit Vianello manipuler son iPhone. « Tu essaies de trouver son adresse ? » Vianello hocha la tête sans lever les yeux. Le manque de confiance de Brunetti dans la technologie en général et dans les téléphones en particulier le conduisit à appeler la signorina Elettra.

« Bonjour, commissaire, répondit-elle. Quel plaisir d'être de nouveau en contact avec vous. En quoi puis-je vous aider ?

— Pourriez-vous me trouver l'adresse de Patrizia Minati, à Burano ?

— Certainement. Ne quittez pas s'il vous plaît.

— D'accord. »

Vianello pianotait toujours sur son téléphone. Brunetti observa les maisons environnantes. Les couleurs criardes heurtaient ses yeux et rivalisaient de kitsch pour capter son attention. Personne ne songerait à porter des vêtements avec ce genre de teintes. Les enfants, peut-être. Ou les fous. Le rouge des bonbons empoisonnés qu'on vendait aux gamins dans le Londres victorien, le vert des prés irlandais, le bleu dont le ciel lui-même n'aurait osé se parer. Mais les pêcheurs qui passaient leurs journées entières à regarder la mer, bleue ou grise, ou entre les deux, et le ciel, avec ou sans nuages, devaient être heureux de rentrer dans des maisons colorées, en dépit de ce fol excès.

« Êtes-vous toujours en ligne, commissaire ? demanda la signorina Elettra.

— Oui.

— Calle del Turco, la dernière maison sur la droite. Je l'ai trouvée dans le *Calli, Campielli e Canali*[1].

— Et pourriez-vous chercher quelques informations sur elle ?

— J'ai déjà commencé, *dottore.*

— Alors renseignez-vous sur Davide Casati, tant que vous y êtes, je vous prie.

— L'homme qui est mort là-bas ?

— Oui, toute information le concernant. Tout démêlé avec nous (même si Brunetti en doutait beaucoup), son parcours professionnel, ses problèmes de santé. Vous savez de quoi je parle.

— Bien sûr, signore. Et pour la signora Minati aussi ?

— S'il vous plaît.

1. La bible des Vénitiens, où sont répertoriés toutes les rues, les places et les canaux de Venise.

— Je m'en occupe de ce pas », dit-elle, et elle raccrocha. Au même moment, Vianello le regarda droit dans les yeux et secoua la tête. « Rien trouvé. Il nous faut aller à l'église et demander aux gens.

— Calle del Turco, ne put s'empêcher d'assener Brunetti. La dernière maison sur la droite. » L'expression de Vianello le fit rire.

L'inspecteur mit un moment à s'en remettre et finit par déclarer : « Elle devrait être maire. » Il prit cette réflexion en considération, puis se corrigea de lui-même : « Non, ce serait du gâchis. Un chimpanzé peut bien faire l'affaire. »

Brunetti songea à la politique locale. « Effectivement », approuva-t-il, puis il passa à des questions plus sérieuses.

19

Rien n'est jamais bien loin à Burano, c'est pourquoi ils atteignirent rapidement l'autre côté de l'île où se trouvait l'église de San Martino. Ils suivirent la carte fournie par le portable de Vianello et coupèrent donc par le campiello San Vito, puis ils passèrent le pont. Ils prirent ensuite à droite, à gauche, suivirent une *calle* étroite et arrivèrent devant la porte de la dernière maison, où le nom de Minati, sur la sonnette, correspondait au premier étage. La maison, d'un jaune des plus vifs, avait l'air schizophrénique : les volets au rez-de-chaussée, soigneusement fermés, semblaient ne plus avoir été ouverts depuis des années ; au premier étage, chaque appui de fenêtre était orné de jardinières, derrière lesquelles des rideaux en lin frais bruissaient dans la brise légère ; quant à l'étage au-dessus, il avait l'aspect flétri d'une maison inhabitée où les volets, craquelés par le soleil, étaient secs comme du bois mort. De mauvaises herbes poussaient dans les gouttières en métal.

Ils sonnèrent, attendirent, puis sonnèrent de nouveau. Après un long moment, ils entendirent le bruissement typique des rideaux que l'on ouvre. Une femme un peu plus jeune que Brunetti, aux cheveux auburn, se pencha par la fenêtre, les mains posées sur le rebord.

« Oui ?

—Je suis le commissaire Brunetti, signora, dit-il, puis il indiqua Vianello de la main. Et voici l'inspecteur Vianello.

— Brunetti ? s'enquit-elle.

— Oui, répondit-il, en reculant pour la regarder sans se faire mal au cou. Êtes-vous la signora Minati ? »

Elle le confirma et demanda, mal à l'aise : « La police ? » Brunetti opina du chef, même si elle ne verrait pas forcément le geste de là-haut.

« Que me voulez-vous ? »

Son ton était à la fois nerveux et curieux.

« Je préférerais vous l'expliquer à l'intérieur, signora.

— Ah », fit-elle en levant les mains. Elle recula légèrement de la fenêtre et se passa les doigts dans les cheveux qui formaient un nuage bouclé autour de sa tête. « Et si je refuse de vous laisser entrer, signore ? » C'était une réelle question de sa part, qui exigeait une réponse.

« Nous continuerions à parler de cette manière », répliqua Brunetti aimablement, en regardant les édifices alentour, même s'ils semblaient tous dépourvus de vie. Il traversa la rue et s'appuya contre le mur de la maison d'en face. Cela pourrait aller, songea-t-il, même si la position de son cou, déjà inconfortable, deviendrait très vite, il en était sûr, douloureuse.

« Très bien », dit-elle, et elle disparut de la fenêtre. Un moment plus tard, la porte s'ouvrit et ils entrèrent. L'escalier était étroit et usé, avec une seule fenêtre au sommet de la première volée de marches. Ils tournèrent et continuèrent à gravir la seconde rampe où la femme les attendait, devant sa porte ouverte.

« Avez-vous une pièce d'identité, messieurs ? » demanda-t-elle. Ce n'est qu'à ce moment-là que Brunetti perçut le tremblement dans sa voix. À l'extérieur, l'angle de vue et la distance l'avaient empêché de la voir clairement, mais lorsqu'il atteignit son palier, il vit se refléter dans son visage la tension sensible dans sa voix. Elle était très mince et presque aussi grande que lui. Elle avait les yeux foncés, entourés de profondes rides dues à une vie passée au soleil.

Ils restèrent dans le couloir et lui tendirent leurs insignes qu'elle inspecta soigneusement, en levant les yeux pour étudier leurs visages et les comparer avec les photos. Elle leur rendit ensuite leurs cartes en les remerciant d'une voix plus calme. Elle s'écarta et leur fit signe d'entrer dans l'appartement.

Brunetti vit quatre fauteuils blancs disposés autour d'une table basse à pieds épais, réalisée à partir de ce qui ressemblait à un volet sculpté, provenant sans doute du Moyen-Orient. Un des murs présentait plusieurs fragments de calligraphie arabe sous verre, dont deux étaient ornés d'une flamboyante signature. Deux autres murs étaient couverts de pages encadrées de différentes tailles, aux divers styles d'écriture. Le dernier, indifférent à la conquête arabe, était dédié aux livres.

« C'est beau, déclara Brunetti en se rapprochant pour jeter un coup d'œil à l'une des calligraphies. Qu'est-ce que c'est ?

— Ce sont des documents relatifs au cadastre, expliqua-t-elle. Les autres sont des pages du Coran.

— Où les avez-vous trouvés ?

— J'ai vécu en Ouzbékistan quelques années. La municipalité du village où je travaillais avait des documents d'archives. Ils ont décidé de s'en débarrasser, et comme cela n'intéressait personne de les récupérer, je leur ai demandé de m'en garder une boîte. Ils étaient ravis de me les donner. » Elle embrassa le salon du regard et déclara : « J'ai toujours trouvé cette calligraphie magnifique.

— Où est-ce que vous travailliez ? » s'informa Brunetti, sans tenir compte de son commentaire. Il voyait Vianello passer d'un cadre à l'autre pour étudier les écritures, de près et de loin.

— Pour la FAO, l'organisation des Nations unies pour l'alimentation et l'agriculture, répondit-elle sans entrer dans les détails.

— Que faisiez-vous pour eux ?

— J'étais édaphologiste.

— C'est-à-dire ? » intervint Vianello avec une réelle curiosité, en se détournant des textes calligraphiés.

Si ce double interrogatoire soudain la surprit, elle n'en laissa rien paraître et expliqua : « Cela signifie analyser le sol pour voir les substances nutritives qu'il contient. Ou qui manquent. Et sa teneur en sel.

— Dans le sol ? demanda l'inspecteur.

— Oui. Une fois que nous trouvions ce qui y manquait ou abondait, la FAO cherchait une manière naturelle de le rééquilibrer en alternant les cultures ou en plantant de la végétation capable de fixer l'azote dans le sol. Elle devait aussi encourager les agriculteurs à utiliser moins de pesticides ou de fertilisants chimiques. » Elle sourit et Brunetti put la voir se détendre davantage encore. Elle continua, le visage impassible : « J'ai essayé de les convaincre que les excréments de vaches étaient la meilleure solution. »

Vianello rit. « Mon grand-oncle disait toujours que ceux des chevaux étaient meilleurs.

— Était-il agriculteur ?

— Quand il était jeune, c'était la principale occupation dans le Frioul.

— Je vois », fit-elle.

Pendant leurs échanges, Brunetti était passé derrière une des chaises. La signora Minati s'en aperçut et suggéra : « Nous serions mieux assis.

— Quand étiez-vous en Ouzbékistan, signora, si je puis me permettre ? s'enquit Brunetti après avoir pris place.

— J'en suis partie il y a dix ans. J'y ai passé trois années ; j'étais au bout du monde, près de la mer d'Aral, dans une petite ville appelée Moynaq, spécifia-t-elle avec un sourire furtif. Nous avions l'électricité, mais guère plus et même cela n'était pas très fiable.

— Comment analysiez-vous le sol ? Aviez-vous un laboratoire ? »

Les mains croisées sur ses genoux, elle prêtait soigneusement attention aux questions du commissaire. Au lieu de répondre expressément à celle-ci, elle lança : « Avant de continuer, je souhaiterais savoir pourquoi vous me demandez tout cela. Les seules personnes qui se sont intéressées d'aussi près à mon travail étaient des agents des services secrets ouzbeks. Ils venaient à Moynaq pour m'interroger.

— J'aurais dû commencer par vous demander si vous connaissiez Davide Casati », reconnut Brunetti, qui observa sa réaction à la mention de ce nom.

Elle ne manifesta aucune surprise. En fait, elle lui sourit, en creusant davantage les rides autour de ses yeux. « Je m'attendais à ce que vous me questionniez à son sujet. » Elle détourna le regard sur le doux mouvement de ses rideaux. « C'était quelqu'un de bien.

— Le connaissiez-vous ? demanda Brunetti.

— Suffisamment pour avoir pu me faire cette opinion. Tout comme vous, je suppose, commissaire, si vous avez passé la plus grande partie de ces deux dernières semaines à ramer avec lui, à moins que Brunetti soit un nom plus courant que je ne l'imaginais. » Elle eut la grâce de sourire de nouveau à ces mots, rassurant Brunetti qui commençait à croire qu'on lui avait glissé une micropuce dans l'oreille à son insu.

« Pourriez-vous me décrire la nature de votre relation avec lui ?

— Relation avec lui ? répéta-t-elle avec une pointe d'ironie.

— Oui.

— Je lui rendais des services et il me donnait du poisson, dit-elle, en montrant le premier signe d'exaspération depuis le début de leur entretien.

— Quel genre de services ?

— Vous devriez le savoir, commissaire, rétorqua-t-elle abruptement. Vous l'avez bien vu collecter des échantillons de ses abeilles.

— Oui, effectivement. Ceux qu'il a prélevés la semaine dernière, des abeilles et du sol.

— Il en avait envoyé d'autres.

— Je m'en doutais », répliqua Brunetti. Il se remémora le flacon de boue que Casati avait rapporté au bateau. « Vous demandait-il de lire les rapports qu'il récupérait ? demanda-t-il, sans mentionner sa visite au bureau de poste.

— Oui. Et de les interpréter.

— Et que disaient-ils ?

— Les résultats habituels : la varroose, la nosémose, le manque de nourriture, les pesticides, les produits chimiques. C'est ce qui les tue partout. » Sa voix changea lorsqu'elle demanda : « Pourquoi voulez-vous savoir cela, commissaire ?

— Parce qu'il semblait perturbé par ses découvertes, tant pour les abeilles que pour le sol. C'est pourquoi j'aimerais savoir ce que contenaient les rapports, ne serait-ce que pour me tranquilliser l'esprit.

— Davide est venu ici il y a quelques mois. Il avait entendu parler de moi. Burano est une petite île et Sant'Erasmo est encore plus petite. En population, je veux dire. Impossible de garder un secret sur les îles. Il savait que j'avais étudié les sols pour le compte de la FAO et que j'étais revenue ici après avoir vécu en Ouzbékistan. Il avait entendu dire que j'avais été licenciée, mais que je touchais quand même une retraite de l'organisation. Je suppose, conclut-elle avec un soupir de résignation, que tout le monde sur l'île le sait et certains doivent même en connaître le montant.

— Ces rumeurs sont-elles vraies ?

— Oui.

— Pour quelle raison avez-vous été renvoyée ?

— J'ai causé des problèmes. » Elle se redressa sur sa chaise, puis recroisa ses mains sur les genoux.

« Il y a plus de dix ans, je suis partie en Ouzbékistan étudier les conséquences de la disparition de la mer d'Aral sur le sol. Pas sur les gens ou sur les animaux, ni même le climat, seulement sur le sol. Pendant les premiers mois, j'ai fermé les yeux sur tout le reste : je ne voyais pas les cancers de la peau, les animaux morts couchés dans les champs et j'ignorais les tempêtes de sel et de sable. Je prélevais des échantillons avant et après les tempêtes, je les analysais et j'envoyais des carottes de terre soigneusement étiquetées au laboratoire de Rome, qui confirmait la hausse de la salinité. » Elle baissa les yeux sur ses mains, comme beaucoup de gens coupables pendant les interrogatoires, songea Brunetti. Comme beaucoup d'innocents aussi.

« Mais au bout d'un moment, il ne m'a plus été possible d'ignorer ce qui se passait. J'ai commencé à ajouter dans mes rapports des commentaires sur les gens et les causes de leur mort – la mer était déjà fichue, donc cela ne servait à rien de s'attarder sur son sort – ainsi que sur les animaux et les plantes qui ne poussaient plus, à l'exception du coton qui croissait partout et qui avait tué la mer. »

Brunetti regarda Vianello ; il écoutait l'histoire de la signora Minati, captivé.

« Je suppose que j'allais de plus en plus loin dans mes rapports, mais la mort rôdait tout autour de moi, dans le vent salé qui soufflait partout, dans mon corps et dans mes yeux. Et tout cela pour faire pousser du coton. »

Comme Brunetti et Vianello gardaient le silence, elle continua : « Mais Rome a dû communiquer – à Tachkent ou à Moscou – le contenu de mes rapports, ou leur a peut-être passé les informations en toute innocence. Ou, plus probablement, ce que j'envoyais était lu en l'état. Ce que j'écrivais était de notoriété publique sur place et pour de nombreux scientifiques occidentaux, mais les autorités continuaient de nier. » Sa voix se noua soudain et gagna en passion : « Il y a des photographies par satellites qui montrent combien la mer s'est réduite ces dernières années, mais le gouvernement récuse les faits. »

Elle les regarda l'un après l'autre et esquissa un sourire gêné. « Je suis désolée, mais cela me rend folle qu'on puisse détruire une *mer*, Dieu du ciel. » Elle cessa de parler un moment, puis poursuivit d'une voix plus calme : « Il a dû y avoir des plaintes en haut lieu. Ce sont d'abord les hommes des services secrets qui sont venus me parler, puis on a décidé à Rome qu'il était temps pour moi de prendre une retraite anticipée. J'ai compris ce qui se tramait, naturellement, et j'ai donc accepté leur offre. Je ne supportais plus de rester là-bas et j'étais heureuse de m'en aller. Je ne suis pas quelqu'un de particulièrement courageux, donc j'ai pris mes cliques et mes claques et je suis partie. Mais j'ai laissé le petit laboratoire fonctionnel sur place, pour permettre à la personne qui m'a remplacée d'effectuer les mêmes analyses et de constater les mêmes résultats.

— Qu'avez-vous fait ensuite ? s'enquit Vianello, tel un des vieux habitants d'Ithaque demandant à Ulysse de leur raconter la fin de l'histoire.

— Dans un premier temps, j'ai voyagé, puis j'ai essayé de trouver un autre emploi. Mais ma réputation était faite, je suppose, et je n'ai pas réussi, du moins pas dans ma branche. Donc j'ai continué à voyager. » Elle les regarda de nouveau tour à tour et affirma : « Ils m'ont octroyé une généreuse retraite. Puis je suis venue à Burano et je me suis installée dans cet appartement qu'une tante m'avait laissé, il y a très longtemps. Et c'est ici que je vis, comme une retraitée qui parcourt la lagune dans son bateau, ou qui pagaye dans son kayak, mais qui est connue comme la scientifique spécialisée dans la nature.

— Je vois », fit Brunetti.

Impressionné par l'habileté avec laquelle elle les avait détournés des rapports sur les échantillons que Casati avait envoyés à Lausanne, il n'en revint pas moins à l'attaque : « Et Davide Casati ? »

Sa bouche se crispa, face à l'importune ténacité du commissaire. « Nous étions amis et le reste ne vous regarde pas. » Elle se rendit compte de sa brusquerie et ajouta, comme pour s'excuser : « En outre, si cela peut apaiser vos esprits ardents, il était encore amoureux de sa femme décédée quatre ans auparavant, une mort horrible des suites d'une maladie horrible. Il se sentait coupable de ne pas avoir pu la sauver. C'est le cas de beaucoup d'hommes. À la mort de leur femme. »

Après un long silence elle enchaîna, la voix désormais imprégnée d'une patience calculée : « Pour moi, il était un homme de Sant'Erasmo qui voulait savoir pourquoi ses abeilles mouraient et quelqu'un lui a dit de poser la question à la femme de Burano, experte en sciences. Je suis sûre qu'il y a des gens, ici, qui me considèrent comme une sorcière qui exerce des sortilèges, détient des secrets et va dans la lagune avec son petit bateau, sans dire à personne ce qu'elle y fait. » De nouveau, Brunetti remarqua qu'elle avait dévié la conversation des rapports qu'elle avait lus et interprétés.

« Et qu'y faites-vous ? s'informa Vianello, à leur grande surprise.

— Je profite de son calme et de sa beauté, de la grâce des oiseaux et de la perfection de son évolution. » Puis après un moment elle ajouta, beaucoup plus lentement et à voix basse : « Et je la regarde mourir.

— Que voulez-vous dire, signora ? » s'enquit l'inspecteur.

Elle leva un bras et fit un signe vers l'eau, puis laissa sa main retomber sur ses genoux. « Il y a moins d'oiseaux – certaines espèces ne viennent plus nicher ici –, il y a moins de poissons. Je ne vois presque plus de crabes dans l'eau. Les grenouilles sont parties. Les marées sont imprévisibles. Et… la terre elle-même… », conclut-elle d'une voix étranglée. Elle s'arrêta, comme pour écouter l'écho de ses premières paroles et regarda par la fenêtre.

« Qu'y a-t-il, signora ? s'inquiéta Vianello.

— Rien, rien. Je me laisse facilement submerger par mes émotions. »

Sa voix était tout à coup désinvolte, comme si tout cela se passait très loin et ne la concernait pas. Mais comme la plupart des gens honnêtes, elle ne savait pas mentir.

« La terre elle-même, signora ? insista Vianello.

— Pardon ? fit-elle en feignant la confusion.

— C'est ce que vous avez commencé à dire : la terre elle-même, et puis vous vous êtes arrêtée. Je suis curieux d'entendre la suite.

— Oh, je ne me souviens pas, répondit-elle distraitement. Ce n'était rien.

— Comme vous travaillez sur les sols, je croyais que vous la mentionniez au sens littéral du terme, signora. »

Son visage se vida de toute expression et Brunetti la regarda se répéter mentalement ce qu'il venait de dire. Puis elle sourit, comme si elle avait aperçu une fenêtre ouverte par laquelle s'envoler. « Non, je voulais dire la Terre, la planète. Qui a perdu la raison. Je dis souvent ce genre de chose.

— Comme nous tous, signora, confirma Vianello, en lui faisant un large sourire. J'essaye toutefois de ne pas le dire devant mes enfants. Ils sont trop jeunes pour ce genre de propos. » Brunetti lui-même aurait presque pu croire à la franchise et à l'honnêteté de son ami, qui rassurèrent la signora après le tour qu'avait pris la conversation.

« Quel âge ont-ils ? lui demanda-t-elle, tandis que Brunetti détournait les yeux.

— Sept et neuf ans », mentit Vianello. Qui pouvait être plus digne de confiance qu'un homme avec deux enfants en bas âge ?

« Ils sont encore si petits ? demanda-t-elle spontanément.

— Oui, je me suis marié tard, mentit-il de nouveau. Je voulais être sûr de ma décision.

— Et l'êtes-vous ? s'enquit-elle.

— Oui, absolument », confirma l'inspecteur, en affichant un splendide sourire.

Ne sachant évidemment que répondre, la signora Minati regarda ses mains et vit qu'elles s'étaient métamorphosées en serres et étaient aussi crispées que sous l'effet de la mort. Elle écarta les doigts et les pressa contre ses cuisses.

Elle regarda Brunetti. « Autre chose ? »

Brunetti se leva, imité par Vianello. « Non, signora, je pense que nous avons terminé. Vous avez été très généreuse de votre temps. »

Elle les raccompagna à la porte et l'ouvrit. Brunetti sortit son carnet de sa poche et y écrivit une note. Il lui passa le bout de papier. « Voici mon numéro de portable. »

Elle le prit et l'observa comme s'il était apparu d'un coup de baguette magique et qu'elle ne savait qu'en faire. Elle le plia en quatre et l'enfouit dans la poche de sa jupe, sans mot dire.

Brunetti lui tendit la main. Elle la serra, ainsi que celle de Vianello, puis les deux hommes descendirent l'escalier et sortirent.

20

Conscients qu'une fois dans la rue, ils étaient visibles depuis la fenêtre, ils s'éloignèrent de la maison d'un pas normal. « Je me demande de quoi elle a peur, déclara Vianello. Il y a dix ans qu'elle n'est plus en Ouzbékistan, donc ça ne peut pas être à cause de cette vieille histoire. » Brunetti était bien d'accord avec lui.

« Restent les rapports qui lui étaient envoyés », dit-il. Il continua à marcher en regardant le bout de ses pieds, puis s'arrêta et se tourna vers l'inspecteur : « Ou peut-être qu'elle a simplement eu peur de nous. » Beaucoup de gens auraient cette réaction face à deux policiers ; il le savait, mais ne pouvait pas le dire.

Ils atteignirent le *campo* qui menait à l'arrêt de bateau, sortant de l'ombre que fournissaient les ruelles étroites, et le soleil les inonda, leur rappelant que l'on était en juillet, le pire mois de l'année. Tous deux enlevèrent leur veste ; Brunetti regretta d'avoir cédé à la respectabilité et d'avoir ainsi renoncé à son bermuda en coton et à ses tennis de la semaine précédente.

Ses pensées allèrent vers Paola ; elle lui avait fait remarquer une fois combien il avait tendance à être crédule vis-à-vis des femmes, face auxquelles il baissait la garde, persuadé de leur supériorité morale sur les hommes. Mais il prit mentalement la défense de sa méfiance naturelle : n'avait-il pas demandé à la signorina Elettra de vérifier les antécédents de la signora Minati ?

Comme en écho à la conscience de Brunetti, Vianello observa : « Tu n'as pas été très dur envers elle, je trouve.

— Non, reconnut Brunetti. Elle me donnait l'impression d'être honnête. »

L'inspecteur s'essuya le front avec son mouchoir, sans mot dire.

Brunetti regrettait sa casquette de baseball, même si elle lui aurait donné le look d'un touriste perdu sur l'île. « C'est comme cela en ville ? demanda-t-il à Vianello, en espérant que la chaleur de la nuit précédente ne devînt pas une constante.

— Oui, répondit Vianello. C'est même pire. Ici au moins, il y a la brise de la lagune. Là-bas, rien. »

Ils arrivèrent à l'embarcadère et entrèrent dans le petit abri du ponton pour échapper au soleil. L'air était confiné et humide et il semblait y faire encore plus chaud qu'à l'extérieur, mais au moins le toit les protégeait des flagellations du soleil. Ils s'assirent sur un des bancs, en laissant une place libre entre eux afin d'exhorter l'air plutôt réticent à circuler.

Comment avait-il pu rester dehors et ramer avec Casati toute la journée, par cette température ? Est-ce que l'effort et la concentration avaient transformé la lumière en une caresse et évacué la chaleur de son esprit ? Ici, dans ce piège étouffant, il ne parvenait plus à imaginer ce monde d'espace sans fin et d'horizons illimités.

« Elle n'a jamais fait allusion aux résultats de ses échantillons de terre ; elle s'est cantonnée aux abeilles, nota Brunetti à voix haute. Elle a évoqué les maladies de ces insectes, puis elle s'est écartée du sujet et a dérivé sur l'Ouzbékistan. Elle est revenue ensuite sur la question du sol, mais elle s'est interrompue. »

Vianello opina du chef. « Quand je lui ai posé la question, elle s'est mise à jouer les mystiques et a précisé qu'elle parlait de nous, de la Terre en général. Ce que je ne crois pas une minute.

— Je n'en suis pas si sûr, répliqua Brunetti d'un ton hésitant.

— Pourquoi ?

— Certaines personnes ont cette conception des choses, pensent que tout est unifié, que l'Univers forme un tout, que rien n'est isolé.

— Et alors ? »

Brunetti, doutant que cette discussion sur la nature du cosmos puisse mener bien loin, répondit : « Et alors, demandons à la signorina Elettra d'appeler l'université de Lausanne. » Il sortit son portable de sa poche. L'opération fut rapide. Brunetti lui dit d'abord à quel moment Casati était censé avoir envoyé le colis, puis il évoqua les remarques étranges de Casati à la veille de sa mort ainsi que le deuil infini de sa femme, même s'il s'abstint d'en évoquer les potentielles conséquences.

« J'appellerai l'université et les questionnerai sur le colis et sur les rapports. » La signorina Elettra marqua une pause que Brunetti ressentit comme importante, même à l'autre bout du fil. « Qu'en est-il du vice-questeur ? Dois-je lui en parler ? » s'enquit-elle finalement.

Tant que l'on ferait croire au vice-questeur que Brunetti avait simplement profité du fait qu'il était déjà à Sant'Erasmo pour parler avec la famille du défunt et s'informer sur son état d'esprit avant son décès, Patta ne causerait aucun problème. Il pourrait même se réjouir d'avoir le temps de ficeler pour la presse de flamboyants discours sur la sollicitude de la police face à la mort de tout citoyen.

« Il vaut mieux ne rien lui dire pour le moment, déclara Brunetti. Après tout, cette affaire est traitée comme un accident.

— "Un accident de bateau en pleine tempête" », renchérit-elle, puis elle raccrocha.

Brunetti se tourna et vit que Vianello était penché en avant, le visage dans les mains, en train de marmonner.

« Qu'y a-t-il ? » lui demanda Brunetti, craignant que la chaleur n'ait eu raison de son collègue.

L'inspecteur secoua la tête puis se redressa et s'appuya contre la cloison derrière lui. Les yeux fermés, il énonça : « Plus l'enquête avance, plus tu envisages sérieusement la possibilité que cet homme se soit suicidé à cause de la mort de ses abeilles, n'est-ce pas ? »

Vianello avait le front couvert de sueur et la transpiration plaquait sa chemise contre sa poitrine. Brunetti jeta un coup d'œil circulaire sur l'embarcadère, mais ils étaient encore seuls. « Le bateau est en train d'arriver, Lorenzo. »

Vianello ouvrit les yeux et se leva. « C'est comme d'avoir essayé de sauver Pucetti, ça me dépasse, cela n'a aucun sens. Mais peut-être que ça en a un, après tout. »

Le bateau s'arrêta et ils montèrent à bord. Ils se mirent à l'ombre et restèrent à l'extérieur pour profiter de la brise. Tous deux se turent pendant le trajet jusqu'à Sant'Erasmo.

Lorsque le moteur ralentit, Brunetti proposa : « Je voudrais que tu viennes parler avec moi à la fille de Casati. » Comme Vianello ne répondait pas, il insista : « C'est la seule personne qui puisse me dire qui il était vraiment.

— Tu viens de passer dix jours avec lui, non ?

— Oui. Il m'a appris beaucoup de choses sur les abeilles et il m'a fait voir à quel point elles étaient merveilleuses ; il m'a montré comment progresser à l'aviron et m'a parlé des poissons et des oiseaux de la lagune, ainsi que des marées, mais il ne m'a pas dévoilé grand-chose sur lui. Il disait parfois des choses qui ne m'étaient pas claires, des choses terribles sur la mort et sur la destruction, qui m'échappaient. »

Brunetti s'essuya le visage avec son mouchoir. « Je n'ai jamais vraiment eu l'impression de le comprendre », avoua-t-il, en pliant le carré de tissu et en le remettant dans sa poche.

Le marin fit coulisser les barres en métal et les passagers descendirent du bateau, cherchant tous à esquiver les rayons de soleil. Vianello, les bras croisés, regardait Venise au loin.

Sans rien dire, Brunetti passa devant lui ; il suivit les gens, tous les sens en éveil. Lorsqu'il entendit les pas de l'inspecteur et sentit sa présence derrière lui, il fut soulagé de ne pas devoir aller seul parler à Federica et juger de ses propos.

Tandis qu'ils s'éloignaient du quai, le soleil faisait tout son possible pour les terrasser, mais il ne parvint qu'à les épuiser et à les irriter. Après un long moment, Brunetti prit le chemin qui menait à la villa et tint la porte pour Vianello. Une fois à l'intérieur, il mena son ami vers la cuisine, située à l'arrière de la maison.

Sans demander la permission, Vianello alla au réfrigérateur et en sortit une bouteille d'eau minérale. Il ouvrit un placard, le ferma, en ouvrit un autre et prit deux grands verres. Il les remplit et en tendit un à Brunetti. Après s'être désaltéré, l'inspecteur demanda : « Où est-ce que je peux me laver les mains ? »

Brunetti lui indiqua le couloir. L'écho de la porte qui s'ouvrait et se fermait parvint jusqu'à la cuisine. Brunetti remplit deux autres verres à ras bord et les apporta au salon, où il s'était adonné précédemment à la lecture, et s'assit dans le fauteuil qu'il considérait comme sien. Il vit Pline posé à l'envers sur la table près de lui et le laissa là. Il croisa les jambes, appuya la tête contre le dossier du fauteuil et attendit que son ami le rejoigne.

Il lui tendit alors un des verres et les deux hommes gardèrent le silence quelques minutes, puis Brunetti finit par lui révéler : « Il avait de terribles cicatrices le long du dos. Je les ai vues quand nous nagions ensemble ; c'était horrible. Des brûlures. Rizzardi a dit que c'étaient des brûlures chimiques, pas de feu. Je n'avais jamais rien vu de tel.

— Il ne t'en a jamais parlé ? »

Brunetti secoua la tête. « Non, et je ne pouvais pas le lui demander. J'ai fait comme si je n'avais rien vu.

— Bien sûr », approuva Vianello, qui ne posa aucune autre question.

Ils étaient assis, silencieusement, à l'abri de la chaleur et du soleil et n'entendaient que le bourdonnement occasionnel d'un moteur lointain ou le cri strident d'une mouette.

« Crois-tu vraiment qu'il ait pu se suicider ? » demanda Vianello.

Brunetti se souvint de l'étrange impression qui l'avait envahi lorsqu'il s'était approché la première fois du bateau chaviré, même si la sensation d'un danger impossible à définir et à cerner s'était évaporée une fois qu'il eut commencé à observer le *puparìn*. Peut-être avait-il imaginé ce sentiment, qui n'était autre que la conséquence des heures passées sous le soleil et du traumatisme rétrospectif de sa chute dans le trou d'eau.

« C'est possible, répondit-il. Il souffrait vraiment beaucoup. »

Vianello jeta un coup d'œil circulaire dans la pièce comme pour en savourer la paix. « Il lui suffisait de passer la porte et de plonger dans la lagune. Là où l'eau est claire. Il avait son bateau devant chez lui. Il vivait avec sa famille. » Il se tut et Brunetti se rendit compte que ces éléments, à l'époque moderne, ne comptaient probablement plus vraiment. Sauf à Sant'Erasmo.

« Nous devrions parler à sa fille », suggéra le commissaire. Ce n'était pas une réponse à leurs interrogations, mais cette initiative pouvait les aider à en trouver une.

Ils descendirent le sentier vers la petite maison, virent les filets de pêcheurs entièrement baignés de soleil et, derrière eux, sur la droite, une grande treille se développant jusqu'au bout du jardin avec, dessous, une petite bicyclette couchée sur le côté.

Brunetti frappa à la porte grillagée et au bout d'un moment, Federica ouvrit. « Entrez », dit-elle d'une voix caverneuse, en pivotant vers l'arrière de la maison. Elle les mena au bout du couloir, où les attendaient des chaises autour d'une table en bois aux pieds massifs, qui ne servait probablement que pour les repas de famille. Trois fauteuils en velours foncé étaient disposés en cercle près de la fenêtre, mais ils étaient enveloppés de plastique et n'étaient donc pas utilisables.

Brunetti et Vianello s'assirent d'un côté de la table, Federica de l'autre, en face de Brunetti. « Que voulez-vous savoir ? » demanda-t-elle. C'était la femme qu'il avait rencontrée deux semaines plus tôt, qui lui apportait son petit déjeuner et préparait ses repas, avec qui il avait souvent parlé, la femme qu'il avait vue entrer et sortir de chez elle, puis la veille à l'hôpital, mais la lumière l'avait quittée : ses yeux étaient sombres, ses mouvements lents et sa voix était devenue neutre et monocorde. Il s'aperçut que quelque chose, dans son regard, lui rappelait à présent celui de Casati et il frissonna à cette pensée.

« Federica, commença-t-il, mon chagrin n'est rien à côté du vôtre. Je le sais, mais je voudrais vous parler comme un ami, comme un homme qui pense à votre père en ami. Je dis cela parce que je veux – et j'ai besoin – que vous me fassiez confiance. » Il parlait spontanément, sans anticiper les réactions de la jeune femme.

« En quoi dois-je vous faire confiance ? demanda-t-elle d'un ton dépourvu de la moindre once d'intérêt.

— Je veux en savoir davantage sur votre père. »

Les yeux de Federica plongèrent dans les siens et son expression ressemblait à celle de ses propres enfants lorsque Paola ou lui devaient discuter avec eux d'une de leurs bêtises. Il y distingua quelque chose de plus fort que la trace fuyante d'une culpabilité non exprimée. Sa voix devint douce, presque craintive et elle demanda : « Pourquoi ?

— Les derniers jours où nous avons ramé ensemble, il n'était plus le même, en tout cas pas avec moi », expliqua Brunetti.

Federica baissa les yeux sur la table et passa les mains dessus, comme pour enlever de la poussière ou une tache, puis elle y dessina une plus large arabesque, et enfin croisa ses mains devant elle. « Pourquoi me dites-vous cela ? s'enquit-elle, comme si elle s'adressait à la table.

— Parce que je veux comprendre ce qui s'est passé. »

Vianello, près de lui, opina du chef, mais ne dit rien.

« Que s'est-il passé, à votre avis ? » demanda-t-elle en levant les yeux sur lui, puis en les baissant de nouveau sur ses mains. Comme Brunetti ne répondait pas, elle insista : « Vous devez le dire, Guido. Moi je ne peux pas.

— Je pense qu'il peut avoir renoncé à la vie, Federica. J'ai déjà vu des cas pareils. Les gens renoncent à souffrir de maladies ou à se battre contre des problèmes, ou des choses incompréhensibles pour nous. »

Elle ferma les yeux et resta immobile un long moment. Elle finit par le regarder et raconta : « Nous avons essayé. Tous. Massimo, les enfants. Mais cela n'a pas suffi. »

Brunetti attendait, la laissant parler à son gré. « Quand maman est morte, il s'est renfermé et n'a plus abordé ce sujet ni parlé d'elle. Au début, je pensais que ça irait mieux, mais non. Il n'arrêtait pas de dire qu'il se sentait coupable de ce qui lui était arrivé. Il l'a vue mourir – cela a pris plus de trois ans – et quand elle est morte, il répétait constamment qu'il l'avait tuée. Il ne disait rien d'autre. Puis, quand ses abeilles ont commencé à mourir, il disait qu'il les tuait, elles aussi. Personne ne pouvait l'en dissuader. »

Elle les regarda, comme pour leur demander s'ils pouvaient comprendre une telle folie, mais aucun des deux n'avait de réponse.

« Les dernières semaines, c'était pire. » Sa voix changea ; Brunetti remarqua qu'elle s'était animée d'une pointe de rancœur. « C'est cette femme à Burano, j'en suis sûre. Dès qu'il a commencé à la fréquenter, son état a empiré.

C'est comme si elle empoisonnait sa vie. À chaque fois qu'il rentrait de leurs rencontres… J'ai des amis là-bas, qui me disaient quand il allait la voir. » Elle pinça les lèvres comme pour s'empêcher de parler.

« J'ai essayé de discuter avec lui, mais il ne voulait rien entendre. Massimo ne voulait pas en parler ; il me disait que j'étais stupide. » Soudain son visage s'adoucit et elle poursuivit : « Puis vous êtes venu ramer avec lui et pendant un moment, il a semblé redevenir lui-même, même s'il continuait à aller la voir. Mais cette amélioration s'est arrêtée et l'on connaît la suite.

— Vous a-t-il dit quelque chose qui inciterait à penser que… », osa Brunetti.

Elle secoua la tête.

« Il me semblait très sage. Mais j'avais toujours l'impression qu'il avait lutté ou souffert pour acquérir cette sagesse. » En prononçant ces mots, Brunetti se rendit compte que c'était vraiment l'opinion qu'il s'était forgée de Casati. « Je pense que la bonté chez lui a été le fruit d'un apprentissage. »

Federica les regarda tour à tour. Puis elle se tourna vers la fenêtre qui donnait sur le jardin et sur les arbres et, bien loin derrière, sur les Dolomites, invisibles ce jour-là ; il fallait attendre que la prochaine pluie nettoie l'air suffisamment pour les voir réapparaître.

« Ma mère était beaucoup plus jeune que mon père, reprit-elle, d'une bonne vingtaine d'années. Il avait quarante ans quand ils se sont mariés et elle n'en avait que dix-huit. À ma naissance, ma mère était âgée de dix-neuf ans. »

Ni l'un ni l'autre ne réagirent à ses propos ; ils savaient d'expérience que c'était la meilleure façon de se comporter lorsqu'une personne se mettait à parler.

« Quand j'étais enfant, nous habitions à Marghera parce que c'est là que tous deux travaillaient, mon père à l'usine, et ma mère dans un entrepôt. Un jour, je devais avoir neuf ans, il a eu un accident – il n'a jamais voulu en parler et ma mère ne m'a jamais rien dit à ce propos – et il a été longtemps hospitalisé. Pendant des mois, je pense. Mais je ne me souviens pas vraiment parce que… eh bien, j'étais petite, et les enfants ont des souvenirs étranges. Je me rappelle avoir habité chez le frère de ma mère, à Castello, et être allée à l'école là-bas. » Puis, comme surprise à cette évocation, elle ajouta : « Je dois y avoir passé une longue période, parce que je suis arrivée à la rentrée et j'y suis restée. Quand l'école a fini, je ne suis pas retournée à Marghera ; je suis partie de chez mon oncle pour venir vivre ici. Je m'en souviens, parce que c'était le jour de mon anniversaire.

— Étiez-vous heureuse d'emménager sur l'île ? demanda Vianello.

— La femme de mon oncle… », commença-t-elle, et Brunetti trouva intéressant qu'elle ne la désigne pas comme « ma tante ». Mais elle n'acheva pas sa phrase. Son visage s'adoucit par un sourire et elle reprit : « J'étais contente d'avoir retrouvé mes parents. » Y avait-il une once d'hésitation dans ces mots ? « Oui, j'étais contente, répéta-t-elle, d'un ton soudainement déterminé, et j'étais de nouveau avec ma mère, qui était restée auprès de mon père à l'hôpital. Nous sommes tous venus nous installer à Sant'Erasmo pour vivre ensemble. » Brunetti avait l'impression d'entendre une enfant raconter un conte de fées.

« J'avais de nouveau mon papa et ma maman et je pouvais aller nager tout le temps. Et mon père, à son retour de l'hôpital, a commencé à pêcher et à s'occuper des abeilles.

Il n'avait plus besoin d'aller à l'usine et ne rentrait plus en colère, chaque jour, à la maison. »

Comme ses yeux étaient encore rivés sur le jardin, Brunetti et Vianello échangèrent un bref regard, puis Vianello finit par lâcher : « C'était un grand changement.

— Oui. Il était plus heureux. Du moins, j'avais l'impression qu'il était plus heureux. Ma mère, aussi. Il était plus apaisé, aussi ; il ne s'est plus jamais emporté et c'était merveilleux.

— J'ai du mal à imaginer votre père se mettre en colère pour un oui ou un non, intervint Brunetti.

— Pas depuis notre arrivée ici, effectivement.

— Et ses abeilles ?

— Oh, il a commencé à s'en occuper quand nous nous sommes installés ici. Mes parents ont d'abord loué une maison, puis mon père a obtenu un emploi comme concierge, donc nous avons déménagé dans cette villa où il y avait déjà des abeilles. Elles sont encore là. » Puis, plaquant une main sur sa bouche, elle s'exclama, inquiète : « Qui va s'en occuper, désormais ? »

21

Brunetti brisa le silence : « Faut-il leur consacrer beaucoup de temps ? »

Son interrogation troubla Federica qui baissa la main et ferma les yeux. Brunetti nota qu'elle serrait fort le poing gauche. Il craignait qu'elle ne se mît à pleurer.

« Je ne sais pas, répondit-elle d'une voix blanche. Je n'ai jamais appris à m'en occuper. Toutes ces années, je le regardais faire, j'allais les voir avec lui, mais je ne sais pas ce qu'il faut faire, ni quand, ni ce qu'il faut leur donner à manger l'hiver. Je n'ai jamais prêté attention à ce qu'il faisait. Il a essayé de m'expliquer, mais ça ne m'intéressait pas. Tout ce que je voulais, c'était le miel. » Elle prit une profonde inspiration.

Ce sont toujours des choses étranges, imprévisibles, qui nous font basculer, songea Brunetti. *La douleur gît en nous, comme un terrain miné : des pas lourds peuvent passer à côté sans le moindre danger, alors que d'autres, aussi légers que l'air, peuvent la faire éclater.*

Lorsqu'elle regarda enfin Brunetti, Federica avoua : « Peut-être que j'en étais jalouse. Est-ce possible ? Jalouse de ses abeilles ?

— Si elles détournaient l'attention de votre père, on peut comprendre que vous en ayez été jalouse, surtout enfant », répondit Brunetti en souriant.

Elle fit un signe d'assentiment, désirant le croire, puis elle se redressa sur sa chaise et croisa les mains devant elle. « Que voulez-vous savoir ?

— Je suis allé nager avec votre père et j'ai vu les cicatrices sur son dos. Que savez-vous à ce sujet ? »

Elle secoua la tête, déconcertée par sa question, puis par sa propre réaction. Il la regardait tourner son esprit vers le passé.

« C'est à cause de l'accident. Il n'avait pas de cicatrices quand nous vivions à Marghera, mais l'été suivant, quand nous sommes sortis en bateau pour aller nager, elles étaient là. Je me souviens encore quand je les ai vues pour la première fois. J'ai dû me mettre à pleurer, elles étaient si horribles, mais ma mère m'a dit de ne pas être sotte : si mon père arrivait à les oublier, je devais y arriver aussi.

— Vous a-t-elle dit ce qui les avait provoquées ? s'informa Vianello.

— Quand je le lui ai demandé, elle m'a répondu que c'était pour cette raison que mon père était parti si longtemps, parce qu'il fallait qu'il guérisse.

— Avez-vous une idée du métier qu'il exerçait ?

— Il était pilote et il était chargé de déplacer les matériaux entre les différentes parties de l'usine. » Elle se remémora ses années d'enfance, laissant affluer les souvenirs. « Il me dessinait les bateaux qu'il conduisait et me parlait des canaux qui encerclaient les bâtiments et se jetaient dans la lagune.

— C'était avant l'accident ? demanda Brunetti.

— Oui. Il a toujours aimé la lagune, même quand nous habitions sur la *terraferma*[1]. Je me souviens qu'il me

1. « Terre ferme », manière vénitienne de désigner le continent.

parlait des marées, même si je ne comprenais pas tout. Quand nous sommes venus nous installer ici, il m'a donné un livre sur les oiseaux qui vivaient sur cette île. » Elle pencha la tête et mit son coude sur la table, de manière à pouvoir poser une main sur le front. « Je l'ai toujours : *Uccelli della laguna veneta.* C'était un livre pour adultes, mais il me le lisait et m'expliquait ce que je ne comprenais pas. Je le lis à mes propres enfants.

— C'était après l'accident ? »

La tête toujours baissée et les yeux protégés par sa main, elle ne répondit pas tout de suite. « Oui, finit-elle par dire. Il ne me lisait pas d'histoires, avant. Ma mère le faisait, mais habituellement, il n'était pas là quand j'allais au lit.

— Savez-vous où il était ? » demanda Vianello.

Elle leva la main et regarda l'inspecteur qui lui avait parlé doucement, comme à une petite fille.

« Ma mère se plaignait toujours de ses sorties avec ses amis. » Elle les regarda tour à tour, comme pour voir lequel des deux l'accuserait le premier de manquer de loyauté vis-à-vis de son père.

« On croirait entendre ma femme, plaisanta Vianello avec un sourire révélant qu'il exagérait.

— Il sortait vraiment, avoua-t-elle. Ma mère se fâchait et ils se disputaient, puis il partait et revenait quand je dormais déjà. » Elle frotta alors ses mains l'une contre l'autre et commença à mordiller un de ses ongles. « Je pense qu'il buvait beaucoup à l'époque. C'est le souvenir que j'ai de lui, avant notre déménagement ici ; c'était comme si nous étions arrivés dans un pays magique, où les gens devenaient comme vous vouliez. Tout à coup, mon père devint calme et patient, et il avait le temps de me lire des livres.

— Et votre mère ? demanda Brunetti, s'autorisant à jouer de nouveau le rôle du bon flic.

— Elle a été très heureuse, pendant un long moment. Plus de dix ans. J'ai fini le lycée et j'ai trouvé un emploi à Murano.

— Quand était-ce ? s'informa Vianello.

— Oh, j'avais dix-neuf ans à l'époque. J'ai pris des vacances tout l'été après le bac, puis j'ai obtenu un poste de secrétaire dans une verrerie. Il y avait beaucoup de travail à l'époque. Ce n'était pas comme maintenant.

— Et ensuite, que s'est-il passé ? s'enquit Brunetti.

— On a diagnostiqué un cancer à ma mère », répondit-elle d'un ton impassible.

Le silence se fit dans la pièce et les transperça.

« Je venais d'avoir ma fille au moment du diagnostic. » Elle prit une profonde inspiration et haussa les épaules, puis énonça avec l'aisance d'une élève prononçant le nom d'une camarade de classe étrangère : « Mésothéliome pleural malin.

— Cela a dû être horrible pour vous tous, dit Vianello.

— Oui. Mon père a disparu après la mort de ma mère.

— Voulez-vous dire qu'il est parti ?

— Non, mais c'était tout comme. Je me levais le matin et je venais ici avec ma fille – nous habitions encore dans la maison de Massimo à l'époque – pour prendre un café avec lui ; le petit déjeuner était toujours prêt sur la table. Il ne me restait plus qu'à mettre la cafetière sur le feu.

— Et votre père ? insista l'inspecteur.

— Il était parti. Avec son bateau. Massimo rentrait dans l'après-midi, je cuisinais quelque chose, je venais ici et j'en laissais un peu pour lui. Le matin, il n'y avait plus rien et les assiettes étaient lavées et rangées, et le petit déjeuner était de nouveau prêt pour moi. Il se passait parfois une semaine sans que je le voie.

— Et lorsque vous le voyiez, lui demandiez-vous ce qu'il faisait ?

— Je lui ai posé la question seulement une fois. Il m'a répondu qu'il allait dans la lagune, pour trouver une raison de ne pas se suicider.

— Mon Dieu... », murmura Vianello.

Federica se leva et alla à la fenêtre ouverte. On n'apercevait pas l'eau depuis cet angle de vue, mais le ciel était illuminé par son reflet. Brunetti ne savait pas si elle était fatiguée de leur parler ou fatiguée de se sentir observée par ces deux hommes.

« Combien de temps cette situation a-t-elle duré ?

— Jusqu'en avril. Ma mère était morte en décembre. » Elle leur laissa le temps de réfléchir, puis enchaîna : « Oui, tout l'hiver, et c'était un mauvais hiver. Il allait ramer chaque jour.

— Et en avril ? demanda Brunetti.

— Un matin où je suis venue pour le petit déjeuner, il était assis à table, en train de boire son café. Il s'est levé à mon arrivée ; il a posé sa main sur mon bras et m'a demandé si je voulais venir vivre avec lui. Son seul argument pour me convaincre était qu'il y aurait plus de place ici. Sur le moment, j'y ai vu le signe qu'il allait mieux, mais maintenant, je pense que cette requête signifiait seulement qu'il se sentait seul. » Elle parvint à peine à prononcer les derniers mots.

« Que s'est-il passé alors ?

— Il a recommencé à aller pêcher et à vendre le poisson aux gens du coin et aux restaurants de Venise. Puis en mai, quand il a ouvert les ruches, il s'est mis à faire du miel et à le vendre. Il parlait moins, mais c'était toujours à ma mère qu'il parlait le plus, pas à moi. » Son attention était concentrée sur l'extérieur, comme si elle parlait à l'oiseau qui gazouillait au loin dans le figuier, près du mur du jardin.

« A-t-il continué ainsi ? demanda Brunetti.

— Jusqu'à il y a six mois environ.

— Et ensuite ? »

Elle se tourna pour les regarder de face et assena : « Ses abeilles ont commencé à mourir. Au début, il disait que cela faisait partie du cycle naturel, puis il a rapporté à la maison des médicaments contre une maladie dont le nom ressemblait à "Vérone". Un mois plus tard, il est rentré et m'a dit qu'il avait brûlé quatre de ses ruches. Il tremblait, comme quelqu'un avouant un crime terrible. Il m'a dit que les apiculteurs procèdent de cette façon quand les ruches sont infectées et qu'ils ne peuvent pas se débarrasser du parasite.

— Est-ce que ç'a été efficace ? »

Elle secoua de nouveau la tête. « Rien n'y faisait. Elles continuaient à mourir, toutes, sauf celles de trois ruches situées aussi dans la lagune, je crois. Celles-ci ne posaient pas de problèmes, mais toutes les autres abeilles, disait-il, avaient une maladie qu'il ne comprenait pas et il n'y avait aucun moyen de l'enrayer. Elles continuaient à mourir.

— N'y avait-il personne pour l'aider, personne à qui en parler ?

— Pas que je sache. Non. Il avait quelques amis ici, mais il était le seul à avoir des abeilles. En outre, il n'en parlait jamais beaucoup. »

Brunetti repensa à ses journées en bateau avec Casati et prit conscience que leurs échanges avaient été rares. Il lui avait parlé des abeilles, des poissons et des oiseaux, lui avait expliqué comment construire un bateau et naviguer en suivant les étoiles, mais Casati ne lui avait jamais expliqué pourquoi il avait construit son propre bateau ni pourquoi il avait choisi de vivre à Sant'Erasmo.

« Vous a-t-il parlé des abeilles ? s'enquit le commissaire. Et de ce qui leur était arrivé ?

— Oui, admit-elle. Mais je n'y faisais pas tellement attention. » Elle pencha la tête et il craignit qu'elle ne fît l'aveu d'une relation difficile entre eux. Puis elle reconnut : « Nous ne parlions pas beaucoup. Ma mère me manquait encore. Cela fait quatre ans, mais pas un jour ne passe sans que je pense à elle. Et je ne voulais pas le lui dire.

— J'imagine que lui aussi pensait à elle, fit Vianello.

— Bien sûr. Il ne le montrait pas, dit-elle, en colère, excepté le fait qu'il allait au cimetière. Mais ensuite, il a trouvé quelqu'un d'autre à qui se confier. » Sa voix devint méconnaissable lorsqu'elle prononça cette dernière phrase.

« Vous parlez de la signora Minati ?

— L'avez-vous rencontrée ? Avez-vous discuté avec elle ? demanda-t-elle, les mots se bousculant sur ses lèvres.

— Oui. »

Son regard était féroce, mais étrangement enfantin : il l'avait très souvent vu sur le visage de Chiara lorsqu'elle se considérait comme victime d'une injustice. « Que vous a-t-elle dit ?

— Que votre père lui demandait d'interpréter les rapports de laboratoire, expliqua Brunetti calmement.

— Les rapports de laboratoire ? » répéta-t-elle, comme s'il avait parlé en chinois.

Brunetti opina du chef. Vianello aussi. « Il envoyait des échantillons à un laboratoire à l'université de Lausanne et quand les résultats des analyses revenaient, il lui demandait de les lui expliquer. » Venant de Brunetti, et sur ce ton, ces propos semblaient la chose la plus normale du monde.

« Est-elle un docteur ? s'informa Federica. Était-il malade ? »

Brunetti sourit à ces mots : « Oui, elle est docteur, mais pas un docteur en médecine. Elle étudie le sol et ses contenus, et les solutions pour l'améliorer. Du moins c'est ce que j'ai retenu de ses explications. » Vianello confirma d'un hochement de tête, mais rien ne pouvait effacer la perplexité lisible sur le visage de Federica.

« Je ne comprends pas. Je ne sais pas de quoi vous parlez.

— Il a envoyé certaines de ses abeilles mortes au labo et quelque temps après, un échantillon de terre. J'étais avec lui quand il a collecté ces échantillons, mais il y avait un bon moment qu'il le faisait, lui apprit Brunetti, avant de changer de sujet. Nous avons pris un verre dans un bar à Burano. Les hommes semblaient le connaître là-bas. Savez-vous qui ils sont ? »

Elle haussa les épaules. « Il connaissait beaucoup de monde, mais je ne pense pas que c'étaient des amis. Vous savez comment sont les hommes.

— Que voulez-vous dire, signora ? intervint Vianello.

— Vous, les hommes, n'avez pas d'amis, déclara-t-elle avec une calme certitude. Vous avez des copains et des collègues, mais très peu d'hommes ont des amis. S'ils en ont, ce sont habituellement des femmes, parfois même leurs femmes. »

La virilité de Brunetti en prit un coup. « Vous généralisez, Federica, non ?

— Qui est votre meilleur ami ? rétorqua-t-elle, puis se tournant vers Vianello : Et le vôtre ? »

Brunetti s'étonna de l'audace de ses propos et du préjugé qu'ils recelaient. Il s'apprêtait à lui expliquer que Vianello était davantage qu'un collègue, et de loin, mais il choisit la voie de la sagesse et s'empara de sa question pour la faire sienne : « Votre père était-il toujours en contact avec ses vieux amis de Marghera ? »

Après un moment de surprise, Federica accepta ce calumet de la paix et répondit : « *Zio* Zeno. Zeno Bianchi.

— Pardon ? fit Brunetti.

— C'est mon parrain. C'était le meilleur ami de mon père au travail.

— Ah ! s'exclama Brunetti. Où est-il maintenant ?

— Il est à Mira.

— Il vit là-bas ? » C'était relativement près, pas plus de vingt minutes de Piazzale Roma.

« On peut dire ça comme ça.

— Je suis désolé, Federica, je ne comprends pas.

— Il vit dans une sorte de maison de santé. Il y est depuis longtemps.

— Pourquoi ? s'enquit Vianello.

— Parce qu'il est vieux, aveugle et qu'il n'a nulle part ailleurs où aller. »

22

« Ma mère m'a dit qu'il était tombé malade à peu près au même moment où mon père a eu son accident, commença Federica. C'était une terrible maladie des yeux contre laquelle il n'existait aucun traitement. » Elle convoqua d'autres souvenirs de cette époque et continua : « Il venait dîner à la maison à Marghera. *Zio* Zeno ne s'est jamais marié. Il disait toujours qu'il attendait que je grandisse pour m'épouser. » Elle sourit, comme on le fait toujours à la pensée de familles heureuses, ou de temps heureux.

« Il a été longtemps hospitalisé – à Padoue, je crois –, mais en vain. Puis il est parti ailleurs pour sa convalescence. Ma mère disait que ce n'était plus le même homme, parce qu'il ne supportait pas d'avoir perdu son autonomie, d'avoir toujours besoin d'aide.

— Mais que pouvait-il faire, le pauvre diable ? observa Vianello avec sollicitude. Il ne pouvait pas travailler. Et vous avez dit qu'il n'avait pas de famille.

— De plus, l'État n'allait sûrement pas le prendre en charge, poursuivit Federica. Il aurait touché une retraite misérable et aurait été mis dans une maison de santé quelque part, oublié de tous… Enfin, cela remonte à loin et les choses allaient mal, alors. Peut-être se sont-elles améliorées depuis… » Mais elle laissait clairement percer son scepticisme.

« Pourquoi est-il allé à Mira ? demanda Brunetti, comme si c'était le bout du monde.

— Je ne sais pas. Personne ne m'a jamais donné d'explications.

— Est-il resté tout ce temps dans la maison de santé ? » Une maison de santé à Mira, quelle idée !

Federica mit un long moment à répondre et Brunetti craignit qu'elle ne veuille interrompre leur entrevue, mais elle cherchait simplement à rassembler ses souvenirs. « Je ne sais pas vraiment, répondit-elle. Mon père l'appelait environ une fois par mois, toujours le samedi après-midi. Et il était toujours triste après ces coups de fil.

— Votre père allait-il le voir ? »

Elle secoua la tête plusieurs fois et très rapidement, en signe de dénégation absolue. « Non, *zio* ne voulait pas, car cet endroit était terrible. Ma mère m'a dit qu'il s'était plaint un jour que parfois, il n'avait même pas assez à manger. Il ne voulait surtout pas que mon père le voie dans cet état. » Elle les regarda pour s'assurer qu'ils avaient bien saisi la dignité de cet homme. « Mon père entendait *zio* pleurer au téléphone quand il lui disait cela. » Ils restèrent assis en silence, songeant aux maisons de retraite publiques où avaient été placés leurs parents, voire leurs amis.

Brunetti entendait le bruissement du tissu lorsque Federica décroisait ses jambes sous la table. Elle toussa et recommença à parler : « Je n'ai jamais compris pourquoi il continuait à l'appeler. Il y avait des années qu'ils ne s'étaient plus vus et pourtant, ils se parlaient une fois par mois. Qu'avaient-ils à se dire ? »

Ni l'un ni l'autre ne tentèrent de répondre à cette question.

« Sauriez-vous comment entrer en contact avec lui ? s'informa Brunetti. Avec votre oncle Zeno ?

— Je dois avoir son numéro et son adresse quelque part. Je vais les chercher.

— Merci, dit Brunetti en observant son visage, plus serein qu'au début de leur conversation. Il faut que je retourne en ville, mais j'aimerais revenir et rester un peu plus longtemps. Cela vous irait-il ?

— Bien sûr, se surprit-elle à répondre. Je suis ravie que vous soyez ici. Après le décès de mon père, cela me fait quelqu'un à qui parler. » Alors même que Brunetti songeait à l'étrangeté de ces propos pour une femme mariée, Federica précisa : « Pendant la journée, je veux dire. Massimo part à l'aube et ne rentre pas avant midi. Cela fait beaucoup d'heures toute seule.

— Avez-vous arrêté de travailler ?

— Oui. Avec deux enfants, vous savez… En outre, il y a beaucoup moins de travail à la fabrique, donc ils n'ont plus besoin de moi. La plus grande partie du verre vient de Chine, maintenant : personne ne peut rivaliser avec eux – surtout quand ils écrivent *Made in Murano* dessus.

— Ne pouvez-vous pas les en empêcher ? s'étonna Vianello.

— C'est comme essayer d'empêcher l'*acqua alta* », répliqua-t-elle avec un sourire résigné, mais non sans humour.

Le silence tomba un moment sur les trois Vénitiens, sujets d'une cité qui fut autrefois un empire et réduite aujourd'hui à vendre ses petites cuillères en argent pour payer ses factures.

Brunetti vit que Federica s'apprêtait à dire quelque chose. Elle finit par trouver les mots, ou le courage, de demander : « Pourquoi voulez-vous des informations sur *zio* Zeno ?

— Vous avez dit que c'était un ami proche de votre père et qu'ils se sont parlé régulièrement pendant des années. » La remarque de la jeune femme sur l'amitié masculine lui revint en tête. « Donc je voudrais… »

Elle ouvrit la bouche comme pour lui couper la parole, puis se ravisa.

De sa voix la plus douce, Brunetti lui demanda : « Qu'alliez-vous dire, Federica ?

— Je ne suis pas sûre qu'ils se parlaient encore.

— Pourquoi ?

— Je lui avais demandé récemment comment allait *zio* Zeno et il m'avait répondu qu'il ne le savait pas. Je voulais qu'il lui transmette mon bonjour et il m'avait dit qu'il ne lui parlerait plus. » Elle les regarda l'un après l'autre. « Ils se sont parlé une fois par mois pendant une éternité, et puis tout à coup, ils ont cessé.

— Lui aviez-vous demandé pourquoi ? »

Elle secoua la tête. « Quand mon père adoptait un certain ton, je savais qu'il était inutile d'insister ou de lui poser des questions. Il avait pris sa décision et n'en démordrait pas.

— Aucune idée ? demanda Vianello.

— Aucune. Vous pourrez le demander à *zio* Zeno, quand vous lui parlerez. Je monte chercher son numéro. »

Après que le bruit des pas de Federica eut disparu, Brunetti regarda Vianello dans les yeux et lui demanda :

« Eh bien ? Qu'est-ce que tu en penses ? Si Casati et Bianchi ont passé plusieurs mois à l'hôpital, cela devrait figurer dans leurs dossiers professionnels et médicaux, n'est-ce pas ?

— C'était il y a longtemps…

— Les voies de l'informatique sont nombreuses et mystérieuses, répondit Brunetti d'une voix faussement solennelle.

— J'ai foi dans l'informatique, répliqua Vianello, mais pas dans les gens qui s'en servent. »

Brunetti balaya les doutes de son ami. « Ce qu'il nous faut, ce sont les dates, et le nom de leur employeur. Après, nous pourrons commencer à fouiller. Il y a toujours des données utiles.

— Et qu'en est-il de cet aveugle, Zeno Bianchi ?

— Nous irons lui parler dès que possible.

— À quel sujet ?

— Au sujet de sa cécité et de sa cause, et pour savoir pourquoi Casati et lui se sont fâchés. »

Vianello joignit ses paumes et les tourna pour regarder le dos de sa main droite, comme pour y trouver ses mots. « Guido », commença-t-il, sans finir sa phrase.

Au ton de la voix de Vianello, Brunetti pouvait deviner la suite.

« Oui ? fit-il avec une douceur étudiée.

— Es-tu bien sûr de ce que tu es en train de faire ? » Le regard de Vianello se posa furtivement sur le visage de Brunetti.

Depuis le jour où Casati avait déploré qu'« ils » étaient eux-mêmes responsables de « sa mort », ainsi que de celle des abeilles, et qu'« ils » allaient aussi tuer ses petits-enfants et les enfants de Brunetti, le commissaire ne pouvait s'ôter une idée de l'esprit. Sur le moment, il avait considéré ce discours comme débridé et délirant, et il le restait, sur certains plans, mais pas entièrement.

« Non, je n'en suis pas sûr, pas du tout même. Mais je fais ce que je veux faire et ce qui me paraît juste. Est-ce que cela te suffit ? demanda-t-il à son ami, incapable de donner davantage d'explications.

— Oui », approuva Vianello.

Au son des pas de Federica, les deux hommes se redressèrent et se tournèrent vers la porte. Elle entra avec un petit bout de papier dans la main, les rejoignit et posa le mot sur la table devant Brunetti. « Voici son numéro de portable et le nom de l'endroit où il est. C'est tout ce que j'ai. »

Brunetti la remercia et mit le papier dans sa poche. « Vous souvenez-vous du nom de la société où ils travaillaient ? »

Elle regarda par la fenêtre et frotta sa joue d'un geste machinal. « Elle portait le nom de la femme du propriétaire. M quelque chose : Maura, Mar... Non, non, pas ça. » Elle pinça les lèvres et répéta : « M... M... M... », mais le nom ne lui revenait pas en mémoire. Son visage s'illumina et elle sourit. « Non, c'est R. "Romina Rimozione". Elle s'appelait Romina et c'était une société de débarras. » Elle se tourna vers Brunetti et se tapa le front des doigts. « Tout est encore là.

— Le signor Bianchi habitait-il aussi à Marghera ?

— Oh, je croyais vous l'avoir dit. Non, il habitait à San Pietro di Castello, dans un des appartements au-dessus du cloître. » Face à l'expression de confusion de Brunetti, elle spécifia : « À droite de l'église, il y a un grand porche qui mène au cloître. Il vivait au dernier étage. Je ne l'ai jamais vu là-bas, mais une fois où je suis allée en ville avec mon père – c'était après avoir déménagé ici –, nous avons fait une promenade jusqu'à San Pietro et il m'a dit que c'est là qu'habitait son ami Zeno.

— Vous avez dit qu'il ne s'est jamais marié, lui rappela Brunetti.

— Non. C'était un bel homme, mais je suppose que tous les hommes de grande taille et amis de son père sont beaux aux yeux d'une petite fille.

— J'espère que ça vaut aussi pour les amis de ma fille », plaisanta Brunetti avant de se lever.

Federica se plaça entre Brunetti et la porte, cherchant en vain à avoir l'air naturel. « Quand… », commença-t-elle.

Brunetti répondit à la question qu'elle n'osait pas poser : « Je pense que le médecin légiste délivrera son certificat de décès dans un jour ou deux.

— Pas avant ? s'enquit-elle, frappée par un tel délai.

— Je crains que non, Federica. Je vais leur demander, mais ces démarches ne relèvent pas de la police. Je suis désolé. »

Elle fit un signe d'assentiment.

Brunetti se pencha pour lui faire la bise sur les deux joues et Vianello lui serra la main. Tous deux prirent le chemin de la villa.

23

« Y a-t-il une raison de rester ici ? demanda Vianello lorsqu'ils quittèrent la maison de Federica.

— Non. Nous ne pouvons rien faire d'autre pour le moment », répondit Brunetti. Au cours de sa conversation avec Federica, il avait vu s'ouvrir devant lui une piste, une piste attirante de par son mystère. Deux hommes, travaillant pour la même société, avaient été hospitalisés au même moment et leur longue amitié s'était soudainement brisée, peu de temps avant la mort de l'un d'eux. Brunetti savait pertinemment qu'il ne négligerait pas cette piste, tout comme il savait que revenir à Venise signifiait commencer à la suivre.

« Comment rentrons-nous ? demanda Vianello.

— Comme nous sommes venus : en bateau. »

Brunetti laissa un mot à Federica sur la table de la cuisine : il retournait en ville quelques jours mais l'appellerait dès qu'il connaîtrait la date de son retour et ferait de son mieux pour savoir quand son père pourrait être inhumé.

Il n'avait rien à prendre avec lui, hormis ses clefs. Il monta les chercher et ferma les fenêtres et les volets, laissant Vianello s'occuper de ceux du rez-de-chaussée. Ils se rendirent à l'embarcadère, si profondément absorbés dans leurs pensées que ni l'un ni l'autre ne réagit à la chaleur et à l'humidité. Pendant le trajet, Brunetti appela la signorina Elettra pour l'informer qu'il était en route avec Vianello et qu'il souhaitait disposer, à son arrivée, d'un dossier sur... Il dut marquer une pause et regarder par le hublot pour trouver la manière de décrire le déroulement le plus plausible des faits. « Un accident advenu à Marghera, il y a au moins vingt ans, impliquant une société dénommée Romina Rimozione. Avec deux hommes éventuellement blessés : Davide Casati et Zeno Bianchi.

— Ah », soupira-t-elle longuement. « Le second, continua Brunetti comme s'il ne l'avait pas entendue, a passé plusieurs mois dans un hôpital à Padoue. Avec un gros problème aux yeux qui lui a coûté la vue. L'autre a été gravement brûlé, mais j'ignore où il a été soigné.

— Autre chose, *dottore* ?

— Avez-vous obtenu une réponse de l'université ?

— Non, pas encore.

— Pourriez-vous, d'une façon ou d'une autre... », commença-t-il, mais il laissa la question en suspens. Il ne voulait pas suggérer au téléphone à la secrétaire de son supérieur de pénétrer par effraction dans le système informatique d'une université étrangère.

« Je ne m'y risquerais pas en Suisse, signore. Ils repéreraient facilement une intrusion, et comme la requête a été faite par la voie officielle, il finira bien par y avoir une réponse. C'est juste une question de temps. »

Brunetti le savait, mais il était incapable de réprimer son impatience.

« D'accord, dit-il, et il sortit de sa poche le papier que Federica lui avait donné. Il y a une maison de santé quelque part à Mira : Villa Flora. Pourriez-vous jeter un coup d'œil et voir comment elle se présente ? D'après ce que j'ai entendu dire, ce doit être… basique. » C'était un euphémisme pour désigner un endroit dont un homme ne pouvait parler sans fondre en larmes.

« Bien sûr, signore. S'ils ont un site Internet, je vous envoie le lien.

— Nous serons aux Fondamente Nuove dans un quart d'heure. Pourriez-vous demander à Foa de venir nous chercher ? » Elle répondit par l'affirmative et il raccrocha.

Lorsque le vaporetto arriva à destination, Brunetti vit la vedette de la police ondoyer à quelques mètres sur la droite. Comme les passagers commençaient à faire la queue sur la gauche du bateau, Foa passa de l'autre côté. Le marin les salua lorsqu'ils montèrent à bord de leur plus modeste embarcation.

Foa porta la main à sa casquette et manœuvra pour s'écarter du numéro 13 par une gracieuse pirouette. Il les conduisit à l'entrée du rio dei Mendicanti, le chemin le plus rapide pour se rendre à la questure.

En s'approchant du bâtiment, Brunetti fut surpris de voir quelqu'un à la fenêtre de son bureau. Il fut encore plus surpris de discerner, de plus près, que c'était le vice-questeur Giuseppe Patta qui, telle la veuve d'un baleinier, se tenait à deux pas de la vitre, les yeux rivés sur les seules directions d'où son bien-aimé pouvait revenir.

Il donna un coup dans les côtes de Vianello et lui annonça : « Patta est dans mon bureau. »

Au prix d'un énorme effort, Vianello s'abstint de regarder, perdant ainsi l'occasion de raconter un jour à ses petits-enfants la scène dont il avait été personnellement témoin.

Foa remonta lentement le quai. Brunetti descendit du bateau, suivi de l'inspecteur qui veillait à ne pas lever les yeux plus haut que son supérieur hiérarchique.

À l'entrée, le gardien leva la main dans sa cabine en verre, puis alla ouvrir la porte. « Commissaire, dit-il en sortant la tête, le vice-questeur voudrait vous voir. »

Brunetti le remercia par un signe d'assentiment et Vianello et lui se dirigèrent en silence vers l'escalier. Au pied des marches, Brunetti marqua une pause et suggéra : « Peut-être devrions-nous lui laisser le temps de retourner dans ses quartiers.

— Tu le ménages trop, Guido. »

Brunetti laissa passer deux minutes avant de gravir la première marche. Vianello pivota vers la salle de la brigade des officiers. Le commissaire se dirigea vers le bureau de son supérieur et, dans la petite antichambre, il trouva la signorina Elettra qui luttait contre la forte chaleur en portant du lin blanc. La lumière de son chemisier se refléta sur Brunetti. L'impression que le tissu lumineux s'envolait de ses épaules vers les astres lointains procurait une sensation de grande fluidité. Au premier abord, on aurait pu penser que ce chemisier aurait gagné à être porté par une personne plus enveloppée, mais on se ravisait dès l'instant où l'on distinguait le contour des épaules et la manière dont les plis s'ouvraient lorsqu'elle levait le bras pour ramener en arrière sa mèche de cheveux.

« Comme cela me fait plaisir de vous voir de retour, commissaire, dit-elle, son visage rayonnant tourné vers lui.

— Une des joies répétitives de la vie, confirma Brunetti.

— De venir ici ?

— Absolument.

— Le vice-questeur vient d'arriver et vous attend, dit-elle, avant d'ajouter avec un sourire malicieux : Une autre joie. Peut-être devrais-je vous prévenir, commissaire, qu'il n'est pas d'humeur facile.

— Comme c'est étonnant », répliqua Brunetti en passant devant son bureau pour se rendre à celui du vice-questeur. Il frappa, son qui fut salué par un aboiement.

« Bonjour, *vice-questore*, dit-il en fermant la porte.

— Asseyez-vous. » Les yeux de Patta brillaient d'une tout autre lumière que le chemisier de la signorina Elettra. Brunetti avait appris à évaluer, au fil des années, les différents degrés d'irritation de Patta et il y reconnut immédiatement un simple agacement. Mais il ne se détendit pas pour autant, car Patta était aussi dangereux sous l'effet de l'impatience que de la rage.

« Que se passe-t-il ? » demanda instamment son supérieur. Brunetti trouva intéressant que Patta ne fasse pas allusion à son absence prolongée de la questure ni à sa santé supposée fragile.

« Si vous parlez de l'homme qui est mort à Sant'Erasmo pendant que j'étais là-bas, je n'en sais pas plus que les habitants de l'île : il a été pris dans une tempête, est tombé de son bateau et s'est noyé. » Patta agita la main, geste que Brunetti interpréta comme une invitation à s'asseoir. Le vice-questeur portait ce jour-là un costume léger en lin marron clair, mais en cette fin d'après-midi, les coudes étaient plissés comme des accordéons. Avait-il fait des pompes en attendant Brunetti ? Comme chaque été – et chaque hiver après les deux semaines de vacances qu'il parvenait à s'offrir –, Patta était bronzé et aussi lisse qu'une batte de cricket bien huilée.

« En vérité, je parlais des problèmes qu'a eus l'avocat Ruggieri. »

Ha ha, se dit Brunetti. *Mais bien sûr, bête que je suis. Comment Patta pourrait-il s'intéresser à la mort d'un homme, alors que le fils d'un notaire bien nanti traverse un moment difficile ?*

« Je suis désolé, *vice-questor*, répliqua-t-il, mais j'ignore tout de cette affaire.

— Alors pourquoi êtes-vous ici ?

— Comme j'ai trouvé le corps de l'homme qui s'est noyé, *dottore*, je pensais qu'il serait correct d'établir un rapport, avec l'espoir que cela accélère les démarches. »

Brunetti vit passer une telle vague de méfiance dans les yeux mi-clos de Patta qu'il craignit de subir sur l'heure une séance de torture. « Est-ce la vérité ? s'informa le vice-questeur d'une voix suffisamment grave pour contenir toute la menace qu'il y injectait.

— Oui, signore. Je n'ai plus songé à cet entretien depuis qu'il a été suspendu », confirma Brunetti, réendossant son rôle de victime d'un évanouissement provoqué par un cœur affaibli.

Patta posa ses coudes froissés sur la table, forma une petite arche avec ses doigts et posa son menton dessus. Il observa minutieusement Brunetti, tel un entomologiste attendant qu'un bousier se mette à rouler ses boulettes de mensonges. Il finit par déclarer : « J'espère, Brunetti, que ce n'est pas une autre de vos… »

Un coup à la porte interrompit Patta.

« Entrez ! » glapit-il. La porte s'ouvrit et la signorina Elettra apparut. « Ah, *vice-questor*, je ne savais pas qu'il y avait quelqu'un avec vous, s'excusa-t-elle, faisant mine d'être gênée de les avoir interrompus. Vous avez dit tout à l'heure que vous vouliez envoyer un e-mail au préfet. » Ce n'est qu'à ce moment-là que Brunetti remarqua son bloc-notes. Allait-elle véritablement écrire sous la dictée de Patta ? Son supérieur était vraiment un homme remarquable.

Brunetti se leva sans afficher la moindre expression. « Je vous laisse travailler, *dottore* », conclut-il avec un petit hochement de tête. Il gagna lentement la porte et marqua une pause pour permettre à la signorina Elettra de passer devant lui, puis il sortit et ferma la porte.

Le fauteuil de sa collègue était loin du bureau, comme si elle s'était levée à la hâte. Une page de texte remplissait l'écran de son ordinateur et un casque audio était posé devant. YouTube ? À l'instar de tous les policiers dignes de ce nom, il voulut le vérifier, certain que son choix de musique lui révélerait des éléments importants sur elle.

Ignorant délibérément l'écran de l'ordinateur – qu'il considérait comme tabou en son absence –, il prit le casque, plaça un des écouteurs sur son oreille gauche et écouta. « Non, *dottore*, l'entendit-il déclarer. À mon avis, ce devrait être une lettre sur papier à en-tête. Un e-mail est trop informel. »

« Oh mon Dieu », murmura Brunetti, qui remit calmement en place les écouteurs et quitta le bureau de sa collègue.

24

De retour à son bureau, Brunetti se demanda pourquoi une institution aussi modeste que celle dont Federica avait parlé aurait un site Internet. Un lieu où les patients ne mangent pas à leur faim ne devrait guère attirer les férus d'informatique. Mais il lui revint ensuite en mémoire que même l'abri municipal pour chiens perdus ou abandonnés s'était doté d'un site. Brunetti réfléchit à la manière dont s'étaient enchaînées ses pensées et cette comparaison, qui lui était venue spontanément à l'esprit, le mit mal à l'aise. Il devrait apporter une boîte de chocolats à cet homme qui souffrait de la faim.

Il cliqua néanmoins sur « Villa Flora, Mira ». Il était sûr que les photos rendraient ses chambres spartiates attirantes et plaqueraient une expression de bonheur sur les visages graves de ses patients. Il se prépara à la vue d'un bunker en ciment prétendant être une maison. Mais où était cette terrible villa ? Et qu'en était-il de la roseraie qui s'étalait joyeusement au pied de la demeure ? Il lut les légendes et apprit que c'était bien la Villa Flora, à Mira. Il était impossible qu'il y ait un autre foyer pour personnes âgées du même nom dans cette ville.

« Une atmosphère où nos hôtes se sentiront complètement chez eux. » « S'installer à la Villa Flora signifie seulement changer d'adresse, et non pas de vie. » « Pourquoi être retraité reviendrait-il à ne plus être unique ? »

« Bien, bien, bien, marmonna Brunetti. L'Amérique est arrivée jusqu'à Mira. »

Il regarda de nouveau les photos, plus lentement cette fois, et lut les informations historiques sur le bâtiment. Conçue par un ami de Palladio, la villa – et le texte insistait sur ce point – était clairement dans le style du maître. Il cliqua à nouveau sur la photo qui servait de toile de fond à la page Web, mais n'y perçut aucune influence des premières années de l'architecte : l'édifice ne ressemblait en rien à la terrible Villa Godi, construite comme une forteresse ; Brunetti y avait emmené sa famille des années auparavant, persuadé à tort que les enfants aimeraient le musée d'archéologie aménagé au sous-sol.

Il cliqua sur les photos des différentes suites proposées ; leur nombre s'élevait à onze. Chacune se composait d'un salon, d'une chambre et d'une salle de bains ; les repas étaient servis dans la salle à manger, mais pouvaient être pris en privé. Une bonne partie des meubles des chambres aurait pu facilement provenir du palais de ses beaux-parents : tables aux pieds graciles, canapés recouverts de velours, miroirs aux cadres dorés. Quant aux salles de bains, elles valaient celles d'un hôtel cinq étoiles, avec leurs doubles vasques, leurs pommeaux de douche de la taille d'une pizza et leurs robinets rutilants.

La salle à manger était digne des paquebots de croisière, tout au moins dans l'imagination de Brunetti, avec leurs champs de lin blanc, leurs couverts étincelants et trois verres par personne. Des tissus drapés pendaient aux portes-fenêtres. Au-delà s'étendaient des jardins à l'italienne, où chaque section était nettement délimitée par des haies de buis et débordait, au moment de la photo, de roses de toutes les couleurs. Et le personnel ? Comme Brunetti l'avait parié, il était constitué de « professionnels de haut niveau dans leur domaine, ayant profondément à cœur de traiter chaque résidant comme un hôte » et ne perdant jamais de vue qu'« un hôte est un membre de la famille ». Il fit défiler beaucoup de photos d'employés à l'éternel sourire et la main toujours tendue, prête à aider.

Il revint à la page d'accueil et chercha un mot-clef relié aux coûts ou aux prix, en vain. Il tenta « Services », même échec. Il renonça à poursuivre ses recherches et composa le numéro de la signorina Elettra.

« Oui, commissaire ?

— J'ai le site de la Villa Flora sous les yeux, mais je ne trouve nulle part la liste des prix.

— On parle de "frais" maintenant, commissaire, l'informa-t-elle sur un ton de léger reproche.

— Bien sûr, approuva Brunetti, dûment contrit. Et ces frais ?

— Deux mille euros.

— Mais ce n'est rien pour un tel endroit ! s'écria-t-il, la photo de la façade sous les yeux et le montant de la maison de retraite où sa mère avait vécu jusqu'à la fin de ses jours en tête.

— La semaine, signore, précisa-t-elle.

— Mon Dieu », laissa-t-il échapper. Comment un ouvrier d'usine pouvait-il trouver près de cent mille euros par an pour payer une maison de retraite ? D'après Federica, Bianchi mourait de faim.

« Cela dépasse l'entendement, protesta-t-il, sans savoir pourquoi.

— Effectivement », répondit-elle, l'informant ensuite qu'elle avait un autre appel.

Lorsqu'elle raccrocha, Brunetti envisagea les tactiques possibles.

Deux policiers allant interroger un homme aveugle, deux hommes aux voix graves : était-ce ce qu'il voulait ? Quelqu'un lui avait dit un jour que les aveugles pouvaient différencier les hommes des femmes de façon olfactive, non pas à cause du parfum ou de la lotion après-rasage, mais à cause des hormones. Les femmes avaient une odeur plus douce, avait-il spécifié, qui influençait même les voyants.

Il composa le numéro de Griffoni. Comme elle n'était pas occupée, il lui demanda si elle pouvait monter dans son bureau. En attendant, Brunetti alla regarder par la fenêtre et laissa tournoyer des données aberrantes dans sa tête : des abeilles mortes dans une éprouvette en plastique, la mer d'Aral, deux mille euros par semaine, de la boue foncée au fond d'un tube. Si c'étaient des fragments disposés sur une planche, pourrait-il les assembler pour former un tableau ?

Un coup à la porte le tira de ces réflexions. Dès que Griffoni entra, grande, blonde et avec l'assurance et la désinvolture d'une femme consciente depuis toujours de sa beauté, il comprit qu'elle était mieux indiquée que Vianello pour l'accompagner, même si Bianchi ne la verrait pas.

« Claudia, déclara-t-il, j'ai besoin de ton aide. »

Une heure plus tard, Foa s'arrêtait au quai de Piazzale Roma, où une voiture banalisée les attendait. Le chauffeur, en civil, leur ouvrit la portière et fit même un rapide salut que Brunetti attribua à la jupe courte de Griffoni.

Pendant les vingt-cinq minutes que dura le trajet jusqu'à Mira, Brunetti lui raconta le fin mot de l'histoire : le prix de la maison de retraite.

« Cet accident est arrivé il y a vingt ans ? s'informa-t-elle, ignorant les files de magasins qui bordaient les deux côtés de la route, concentrée sur les propos de Brunetti.

— Plus ou moins. La signorina Elettra essaye de trouver ce qui s'est passé. Pourquoi me demandes-tu cela ?

— Parce que si ce Bianchi est là depuis lors, il leur a payé plus de deux millions d'euros. Je ne peux même pas imaginer combien d'années il me faudrait travailler pour gagner cette somme. »

Ils longèrent le canal de la Brenta. Brunetti ne fit aucun commentaire, dans l'attente de ses réactions. « Donc, quelqu'un paye pour lui. » C'était une affirmation, et non pas une question. « Nous pouvons exclure l'hypothèse d'une assurance, continua-t-elle sur le même ton. Face à un tel montant, ils auraient mené procès sur procès pendant une éternité avant de payer. »

Brunetti approuva d'un hochement de tête, mais ne souffla mot.

Elle s'appuya contre le dossier et détourna son regard pour observer les demeures et les grands jardins sur leur droite. « Qui est-ce qui paye ? » demanda-t-elle à voix basse, comme si elle se parlait à elle-même.

Elle se tourna vers Brunetti et répéta : « Qui est-ce qui paye ?

— Et si quelqu'un paye, pourquoi ne payait-il pas aussi Casati ?

— Il a été victime du même accident ?

— Je n'en ai pas la preuve, mais c'est plausible : ils ont été hospitalisés plus ou moins au même moment et sont restés en contact pendant des années.

— Pourquoi, à ton avis ?

— Aucune idée. Tout ce que je sais, c'est ce que la fille de Casati nous a dit : elle parlait d'une époque révolue, de vieux amis qui se sont disputés et de la misère dans laquelle vivait Bianchi. »

La voiture franchit à cet instant le portail en fer qui isolait la Villa Flora du reste du monde et remonta le chemin de gravier. La façade de la villa donna aussitôt le ton : droite et carrée, luisant sous le chaud soleil et ornée d'un jardin tacheté de roses rouges et blanches.

Griffoni se pencha en avant pour mieux voir le bâtiment et le parc. « Quelle misère, en effet », commenta-t-elle en se réappuyant sur son siège.

Le chauffeur s'arrêta devant le bâtiment, sortit et ouvrit la portière à la commissaire. Brunetti et elle gravirent les marches. Il souleva la petite tête de lion en laiton qui servait de heurtoir et frappa plusieurs fois contre la plaque en métal.

Au bout d'un moment, une femme vint ouvrir. Elle portait une veste bleu foncé et une jupe à mi-mollet, pouvant constituer un uniforme ou simplement résulter d'un goût vestimentaire plutôt sobre. Âgée d'une cinquantaine d'années, elle avait un visage rond et aimable, et elle les accueillit d'un sourire chaleureux. Elle arborait un badge plastifié au revers droit de sa veste, ce qui les conforta dans l'idée qu'il s'agissait d'un uniforme. Le badge portait son nom et sa photo : Anita Segalin.

« Bienvenue à la Villa Flora ! », s'exclama-t-elle. Ses yeux, brun foncé, passaient lentement et incessamment de Brunetti à Griffoni. Malgré leur silence, elle esquissa un autre sourire, qui se limita à ses lèvres. Puis sa bouche retrouva sa passivité habituelle tandis que son regard continuait à effectuer des allers-retours entre ses hôtes. « En quoi puis-je vous aider ?

— Nous sommes venus rendre visite à un de vos résidants, expliqua Brunetti, préférant ce mot à celui de "patient", qui lui semblait déplacé dans ce contexte.

— Qui est-ce ? s'informa-t-elle en reculant pour leur permettre d'entrer dans un long couloir éclairé par le soleil qui entrait à flots depuis les pièces latérales.

— Zeno Bianchi », répondit Brunetti.

Avant même qu'il ne prononçât le nom, la signora Segalin avait affiché un autre sourire figé, comme pour mieux l'encourager à fouiller dans sa mémoire et le féliciter en même temps de venir voir un des hôtes de la Villa Flora. « Ah, soupira-t-elle. Il sera ravi, il a très peu de visiteurs.

— Je suis navré de l'apprendre, répliqua Brunetti.

— Et vous êtes ?

— Guido Brunetti, et voici la *dottoressa* Claudia Griffoni. »

Les yeux de la signora Segalin s'agrandirent légèrement. Elle demanda : « *Dottoressa* ? »

Griffoni la gratifia de son sourire le plus chaleureux et désarmant.

« Non, je ne suis pas diplômée en médecine, signora. » La femme en éprouva quelque soulagement.

« Mais en administration publique », spécifia Claudia. Ce n'était qu'un demi-mensonge, car elle avait passé un diplôme dans ce domaine, avant de faire du droit.

« Y a-t-il un problème ? demanda la signora Segalin, comme s'il s'agissait d'une visite officielle.

— Rien qui ne puisse être réglé très rapidement, j'en suis sûre, répondit Griffoni, du ton le plus familier. La nouvelle réglementation pour les personnes handicapées est très compliquée et je voulais faire part de certains changements au signor Bianchi. »

La signora Segalin opina du chef, visiblement pas surprise. Brunetti eut une pensée pour l'épouse d'Alvise, qui avait passé six mois à chercher une infirmière disposée à rendre visite à sa grand-mère, alors âgée de plus de quatre-vingt-dix ans et qui était restée alitée les quatre dernières années de sa vie. Sans doute que les gens qui pouvaient s'offrir la Villa Flora bénéficiaient d'une plus grande sollicitude de la part des services sociaux : la signora Segalin ne semblait absolument pas se formaliser de leur visite impromptue.

« La dernière fois que j'ai vu le signor Bianchi, il était dans la gloriette, dit-elle, prenant un plaisir manifeste à prononcer ce mot et impatiente de les aider, maintenant qu'elle savait qu'ils relevaient de l'administration publique, cette vaste institution chargée de visiter les maisons de repos afin de vérifier si les règles thérapeutiques étaient bien suivies. Je vous emmène le voir. » Elle tourna les talons et se dirigea à la hâte vers l'arrière du bâtiment. Ils durent la suivre d'un pas si rapide qu'ils eurent peu de temps pour scruter les chambres de part et d'autre du couloir.

Brunetti jeta un coup d'œil par la première porte et vit un énorme bouquet de roses de toutes les couleurs sur une table étroite, ainsi que des revues et des journaux en éventail des deux côtés. De l'autre chambre parvenait un nocturne – probablement de Chopin –, mal joué, et lorsqu'il regarda à l'intérieur, il ne put distinguer que le couvercle courbé d'un grand piano. Au bout du couloir, la femme ouvrit une épaisse porte en bois, dotée d'une poignée normale, remarqua Brunetti, et non pas des longues barres en métal d'issues de secours qu'il avait l'habitude de voir dans les maisons de santé.

À l'extérieur, un sentier en gravier menait à un pavillon couvert d'un berceau de roses, dont il pouvait sentir de loin la douceur du parfum. La signora Segalin s'arrêta quand ils furent à quelques mètres et se tourna pour leur adresser un autre sourire. « Laissez-moi passer la première pour préparer le signor Bianchi. Il a si peu de visiteurs. » Elle parlait tout bas, comme si elle avait peur que quelqu'un l'entende.

Elle gagna la gloriette et en gravit les trois marches. Brunetti la vit s'approcher d'un homme assis dans un fauteuil blanc en osier, avec un petit chien vigilant à côté de lui : contrairement à son maître, il regarda la signora Segalin s'approcher. Un de ses parents était apparemment un jack russel et l'autre, une race quelconque à très longues pattes. Le chien se leva et alla vers la signora Segalin, qui se pencha et lui gratta une oreille.

Brunetti et Griffoni échangèrent un regard : un chien dans une maison de santé. L'animal tourna son attention vers eux et les observa, comme ils observaient l'homme dans son fauteuil. Cet homme aussi avait hérité des longues jambes d'un de ses parents, car ses genoux montaient haut devant lui, créant un plan incliné sur lequel ils pouvaient voir un vieux transistor qu'il tenait dans sa main gauche.

Zeno Bianchi – car ce devait être lui – portait de grandes lunettes noires qui lui mangeaient une grande partie du visage, sans couvrir toutefois la cicatrice luisante qui partait de la lisière de ses cheveux blancs coupés court et descendait sous les verres, le long de sa joue droite et sous le col ouvert de sa chemise. De l'autre côté du front, une autre tache de peau rouge tendue s'étalait sur sa tempe et zigzaguait sur son crâne.

Brunetti savait qu'il avait plus ou moins l'âge de Casati, mais il faisait plus vieux, avec ses joues creuses et ses rides profondes à gauche de la cicatrice sous son menton. Malgré la chaleur oppressante de juillet, il portait une veste en tweed, une chemise blanche et une cravate. Il se tenait courbé en avant, accentuant la manière dont ses épaules remplissaient sa veste. Vu l'état de la couverture posée sur ses genoux, il avait dû la partager avec son chien. Il portait un pantalon en laine légère et des chaussures foncées.

« Signor Bianchi, lui annonça la signora Segalin, vous avez de la visite. De la part des services sociaux. » Elle se pencha vers le chien et lui dit : « Bardo, tu as des invités. » L'animal remua la queue à cette nouvelle. Bianchi ne donna aucune réponse.

Brunetti et Griffoni s'approchèrent de l'homme et du chien. Comme Bianchi ne pouvait pas les voir, Brunetti ne lui tendit pas la main, mais le vieil homme tendit la sienne avec le plus grand naturel. Brunetti la lui serra et les deux commissaires se présentèrent.

« Je vous en prie, dit la signora Segalin, en faisant glisser rapidement deux fauteuils en rotin devant Bianchi. Asseyez-vous. Installez-vous. Je dois retourner à mon bureau, mais vous pourrez venir me voir lorsque vous aurez résolu les problèmes du signor Bianchi. » Du fait de sa longue expérience avec l'aveugle, elle avait appris à ne pas gaspiller ses sourires avec lui, mais elle en adressa un furtif, guère plus qu'une étincelle, à Bardo qui ne s'en aperçut pas, préférant nettement renifler les chaussures et les chevilles inconnues.

« Est-il sage ? » s'inquiéta Bianchi, en se tournant vers eux. Sa voix était faible et haut perchée ; Brunetti se demanda s'il avait respiré de la fumée le jour de l'accident, des années auparavant, et abîmé ses cordes vocales.

« Oui », affirma Griffoni en tapotant ses genoux. Bardo y sauta immédiatement, effectua quelques cercles serrés avant de se lover sur elle, plaçant sa tête de manière à garder un œil sur son maître.

Machinalement, Griffoni commença à lui tirer les oreilles, comme si elle trayait une vache. Bardo émit un petit bruit et Bianchi expliqua : « Il n'aime pas qu'on lui touche les oreilles. Essayez son cou. »

Griffoni s'exécuta et le bruit changea : on aurait dit le ronronnement d'un chat. « Bien, dit Bianchi. Il préfère ça. » Brunetti entendit au loin une voix de femme : sans doute quelqu'un était-il entré dans la roseraie après eux.

« Que puis-je faire pour vous ? » La question les prit par surprise.

Griffoni lança un coup d'œil à Brunetti. Le ton du vieil homme avait été très sec. « Je crains que la signora Segalin n'ait commis une petite confusion. Je lui ai dit que j'avais un diplôme en administration publique et elle a dû en tirer une conclusion erronée.

— Et quelle est la bonne conclusion ? demanda Bianchi.

— Nous sommes de la police. »

Bianchi ne souffla mot et Griffoni recommença à grattouiller la tête de Bardo dont le bruit de contentement couvrit la voix de la femme invisible.

« Et que voulez-vous ? s'enquit Bianchi.

— Nous voudrions que vous nous parliez de votre amitié avec Davide Casati », expliqua Brunetti. Bianchi se tourna brusquement dans la direction de la voix du commissaire, pas tout à fait dans l'axe : ses lunettes noires pointaient à gauche de l'épaule de Brunetti.

Bardo se mit sur le côté, pour mieux exposer son cou. « C'est là qu'il aime être gratté, répéta Bianchi.

— Contrairement à la plupart des chiens, nota Griffoni.

— Oui, il est très confiant. » Puis, adoptant le passé pour signifier clairement qu'il ne parlait plus de Bardo, il raconta : « Nous avons été amis très longtemps. Les meilleurs amis du monde. Sa mort m'a beaucoup attristé.

— Sa fille nous a dit que vous lui parliez souvent », ajouta Brunetti.

Bianchi ne répondit pas. Il bougea un peu la main et c'est alors que le commissaire se rendit compte que la voix de la femme provenait de sa radio. Il y avait des années qu'il n'en avait plus vu de semblable : noire, rectangulaire, de la taille d'un walkman, avec une petite antenne en métal se dressant à l'angle. Bianchi sortit sa main droite de sous la couverture et utilisa ce qu'il en restait pour régler le petit poste en actionnant un cadran avec les doigts intacts de l'autre main. La voix de la femme qui s'exprimait avec conviction et gaieté se fit plus forte : « La Vierge bénie nous demande de nous unir à elle dans la vénération de son Fils bien-aimé. En récitant le rosaire ensemble, nous obtenons sa grâce et sa faveur. Aujourd'hui, nous récitons les mystères joyeux. Alors commençons par la contemplation de l'Annonciation et déclarons que le temps de l'Incarnation est arrivé. »

La main mutilée évoqua à Brunetti un crabe, avec sa carapace rose et dure, et ses deux pinces formées par le pouce et le petit doigt. Il détourna les yeux et regarda Griffoni d'un air impuissant : que pouvaient-ils faire si Bianchi décidait de leur faire écouter la récitation du rosaire ? Un chœur de femmes se mit à murmurer l'incantation qui lui remémora son enfance.

« C'est Radio Maria, n'est-ce pas, signor Bianchi ? » s'informa Griffoni d'une voix amicale, pleine d'intérêt.

La tête de Bianchi pivota vers elle. Sa main gauche bougea de nouveau, sa voix n'était qu'un filet : « Connaissez-vous cette émission ?

— Oui, bien sûr, confirma Griffoni avec un vif plaisir. Ma mère l'écoute chaque jour.

— Est-elle croyante ?

— Bien sûr, réitéra Griffoni, fortement, fièrement.

— Et vous ? »

Griffoni se tourna vers Brunetti, leva les sourcils et haussa les épaules. « Oui, affirma-t-elle, avant de nuancer, avec un regret perceptible : Peut-être. Je ne pratique pas autant que je devrais – je ne vais pas à la messe – mais j'ai la foi. » Puis, d'un ton soudain ardent, elle ajouta : « C'est une bonne chose. Je ne peux pas imaginer comment… » Elle se tut. Toute personne ne la connaissant pas aurait pu croire profondément dans sa sincérité.

Brunetti entendit un petit bruit et la voix bourdonnante des femmes récitant le rosaire fut réduite au silence.

Bardo se redressa, aboya une fois vers le visage de Griffoni et sauta par terre. Il descendit les marches de la gloriette en courant et l'on entendit ses griffes cliqueter sur le chemin. Il disparut dans le jardin.

« Est-ce que tout ira bien pour lui ? s'inquiéta Griffoni, comme si Bianchi l'avait aussi regardé partir.

— C’est un chien, ne l’oubliez pas, répliqua l’homme. Il connaît bien son chemin. » Il baissa la tête, puis tendit sa main droite vers la table à côté de lui, sentit la surface avec ses articulations et posa la radio dessus.

« Signor Bianchi, reprit Brunetti, nous voudrions que vous nous parliez de l’accident dont le signor Casati et vous avez été victimes.

— Que vous a-t-il dit à ce sujet ? demanda Bianchi d’une voix péremptoire.

— Nous allions nager ensemble. Il ne pouvait donc pas en cacher les conséquences, dont je suis curieux de connaître les causes. » Quand avait-il appris à se montrer aussi hypocrite ?

Il regarda de nouveau les mains de Bianchi et vit que le vieil homme avait recouvert le moignon de sa main gauche. Il s’était écoulé vingt ans depuis, mais il avait conservé ce réflexe. Brunetti garda le silence, attendant de voir comment il interpréterait ses paroles.

« Pourquoi voulez-vous le savoir ? »

Brunetti y avait réfléchi pendant le trajet et répondit en instillant une forte hésitation dans sa voix : « Sa fille, que vous connaissez je pense, est bouleversée par sa mort et envisage même l’hypothèse que ce ne soit pas un accident. »

À ces mots, Bianchi porta sa main valide à la bouche.

« Elle m’a dit, poursuivit Brunetti, que les dernières semaines de sa vie, il y avait quelque chose qui le tracassait et elle le trouvait anxieux. Elle ne sait pas ce que c’était. Elle lui a demandé, très peu de temps avant son décès, ce qui n’allait pas, mais tout ce qu’il a répondu, c’était qu’il était perturbé par un élément de son passé. »

Le visage de Bianchi se crispa involontairement. « Et cela suffit pour vous inciter à venir me poser des questions ? demanda-t-il.

— Cela suffit à aiguiser notre curiosité, répliqua Brunetti.

— La police n'a rien de mieux à faire ? »

Griffoni s'esclaffa, puis plaqua immédiatement sa main sur la bouche : « Je suis désolée, commissaire. Ça m'a échappé, dit-elle d'une voix partiellement étouffée par ses doigts, et elle se tourna vers Bianchi. Je n'aurais pas dû », s'excusa-t-elle.

Brunetti vit le visage de Bianchi se détendre aux mots de sa collègue.

D'une voix sobre, le vieil homme demanda : « Et si vous ne trouvez rien ?

— Je pourrai au moins conforter la fille de votre ami dans l'idée que c'était un accident. »

L'homme hocha la tête plusieurs fois et déclara, en cherchant à réprimer sa colère : « Ce ne serait pas le premier. » Brunetti opta pour le silence et leva la main pour empêcher Griffoni de parler.

Après un très long moment, Bianchi s'informa : « Vous a-t-il dit que c'était de sa faute ?

— Il a dit qu'il avait agi sans prendre en considération les conséquences de ses actes », répliqua Brunetti, les yeux rivés sur le visage de Bianchi, considérant que cette réponse suffisait à masquer son ignorance tout en s'approchant de ce que Casati lui-même aurait pu dire. Lorsqu'il vit les lèvres du vieil homme se pincer et ses narines palpiter, il enchaîna : « Il ne voulait rien dire de plus.

— Non, il ne voulait pas, n'est-ce pas ? » La colère de Bianchi était devenue plus perceptible, malgré ses efforts pour la contenir.

« Pourquoi ce refus ? intervint Griffoni, sincèrement intriguée.

— Prenait-il en considération les conséquences de ses actes ? répéta Bianchi dans un élan rhétorique, donnant libre cours à son indignation. Bien sûr qu'il ne le faisait pas, cet idiot. » Comme ses yeux étaient cachés derrière ses lunettes noires, seules sa voix et sa bouche exprimaient ses sentiments. Sa voix était devenue rauque et forte, et sa joue gauche presque aussi rouge que la cicatrice qui la surplombait. Sa main valide lâcha le moignon et se serra en un poing.

« Vous a-t-il dit qu'il avait fumé à un endroit où c'était interdit ? » reprit-il, mais il s'interrompit immédiatement, comme s'il en avait déjà trop dit.

Sans laisser le temps à Brunetti de répondre, Griffoni déclara : « Je crains de ne pas comprendre, signore. Que s'est-il passé ?

— Il a trébuché, répondit Bianchi en se tournant vers elle. Nous étions dans le secteur où étaient entreposés les barils. Certains avaient des fuites, mais nous ne le savions pas. Nous étions censés les sortir des camions et des bateaux, mais comme Casati avait envie de fumer… »

Il perdit le contrôle en prononçant ces derniers mots. Il leva ses doigts indemnes, essuya la salive au coin de sa bouche et la frotta sur le genou de son pantalon. Brunetti le vit secoué de tremblements, des épaules jusqu'aux mains.

Bianchi prit quelques inspirations et parla d'une voix plus calme : « J'ai essayé de l'en empêcher, mais il m'a dit de le laisser tranquille et il a allumé sa cigarette. Puis il a voulu faire le malin et il a penché sa tête en arrière pour faire des ronds de fumée. »

Bianchi regardait droit devant lui, faisant face à son passé. « Il y avait un morceau de tuyau ou de tube par terre, à moitié recouvert de liquide, mais il ne l'avait pas vu. Il a marché dessus et le tuyau a bougé, il a dû rouler sous son pied. Il est tombé. Il a lâché sa cigarette et j'ai vu une ligne lumineuse jaillir en direction des barils. »

Il dirigea son regard directement entre Griffoni et Brunetti. « Puis il y a eu une explosion avec une vague de chaleur et une lumière encore plus intense, et après, je n'ai plus rien vu. » Il baissa la tête et frotta délicatement de sa main gauche le dos de sa main abîmée.

Le silence descendit sur la gloriette et régna jusqu'à ce que retentisse un bruit de cliquetis sur les marches. Bardo était revenu. Cette fois, il ignora aussi bien Griffoni que Brunetti et, comme s'il avait senti le besoin de Bianchi, il posa les pattes sur ses genoux avant de sauter dessus. Il effectua de nouveau quelques cercles, puis s'installa confortablement et laissa tomber sa tête sur ses pattes, les yeux rivés sur Brunetti. Bianchi grattouilla gentiment le cou du chien de sa main valide.

« Comment vous en êtes-vous sorti ? » osa demander Griffoni.

La main de Bianchi s'arrêta : Bardo tourna la tête et lui donna quelques coups de langue. « Davide m'a fait sortir de l'entrepôt avant qu'il ne brûle complètement, expliqua-t-il d'une voix soudainement tranquille, presque solennelle. Je ne l'ai appris que plus tard. Des semaines après. On m'a emmené à l'hôpital. Tout ce dont je me rappelle de cette époque, c'est la douleur. Et les ténèbres.

— Comment avez-vous su ce qu'il avait fait ? s'enquit Brunetti.

— Quelqu'un de la société est venu me voir et m'a demandé si je me rappelais ce qui avait provoqué l'incendie. J'ai dit que non.

— Il vous avait fait du tort et vous avez menti pour le couvrir? » intervint Griffoni, sans chercher à déguiser son étonnement.

Bianchi haussa ses maigres épaules, sa veste suivant le mouvement. Il tapota le sommet du crâne de Bardo de son index, puis lui demanda : « C'était un ami, n'est-ce pas, Bardo? Et on ne peut pas laisser ses amis dans le pétrin, quoi qu'ils aient fait, non? »

Le chien tourna la tête et lécha de nouveau la main de Bianchi, en signe cette fois d'approbation. Bianchi, toujours penché sur le chien, poursuivit : « On m'a dit que c'est Davide qui m'a tiré hors du bâtiment et c'est là qu'il a été blessé. Beaucoup de gens l'ont vu sortir de l'entrepôt en me portant dans ses bras comme un enfant. C'est ce qu'ils m'ont raconté. C'est quand un grand nombre de barils a commencé à exploser à l'intérieur, ceux avec de l'huile, et… » Il se tut. « J'ai des cicatrices sur les jambes. Les flammes ont traversé mes vêtements. »

Bardo commença à ronfler; c'était un son remarquablement paisible. Tous trois restèrent assis en silence un long moment à écouter le son rassérénant de la respiration du chien.

« Quand avez-vous repris contact avec lui? demanda Brunetti.

— Après bien des mois. C'est lui qui l'a fait. J'étais encore à l'hôpital de Padoue, spécialisé en ophtalmologie. Il m'a appelé et m'a demandé si j'acceptais de lui parler.

— Que lui avez-vous dit? »

Bianchi tourna son visage vers Brunetti qui vit ses sourcils se froncer, comme s'il ne comprenait pas, ou ne pouvait pas comprendre cette question.

« Que bien sûr, j'acceptais de lui parler, répliqua-t-il, opinant du chef face à cette évidence.

— Pourquoi ? » s'enquit Griffoni.

Les lunettes noires se tournèrent vers elle. « Je vous l'ai dit. Parce qu'il était mon ami. »

25

« Bien sûr », soupira Griffoni. Pour Brunetti, elle était, du fait de ses origines napolitaines, bien plus en mesure que beaucoup d'autres de comprendre cette attitude et de percevoir le malaise de Bianchi, sensible dans sa voix. « Et vous êtes restés amis ?

— Nous nous sommes parlé dimanche dernier, comme tous les dimanches. »

Brunetti lutta contre son envie de croiser le regard de Griffoni. Depuis le début de sa carrière, il s'était entraîné à rester impassible face à ce qu'il voyait ou entendait ; même si Bianchi ne pouvait pas voir sa réaction et en tirer le moindre avantage, Brunetti ne laissa rien paraître ni sur son visage ni dans sa voix.

Comme tous les dimanches, se répéta-t-il. C'était un beau mensonge. Pourquoi prendre la peine de mentir à la police ? Quel était le lien entre cette tromperie et les boniments servis à Casati sur les mauvais traitements qu'il était censé subir ici ?

Brunetti songea à un des vieux adages populaires que sa mère et ses amis évoquaient souvent : « Jamais deux sans trois. » Bianchi leur avait déjà dit au moins deux mensonges, quel serait le prochain ?

« Pourquoi nous expliquez-vous les causes de l'incendie qu'il a provoqué ? » demanda Brunetti, comme s'il croyait son histoire.

Bianchi baissa la tête, puis haussa légèrement les épaules. « Cela n'a plus aucune importance maintenant que Davide est mort. »

Espérant que Bianchi ne ressente pas ses doutes, Brunetti se tourna vers lui et s'apprêta à lui dégoiser quelques banalités, lorsque Griffoni leva une main pour le faire taire et déclara : « Quelle chance vous avez d'avoir vécu une amitié qui ait duré si longtemps, signore. »

Bianchi ne trouva rien à dire, ni à ses interlocuteurs ni à son chien.

« Et quelle chance de pouvoir vivre dans un tel endroit. Si charmant. » Ah, quel serpent que cette femme, ondoyant et rusé, et fort dangereux. « Ma grand-mère a vécu en maison de retraite pendant des années, mais cela n'avait rien à voir avec celle-ci. Non pas que l'endroit où elle était ne fût pas bien. Pas du tout. C'est juste que celui-ci est d'un tel... Oh, je ne sais quel mot employer. Raffinement ? »

Bianchi leva la tête et objecta, avec un faible sourire : « Je ne peux hélas le voir, signora. »

À la remarque de Bianchi et à la vue de la douleur qui sillonna longuement son visage, Brunetti se rendit compte qu'il était en train d'assister à une partie d'échecs, jouée par des maîtres en la matière, qui lui rappela la plus grande attraction touristique de Marostica où les pions sont des personnes en costume historique, se déplaçant sur un échiquier géant dessiné au centre de la ville médiévale. Ces parties, cependant, faisaient l'objet, tous les deux ans, de coups préparés à l'avance alors que là, chaque coup était porté en fonction de la partie adverse, et il était évident que Bianchi et Griffoni étaient devenus des adversaires.

« Comment se fait-il que vous soyez installé dans un tel endroit, signor Bianchi ? insista-t-elle, d'un ton où se mêlaient à la fois surprise et admiration.

— C'est ce que m'a suggéré la compagnie d'assurances mais, comme je l'ai déjà dit, cela ne change pas grand-chose pour moi, de toute façon. Je ne peux pas voir ce que les autres me décrivent : les roses, les tableaux, les uniformes impeccables. » Il les laissa deviner à quel point ces frivolités étaient complètement étrangères et dénuées de signification à la pauvre victime de ténèbres éternelles qu'il était.

Brunetti vit la bouche de Bianchi se contracter, comme s'il préparait son prochain coup ou se demandait si le dernier avait été judicieux. Finalement, il hocha la tête et ajouta : « Même la nourriture, dont tout le monde me chante les louanges, a un goût différent quand on ne peut pas voir ce que l'on mange. » Il leva les mains en signe de résignation, presque à contrecœur, telle une personne forcée de dire la vérité sur une soirée où tout le monde s'est bien amusé, sauf elle. Au moins ne leur parla-t-il pas de sa faim chronique.

« Ah, quel dommage, murmura Griffoni. Mais je peux vous assurer que tout est parfait ; ce ne pourrait être plus ravissant et le jardin est une merveille. » Bonne actrice, elle continuait à jouer son rôle, même si elle se préparait à sortir de scène, et d'une voix douce, elle demanda à Brunetti : « N'êtes-vous pas d'accord, commissaire ?

— Absolument, confirma Brunetti. Et quelle est cette compagnie d'assurances, signor Bianchi ?

— Comment voulez-vous que je me rappelle après tout ce temps ? répondit-il, d'un ton nettement irrité.

— Le bureau de la comptabilité pourra sûrement me fournir cette information », rétorqua Brunetti avec une assurance destinée à perturber son interlocuteur. Même si ce dernier ne laissa paraître aucun trouble, Bardo leva soudain la tête, ouvrit les yeux et gémit, comme s'il avait été dérangé dans son sommeil.

Griffoni regarda Brunetti et leva les sourcils.

« Vous avez dit que vous parliez au signor Casati chaque dimanche, signore, enchaîna Brunetti. Avait-il évoqué récemment avec vous un sujet d'inquiétude, comme sa fille semblait le croire ? »

Bianchi posa sa main sur la tête du chien et le tapota pour le calmer. Bardo baissa la truffe sur les genoux de son maître et referma les yeux. « Non, rien dont je ne me souvienne.

— Vous rappelez-vous de quoi vous avez parlé lors de votre dernier coup de fil ? »

Bianchi émit un léger gloussement : « Probablement de football. Casati en était fou. »

Brunetti insuffla un peu de testostérone dans sa voix avant d'affirmer : « Le samedi précédent, l'Inter a battu Pescara à plate couture. S'il était un fan, il devait être particulièrement excité.

— Oui, c'est bien ce qu'il m'a dit, répliqua Bianchi, ébranlé. Il oubliait toujours à quel point ces questions m'étaient devenues indifférentes. »

Comme pour s'excuser de son propre enthousiasme, Brunetti nuança : « Je pense que tout le monde se laisserait griser par une telle victoire : sept à zéro ! Je ne me souviens pas que Pescara ait essuyé une si grave défaite. » Il imprégna sa dernière phrase d'une triomphante autosatisfaction.

« Oui, c'est exactement ce que m'a dit Davide.

— Commissaire, intervint Griffoni, je ne pense pas que le signor Bianchi ait besoin de réentendre les résultats du championnat. Ni le petit Bardo, précisa-t-elle en lui chatouillant le cou.

— Oh, fit Bianchi en souriant, il ne sait pas qu'il est petit. Et il ne l'est pas pour moi. »

Brunetti se leva et à la vue de sa griffe sur le dos du chien, décida de ne pas serrer la main de Bianchi. « Merci pour le temps que vous nous avez consacré, signore », conclut-il, sans lui dire si cet entretien lui avait été utile ou non.

Griffoni se leva aussi et tint pratiquement les mêmes propos, puis se pencha et tapota la tête de Bardo plusieurs fois, comme pour prendre congé des deux à la fois.

Ils descendirent les marches et traversèrent l'espace entre la gloriette et le bâtiment principal. Ils prirent soudain conscience de la chaleur, que l'ombre et les plantes avaient adoucie.

« Eh bien ? demanda Brunetti.

— Belle invention, décréta Griffoni.

— Quoi donc ? s'enquit le commissaire, flatté, mais tout de même gêné.

— Le coup du match de foot. L'Inter et Pescara jouent dans des ligues différentes, même le dernier des idiots le sait. Même moi ! Tout le monde, même ceux qui se contentent de lire les gros titres.

— Eh bien, lui, il ne les lit pas et ne se les fait pas lire.

— Apparemment pas, mais hormis ce point, il voulait nous faire croire que Casati continuait à l'appeler chaque dimanche et qu'ils bavardaient comme de vieux amis. Pourquoi, à ton avis ? »

Ils reprirent leur chemin et arrivés à l'édifice central, Brunetti tint la porte ouverte pour Griffoni et lui fit remarquer, une fois à l'intérieur : « N'est-ce pas étrange que nous ayons tendance à croire sur parole les gens handicapés ? Comme si leur souffrance les rendait honnêtes.

— Tu ne penses pas que ce soit le cas ?

— Est-il honnête ? demanda Brunetti, avec un petit coup de sa tête en direction de la gloriette.

— J'en doute. Mais il aime son chien. »

Brunetti la regarda comme si elle avait cherché à susciter son intérêt avec un exemplaire de *La Tour de garde*[1]. « Pardon ? fit-il.

— Il y a des années qu'il est aveugle et pourtant, il est encore capable d'aimer son chien.

— Cela n'a pas grande importance pour moi », répliqua Brunetti qui pivota, espérant que la signora Segalin soit dans son bureau.

Il entendit les pas de Griffoni derrière lui, puis sa voix : « C'est toujours ça de gagné. »

La signora Segalin cligna des yeux, ravie de retrouver les personnes ayant eu l'amabilité de rendre visite au signor Bianchi. Sans même devoir légitimer sa requête, Brunetti parvint à obtenir les reçus du paiement des factures au nom du signor Bianchi sur la dernière année.

Il glissa le dossier sous son bras d'un geste désinvolte, comme s'il s'agissait d'une pure formalité, et serra la main à la signora Segalin en la remerciant pour son aide. Elle les raccompagna à la porte où les attendaient leur voiture et

1. Revue des témoins de Jéhovah.

leur chauffeur. Elle ne semblait accorder aucune importance particulière à ce détail ; sans doute était-elle habituée à voir ses hôtes arriver avec voiture et chauffeur.

Ils franchirent le portail, prirent l'autoroute et retournèrent à la réalité. « Je continue à croire qu'il est manipulateur et malhonnête », déclara Griffoni, en pensant tout haut.

Brunetti sourit et ouvrit le dossier sur ses genoux.

« Qui les paye ? demanda-t-elle.

— GCM Holdings.

— Jamais entendu parler d'eux.

— Moi non plus, dit Brunetti en sortant son téléphone.

— Qui sont-ils ? »

Brunetti appuya sur un des numéros automatiques ; tous deux entendirent la sonnerie.

« Qui sont-ils ? » répéta Griffoni. Peut-être ne l'avait-il pas entendue.

Il leva les yeux du téléphone et décréta : « Nous le saurons bientôt. »

Au bout du fil, une voix de femme : « Ah, commissaire ! Que puis-je faire pour vous ? »

26

Et il en fut ainsi. Ils sortirent du bateau et se rendirent directement au bureau de la signorina Elettra qui – il faut bien le dire – était en train de se pomponner. Quelques papiers étaient éparpillés devant elle.

« C'est l'employeur de Casati ? demanda-t-il en désignant les documents.

— Oui, signore, en un sens, répondit-elle en souriant aimablement. Actuellement, c'est une société de construction, dirigée par Gianclaudio Maschietto. » Elle indiqua l'écran. « Mais il y a plus. »

Brunetti avait déjà entendu ce patronyme, associé à une entreprise prospère du nord-est. « Je ne la connais que de nom. » Quelques lambeaux de mémoire lui revinrent et il ajouta : « N'y aurait-il pas une vague histoire d'église ? » Il regarda Griffoni de biais. « Ça te dit quelque chose, Claudia ?

— Non. Absolument pas. »

La signorina Elettra opina du chef pour le conforter dans son souvenir. « Je vous ai fait à chacun une copie des éléments que j'ai trouvés. Si vous voulez bien les lire, je dois passer quelques coups de fil pendant ce temps.

— À des amis ? s'enquit Brunetti.

— À des amis, approuva-t-elle.

— Allons-y, Claudia », suggéra le commissaire en prenant les papiers. Vu la masse de documents, il lui proposa d'aller les lire dans son bureau et de laisser la signorina Elettra continuer son travail.

Les fenêtres de son bureau avaient été fermées et Brunetti se demanda un moment s'il valait mieux les laisser ainsi ou aérer la pièce. Elles donnaient à l'est; il les ouvrit et fut enveloppé par une vague de chaleur saharienne.

Au moins cela amenait une bouffée d'air marin. Il tendit une pile de papiers à Griffoni, passa derrière son bureau, enleva sa veste et s'assit.

Il eut l'impression d'être revenu au temps de l'université, où tels deux étudiants, ils lisaient de concert, assis dans un petit espace. Rien d'exceptionnel au premier abord : la société Romina Rimozione, fondée plus de quarante ans auparavant, comptait seulement neuf employés à ses débuts et plus de cent actuellement, avec des bureaux à Padoue, Trévise et Marghera. Son secteur phare était le transport : livraison rapide garantie vers toute destination européenne. Elle s'était ensuite diversifiée avec la construction de maisons et d'écoles, puis de bureaux et même d'une partie de l'aéroport. Un de ses premiers succès avait été la signature d'un contrat pour le transport de matériaux depuis la zone industrielle de Marghera, bientôt suivi d'un autre pour l'enlèvement des déchets métalliques d'un complexe d'usines établi dans la même zone, puis d'un autre encore pour la construction d'un centre commercial à l'extérieur de Pordenone, et enfin d'un contrat de sous-traitance pour l'installation des rails du nouveau tramway reliant Mestre à Venise. Au cours des années d'expansion de la société, le nom de Romina avait disparu – tout comme sa fonction d'enlèvement de matériaux – au profit de GCM Holdings.

Brunetti vérifia les articles et vit que la signorina Elettra les avait classés par ordre chronologique, comme pour leur faire suivre pas à pas le succès de la société.

Il n'y avait qu'un seul article sur le propriétaire et guide spirituel de l'entreprise : Gianclaudio Maschietto, quatre-vingt-trois ans, était né à Piove di Sacco et partageait actuellement son temps entre son lieu de naissance et Venise. L'article montrait des photos de l'église qu'il avait construite et léguée à sa ville natale et citait ses paroles : « Il était de mon devoir envers Dieu et mes concitoyens de procéder à cette réalisation. » Sans doute entendait-il l'édification de l'église, que Brunetti trouvait ridicule : une boîte en ciment avec un toit en tuiles à l'inclinaison abrupte et des vitraux ressemblant à des scènes de bandes-dessinées religieuses.

Six ans auparavant, Maschietto s'était retiré de la gestion courante de la société et en avait cédé la direction à son fils, Francesco. Il ne conservait qu'un statut honoraire au sein du conseil d'administration.

À la fin de sa lecture, Brunetti jeta un coup d'œil à Griffoni ; elle était en train d'analyser les photos des vitraux. Elle le regarda à son tour et soupira : « Elle ressemble terriblement à l'église du village d'où vient ma mère. »

Griffoni tapota les feuilles de papier sur ses genoux, afin de les remettre en ordre. « Pour construire la nouvelle église dans mon village, ils ont abattu une petite chapelle du XVIe siècle. » En réponse au regard étonné du commissaire, elle précisa : « C'était il y a cinquante ans. »

Brunetti se demanda si cette réflexion était censée amoindrir l'horreur des faits. Il n'en fut rien.

« Ton avis sur la question ? lui demanda-t-il.

— Je voudrais savoir pourquoi sa société paye pour Bianchi. »

Brunetti tourna quelques pages et trouva la réponse. « On dit ici que la société d'origine travaillait à Marghera au début des années 80.

— Hummm, fit-elle. J'ai vu passer cette information. Crois-tu qu'on ait parlé de l'accident dans les journaux? Deux hommes ont été gravement blessés, tout de même.

— Si les dégâts ont été relativement importants ou s'il y a eu des morts, c'est possible », observa Brunetti.

Griffoni y réfléchit un moment, pinça les lèvres et hocha la tête plusieurs fois. « Bien sûr, nous avons cru ce qu'il nous a dit, n'est-ce pas? Parce qu'il est handicapé. Mais il pouvait y avoir davantage de personnes impliquées. »

Brunetti caressa l'idée d'ajouter : « Et parce qu'il est gentil avec son chien », mais le bon sens l'emporta et il préféra lui suggérer : « Allons voir ce qu'elle a trouvé d'autre. »

Ils descendirent ensemble au bureau de la signorina Elettra, qui était encore à son ordinateur. En entrant, Brunetti vit d'autres papiers dans le plateau de l'imprimante et s'informa : « Sont-ils pour nous?

— Oui, affirma-t-elle, sans détourner pour autant son regard de l'écran. Ils parlent de l'incendie. »

Brunetti alla les chercher et trouva deux exemplaires de chaque document. Il gagna le rebord de la fenêtre, les tria en deux piles et en tendit une à Griffoni. Elle s'installa à côté de lui et lut la première page, qui l'absorba aussitôt.

Brunetti se plongea dans son propre paquet de feuilles.

Il Gazzettino parlait d'un incendie qui avait éclaté dans un des entrepôts d'un complexe de bureaux et d'usines à Marghera, où au moins deux ouvriers avaient été tués, trois blessés et deux autres portés disparus. Le feu – dont on n'évoquait pas la cause – avait commencé en fin d'après-midi. Quatre brigades de pompiers avaient lutté contre les flammes jusqu'à l'aube.

Le lendemain, *La Nuova di Venezia e Mestre* confirma le nombre de blessés et de morts, mais précisait que les deux ouvriers portés disparus travaillaient en fait dans un autre secteur du complexe industriel et n'avaient pas été impliqués dans l'incendie. Selon le capitaine des pompiers, le feu avait été provoqué par un court-circuit.

Suivaient le commentaire classique sur le nombre élevé des décès d'ouvriers sur leur lieu de travail, et les interviews habituelles avec les amis et les membres de la famille des deux victimes, des ouvriers sérieux et prudents, dont la perte était regrettée par leurs collègues et amis. Les ouvriers blessés, Zeno Bianchi, Davide Casati et Leonardo Pozzi avaient été transportés à l'hôpital de Padoue et à celui de Venise et les médecins ne se prononçaient pas sur leur état.

Le troisième jour, l'histoire réapparut dans les journaux et le quatrième, il y eut une photo du maire de l'époque visitant le site, entouré de pompiers et de différents officiels anonymes, tous entièrement enveloppés de combinaisons et équipés de bottes et de casques. Le maire était tourné de trois quarts, la meilleure façon d'être reconnaissable sur une photo. Puis plus rien, même si Brunetti continuait à entendre le bruit de l'imprimante.

Il alla chercher les pages de sa propre initiative, les tria de nouveau et en tendit un exemplaire de chaque à Griffoni.

Moins de un an plus tard, Gianclaudio Maschietto accorda une interview à *Famiglia Cristiana*[1] où il déclara que les événements advenus dans son usine de Marghera, encore frais dans son esprit, tout comme la mort récente de son épouse, avaient suscité des flammes si ardentes dans son âme – *sans doute une expression malheureuse*, songea Brunetti – qu'il avait tourné ses pensées vers Dieu et décidé de vouer une partie de sa fortune au bien-être spirituel et physique de ses concitoyens ; d'où la construction de l'église et la dotation permanente de trois lits dans une maison de santé pour les ouvriers victimes de blessures handicapantes après des accidents du travail.

Il s'écoula plusieurs années avant que Maschietto ne refît son apparition, mais six mois plus tôt, il figurait parmi les quarante personnes – des hommes pour la plupart – pressenties pour devenir *Cavaliere del Lavoro*[2], titre honorifique qui devait être remis dans l'année à vingt-cinq d'entre eux.

L'imprimante s'était tue ; le plateau était vide et ils n'avaient trouvé quasi aucun élément leur permettant d'avancer dans leur enquête sur les circonstances de la mort de Davide Casati.

« Trois lits ? demanda Griffoni, en lisant dans l'esprit de son collègue.

— Nous n'avons pas pensé à poser la question, n'est-ce pas ?

— Un court-circuit ?

— C'est ce qu'ont dit les pompiers », répondit Brunetti en se tournant vers la signorina Elettra, qui prenait part

1. « Famille chrétienne. » Hebdomadaire catholique fondé en 1931.

2. Littéralement « Chevalier du Travail », équivalent de l'Ordre du Mérite du travail en Italie.

silencieusement à la conversation. Il leva le menton en un geste interrogatif.

« Il n'y avait rien d'autre dans les journaux, révéla-t-elle. Donc il est probable que c'en fût la cause. Les experts en assurances n'en ont pas détecté d'autres. Que s'est-il passé à la Villa Flora ? »

Brunetti résuma brièvement leur conversation avec Bianchi, puis tous trois gardèrent le silence quelque temps pour prendre ces réflexions en considération. Brunetti parcourut les papiers de nouveau et Griffoni sortit une page et la lut. La signorina Elettra fixait son attention sur l'écran, mais ses yeux ne suivaient pas le texte.

Brunetti finit par suggérer : « Claudia, veux-tu appeler la signora Segalin et lui dire que nous avons découvert, de retour à notre bureau, que nous étions aussi censés contrôler les conditions des résidants occupant les deux autres lits payés par GCM Holdings ?

— Et si Bianchi lui a déjà expliqué qui nous sommes ? s'enquit Claudia, en posant les papiers sur le rebord de la fenêtre derrière elle.

— Je doute qu'il l'ait fait, répondit Brunetti.

— Un moment », intervint la signorina Elettra. Elle tapota quelques touches et lut à haute voix le numéro de téléphone de la Villa Flora. Elle composa le numéro en question sur son téléphone fixe et passa le récepteur à Griffoni qui le saisit en s'appuyant d'une hanche contre le bureau de sa collègue.

« Bonjour, je suis la *dottoressa* Griffoni. Je suis venue en visite tout à l'heure, avec le *dottor* Brunetti. Puis-je parler à la signora Segalin s'il vous plaît ?… Oui, merci. »

Elle leva les yeux vers eux et traça un arc de sa main libre pour signaler que son appel avait été transféré.

« Ah, bonjour signora, commença-t-elle, avec un sourire qui parcourut la ligne de bout en bout. C'est très aimable à vous de me parler de nouveau… Non, rien de bien important, mais je voulais vous dire que nous avons tous été victimes d'une erreur bureaucratique… Non, affirma-t-elle avec un petit rire complice. Je pense que ce genre de situation vous est familier, signora. Comme à nous tous, n'est-ce pas ? C'est au sujet des autres lits que GCM a en dotation… Oui, précisément. Pourriez-vous me dire s'ils sont occupés actuellement et si oui, par qui ? »

Il y eut un long silence, brisé par Griffoni qui confirma : « Oui, c'est pour compléter notre dossier… Ah, je ne savais pas cela, signora. Quand a-t-il été supprimé ? Ah bien sûr, bien sûr. Mais le second est toujours financé ? »

Griffoni se pencha, prit un bout de papier et le stylo que la signorina Elettra lui tendait.

« Leonardo Pozzi ? Oui, merci. Et combien de temps est-il resté ?… Oh, vraiment ? Ah, le pauvre. Personne ne… Oui, je peux comprendre pourquoi le personnel a… Bien sûr. Bien sûr. »

Griffoni avait les yeux rivés au sol, veillant à ne rien dire d'inopportun et à garder un ton correct. La signora Segalin continua un long moment et Brunetti l'imagina en train de lancer inutilement les signaux censés engendrer chez son interlocutrice les réactions émotionnelles voulues. Griffoni ne la déçut aucunement, se contentant de dire « hum hum », « ah ah » et « oui » ou « non », accompagnés de l'accentuation spéciale que l'on adopte envers une personne attendant d'être confortée non seulement dans ses propos, mais aussi dans l'émotion qu'ils procurent.

« Serait-il possible à votre avis de venir lui parler ? » Griffoni regarda Brunetti et leva une main qu'elle secoua

27

Le lendemain matin, ils retournèrent à la Villa Flora, conduits par le même chauffeur. Tous deux masquaient leur impatience de rencontrer Leonardo Pozzi. Ils parlèrent de l'horrible chaleur qu'il faisait et du confort que constituait une voiture climatisée ; ils parlèrent des cultures desséchées s'étendant de chaque côté de l'autoroute ; ils parlèrent de tout, sauf de l'homme vivant à la Villa Flora.

La signora Segalin se chargea à nouveau de les accueillir. Elle portait ce jour-là le même uniforme, mais en version gris foncé. Son sourire était plus terne ; elle en avait sans doute réglé l'intensité sur la gravité du handicap du signor Pozzi. « Je l'ai prévenu de votre visite, leur apprit-elle dès qu'ils se furent serré la main.

— Comment a-t-il réagi ? » s'informa Griffoni. Comme c'était elle qui s'était entretenue avec leur hôtesse la veille au soir, ils avaient décidé qu'elle s'exprimerait en leur nom à tous les deux.

« Il est parfois difficile de savoir ce qu'il pense, répondit la femme avec un sourire furtif, parce qu'il parle tellement peu. Et comme le signor Bianchi et lui ne se causent plus, nous ne pouvons pas lui demander d'intervenir auprès du signor Pozzi. » On se serait cru dans une cour de récréation.

Griffoni émit un petit « oh » de surprise. « Je ne savais pas qu'ils se connaissaient. Le signor Bianchi n'a fait aucune allusion à lui hier.

— Bien sûr que non. Plus maintenant », précisa la signora. Comme beaucoup de personnes travaillant avec des patients, elle était ravie de montrer comme elle connaissait bien leur vie privée, preuve tangible de sa proximité avec eux. « Ils ont été très amis pendant des années. Ils ont souvent mangé ensemble. Mais ils ont cessé récemment de se parler et de se rendre visite.

— Oh, j'en suis désolée, affirma Griffoni, avec une sincérité qui impressionna même Brunetti. J'espère que ce n'est que passager. »

La femme sourit à cette preuve de bonne volonté. « Eh bien, ces conflits se produisent parfois entre patients, mais ils finissent toujours par s'apaiser. Je suis sûre que ce sera le cas pour eux aussi. » Elle n'aurait pu avoir de ton plus convaincu. « Au fond, tout ce qu'ils ont, c'est l'un l'autre. » Elle pivota et emprunta le couloir de l'autre côté du bâtiment où ils s'étaient rendus la veille. Ils le longèrent jusqu'au bout ; la signora Segalin s'arrêta devant une porte et frappa quelques fois sur le montant, entra, puis leur fit signe de lui emboîter le pas.

Hormis la chaleur qui les enveloppa dès leur entrée dans la pièce, contrastant avec le couloir climatisé, on aurait dit qu'ils rendaient visite à une célébrité dans la suite d'un hôtel : il y avait, dans un vase en cristal, un grand bouquet de roses, fleurs qui leur étaient désormais devenues familières ; par terre, un tapis persan et sur les murs, trois gravures d'Arlequins de Longhi. Par la porte entrouverte, Brunetti put apercevoir une chambre ornée de kilims et un dessus-de-lit en brocart. Derrière les fenêtres s'étendait le même jardin que de l'autre côté du bâtiment. Cependant, la chaleur et l'humidité étaient si fortes qu'il leur était difficile de se concentrer sur les détails.

Sur un canapé en velours gris était assis bien droit un homme d'une incroyable minceur ; une légère couverture en cachemire bleu était posée sur ses genoux. Ses cheveux brun foncé, sans la moindre mèche grise, étaient coupés court. Ses yeux étaient plus sombres encore et ne montraient absolument aucun intérêt à leur égard, ni envers la signora Segalin. Deux profondes lignes ondoyaient de chaque côté de son nez et s'arquaient autour de sa bouche, mais le reste de son visage était quasi lisse. Il faisait environ dix ans de moins que Casati et Bianchi.

Sous un peignoir bleu marine, il portait un pyjama d'intérieur rayé et un foulard à motifs cachemire, noué autour du col non fermé de sa veste. À la vue du peignoir en laine, Brunetti saisit sa cravate et la desserra. Les mains de Pozzi étaient croisées sur ses genoux. Lorsqu'ils s'approchèrent, son visage resta calme et ne donna aucun signe de curiosité ni d'attention.

Brunetti et Griffoni s'immobilisèrent à quelques mètres du canapé, en réaction aux ondes d'indifférence qui émanaient de lui. La signora Segalin ne le remarqua pas ou n'y prêta aucune importance – peut-être voulait-elle juste les présenter rapidement et fuir la chaleur de la pièce – et s'arrêta à l'endroit qu'auraient dû occuper ses pieds et où l'on percevait seulement les jambes vides de son pantalon.

« Signor Pozzi, commença-t-elle d'une voix exagérément claire, ce sont les personnes des services sociaux qui voulaient vous parler. » Elle se mit sur le côté et leur fit signe d'avancer, mais ni l'un ni l'autre ne bougea.

Pozzi tourna la tête vers eux ; Brunetti remarqua que ses épaules bougeaient en même temps que sa tête, comme si son cou ne pouvait pas tourner tout seul. Cela lui donnait l'aspect d'un robot ayant perdu quelques-unes de ses pièces.

La signora Segalin leur fit signe à nouveau d'avancer, avec cette fois une certaine impatience.

« Peut-être que le signor Pozzi se sentira mieux si nous restons ici, suggéra Griffoni.

— C'est absurde », répliqua la signora en disposant elle-même deux fauteuils devant Pozzi, dont les yeux se posèrent sur le visage de Griffoni. La signora Segalin agit tellement à la hâte que l'un des fauteuils se prit sous le tapis, la bloquant dans son élan. Sans mot dire, Griffoni s'approcha et remit le bord du kilim en place, puis elle sourit au signor Pozzi.

Brunetti le salua d'un signe de tête, éloigna légèrement le deuxième fauteuil de son hôte et s'y installa, en prenant soin de bien s'enfoncer au fond.

La signora Segalin regarda sa montre. « Voulez-vous que je reste en cas de besoin ? demanda-t-elle, à l'instar d'une interprète rétive incapable de masquer son envie d'en finir et de partir.

— C'est fort aimable à vous, signora, dit Griffoni du ton le plus poli. Mais nous vous avons déjà pris trop de temps. » Pour renforcer ses mots, elle prit la main de la signora Segalin dans les siennes et les serra, en signe de remerciement.

« Alors je vous laisse parler entre vous », conclut cette dernière, avant de s'adresser à Pozzi, d'une voix amicale : J'espère que ce sera pour vous une visite agréable. »

La porte se referma. Les trois interlocuteurs étaient désormais assis, dont deux terrassés par la chaleur. Brunetti et Griffoni laissèrent s'écouler quelques minutes avant que la commissaire n'ouvre le bal : « Signor Pozzi, nous sommes venus vous parler des événements qui vous ont conduit ici, à la Villa Flora. Vous y êtes depuis longtemps, n'est-ce pas ? »

Pozzi fit un signe d'assentiment, en se penchant en avant.

Griffoni sourit pour le remercier de sa réponse et poursuivit : « Vous travailliez pour GMC Holdings à l'époque, si je ne me trompe ? »

Pozzi prit sa question longtemps en considération et finit par dire : « CM.

— Pardon ? fit-elle en souriant.

— CM, répéta Pozzi. GCM. » Ses lèvres bougèrent à peine en prononçant ces lettres et se fermèrent doucement sur la dernière.

« Bien sûr, répliqua Griffoni, en portant une main à son front, comme pour se reprocher d'avoir offensé sa mémoire. GCM. Vous travailliez donc pour GCM Holdings. Merci pour votre correction, signor Pozzi. »

Brunetti regarda brièvement le visage de l'homme, tout en conservant une expression neutre. Il jeta ensuite un coup d'œil circulaire dans la pièce et remarqua la bibliothèque derrière l'épaule gauche de Pozzi.

Il laissa ses yeux courir le long des étagères, intrigué de découvrir le genre de livres qu'un ouvrier handicapé pouvait trouver intéressants, sans formuler toutefois la question de cette manière, même dans son for intérieur. Le premier élément qui le frappa fut la hauteur et l'épaisseur de la plupart des livres, puis sa vue s'adapta à la distance et il se mit à lire les auteurs mentionnés sur leur dos : Goya, Titien, Vélasquez, Holbein, Van Dyck et Moroni.

Il orienta de nouveau son regard vers Pozzi et vit qu'il l'avait observé pendant son excursion littéraire. Leurs yeux se croisèrent et Brunetti fit un sourire détendu et un petit signe d'approbation.

Griffoni prenait son inspiration, certainement pour réitérer sa question, mais Brunetti la coupa : « Je ne savais pas que les livres de Hugues avaient été traduits en italien. »

Pozzi répondit sur le ton de la pure conversation : « Non, pas que je sache. Je les lis dans le texte. » Comme Brunetti ne souffla mot, Pozzi précisa : « J'ai toujours aimé son style, dès *The Shock of the New*.

— Il y a longtemps que je l'ai lu, répliqua le commissaire, mais je me souviens encore de ma surprise lorsqu'il expliquait le changement qu'introduisait dans la perception du paysage le fait de pouvoir le parcourir confortablement en voiture ou en train.

— Et rapidement, sans que le spectateur ne soit secoué dans une diligence ou sur un cheval, spécifia Pozzi. C'est tellement évident, n'est-ce pas ? Mais, comme vous dites, si surprenant à concevoir.

— Cela me fait plaisir de voir le Moroni, ajouta Brunetti, j'ai toujours aimé son travail.

— Ce doit être merveilleux de voir ses tableaux en vrai, déclara Pozzi, les yeux débordants de l'émerveillement d'un passionné d'art et sans la moindre once d'autoapitoiement. J'aimerais… »

Brunetti réfléchit un long moment avant de se risquer à affirmer : « Je pense qu'il y en a deux ou trois à Milan, mais pas dans le même musée. Et l'Accademia Carrara de

Bergame en regorge. Ne pouvez-vous pas leur demander de vous y emmener ?

— Ce n'est pas facile.

— Pourquoi ? demanda le commissaire, en laissant planer un doute sur la bonne volonté du personnel ou de Pozzi lui-même. Ils ont sûrement une camionnette ici et il leur suffirait donc de vous installer dans un fauteuil roulant et de vous y emmener. » Il sourit comme face à une fulgurance. « Grâce à la pancarte "Handicapé", ils peuvent même se garer juste en face du bâtiment. Quoi de plus facile ? »

Puis Brunetti songea que pour cet homme, rien n'était facile et qu'il pouvait avoir ressenti sa remarque comme une moquerie ou une provocation. « Je voulais dire rien de plus facile à organiser, signore. Vous seul connaissez les difficultés réelles d'une telle initiative. »

Pozzi leva les sourcils, comme s'il appréciait la franchise de Brunetti, et tourna son attention vers Griffoni. « Vous m'avez demandé si je travaillais pour GCM Holdings, signorina. Puis-je vous demander ce qui suscite votre curiosité ? » *Où Pozzi a-t-il appris à s'exprimer ainsi ?* se demanda Brunetti. Certainement pas avec ses collègues ouvriers, et la signora Segalin avait dit qu'il parlait à très peu de gens ici. Brunetti regarda autour de lui et ne vit pas de télévision ni aucune trace de radio ; il ne tenait donc pas non plus son éloquence de ces médias. Les livres, alors ?

« Le fait que nous ne soyons pas des services sociaux, signore, expliqua Griffoni en reprenant sa voix normale et en cessant de jouer les assistantes sociales au visage avenant. La signora Segalin a confondu les rôles. Nous sommes de la police. »

Pozzi observa Griffoni un long moment. Son visage incontestablement intelligent changea d'expression, comme s'il envisageait de redevenir la créature apathique qu'il était à leur arrivée. Brunetti le regarda se focaliser sur eux puis replonger dans ses pensées, passer de son air vide à son air intelligent, pour finir par sombrer de nouveau dans la plus complète asthénie. « Êtes-vous ici pour l'incendie ? finit-il par demander, d'une voix si neutre qu'elle aurait pu sortir d'une machine.

— Est-ce le signor Bianchi qui vous l'a dit ? » s'informa Griffoni, surprise.

Surpris à son tour, Pozzi demanda : « Lui avez-vous parlé ?

— Oui. Hier.

— Que vous a-t-il dit ? »

Griffoni lança un regard interrogateur à Brunetti : c'était son enquête, après tout.

Cet homme aime Moroni, songea Brunetti ; il fit un signe d'assentiment à Griffoni.

« Il nous a raconté ce qui s'est passé lors de l'incendie.

— Ah, fit Pozzi, en prolongeant le son jusqu'à ce qu'il ne soit plus qu'un fin filet. Il vous a dit qu'il avait essayé d'empêcher Casati d'allumer une cigarette ?

— Oui, confirma Griffoni.

— Et que Casati l'avait sorti du bâtiment ? demanda Pozzi, comme si c'était lui maintenant qui menait l'enquête.

— Oui.

— Eh bien, cela au moins est vrai.

— Qu'est-ce qui ne l'est pas ? »

Pozzi esquissa un faible sourire. « J'ai probablement parlé trop vite. Il est davantage plausible qu'il ait demandé à Casati un briquet : ils fumaient tous deux dans des endroits où c'était interdit. Je les y ai surpris plus d'une fois.

— Et vous l'avez signalé ? le coupa Griffoni.

— Oui. Toujours.

— Cela ne les a pas empêchés de recommencer ?

— J'en doute, répondit Pozzi, comme quelqu'un énonçant une simple vérité humaine à une personne à l'esprit plus simple encore. Mais je n'étais pas avec eux lorsque l'incendie a éclaté et il ne faut jamais tirer de conclusions hâtives, n'est-ce pas ?

— S'ils n'ont pas provoqué l'incendie, comment aurait-il pu éclater ? demanda Brunetti.

— Par inattention, par négligence, par mépris pour les consignes de sécurité et pour les travailleurs. » Et au vu de leur étonnement, il ajouta : « Mais surtout, par désir d'épargner de l'argent : toujours et encore. C'était leur but.

— Celui de la société ? précisa Griffoni.

— Oui.

— Cependant, vous travailliez pour eux ?

— Oui », confirma Pozzi, en regardant sa couverture et en la remontant sur sa poitrine, comme s'il avait besoin de la chaleur qu'elle lui procurait. Ce geste rendit Brunetti soudainement conscient de la sueur qui lui trempait les aisselles et plaquait le dos de sa veste contre sa peau.

« Que faisiez-vous pour eux ? s'informa-t-il.

— Notre contrat consistait à les débarrasser de certains des matériaux utilisés dans les installations pétrochimiques. Une fois les déchets collectés et mis en barils, ils étaient envoyés par bateau vers les différents centres de traitement. J'étais l'ingénieur en logistique, chargé du dossier.

— C'étaient des matériaux contaminés ? » s'enquit Brunetti.

Pozzi regarda le dos de sa main droite et écarta soigneusement les doigts, comme fier de pouvoir démontrer qu'ils étaient tous là. « Tous les matériaux figurant sur ma liste l'étaient.

— Comme quoi, par exemple ?

— Le molybdène, le chrome, la dioxine, l'arsenic, le mercure, énonça-t-il, en martelant chaque mot. Et bien d'autres encore, naturellement ; ce ne sont que ceux qui me sont venus à l'esprit après toutes ces années. Sans oublier, bien sûr, une grande quantité de liquides hautement inflammables. »

Frappé par le naturel avec lequel il avait prononcé ces deux derniers mots, Brunetti demanda : « Vous n'y pensez plus ? »

Pozzi pencha la tête d'un côté pour réfléchir à cette remarque, puis déclara : « Non, je n'y pense plus. J'essaie d'occuper mon esprit par la peinture, les lignes et les couleurs, et les perspectives engendrées par la disposition des objets, ou encore la difficulté de peindre les yeux.

— Où partaient ces matériaux ? demanda Brunetti, indifférent aux problèmes de perspective.

— Ils étaient censés aller en Allemagne, en Suède et en Autriche, des pays qui étaient, qui sont, tous, bien mieux équipés que nous pour les traiter.

— Censés aller ? » répéta Griffoni.

Pozzi sourit pour la première fois et Brunetti imagina le bel homme qu'il avait dû être avant l'accident qui l'avait mis dans cet état. « Bravo, signorina », affirma-t-il, clairement ravi. Brunetti se sentit soudain agacé par la condescendance de Pozzi, comme si sa connaissance, alliée à son handicap, lui octroyait, à ses yeux, un privilège particulier et le droit de jouer les petits chefs.

Griffoni rétorqua froidement : « Vous l'avez dit d'une telle manière que je me suis sentie obligée de vous poser la question, ne croyez-vous pas, signore ? »

Le sourire de Pozzi s'éclipsa et il précisa : « Si peu de gens prêtent vraiment attention à ce qui leur est dit, signorina, que vous méritiez le compliment. » Brunetti se demanda si Pozzi avait si peu d'interactions sociales pour croire à de tels propos.

« Et partaient-ils vers ces pays ? relança-t-il.

— Cela n'était pas dans notre cahier des charges, signore. Nous livrions les barils aux camions ou, dans certains cas, aux bateaux ; les gens auxquels nous les livrions signaient nos factures et prenaient possession de la cargaison. Notre rôle se limitait à ça. Tout comme notre intérêt. »

Brunetti ne souffla mot et attendit que Griffoni relance le sujet. Elle ne tarda pas : « Vous souvenez-vous des noms de ces sociétés ?

— Non, pas après toutes ces années.

— N'avez-vous jamais su où ces cargaisons partaient ?

— Comme je vous l'ai dit, je n'ai aucun souvenir des factures.

— Ce n'est pas ce que je vous demande, signor Pozzi, répliqua-t-elle avec une première once d'impatience. Je vous demande si vous saviez où elles allaient.

— Je ne l'ai jamais demandé », déclara Pozzi.

Griffoni se pencha en avant et s'exprima d'un ton plus qu'insistant : « J'ai l'impression que, de nouveau, vous interprétez mal ma question. N'avez-vous jamais su où elles partaient ?

— Non.

— N'avez-vous jamais entendu parler de rumeurs sur leurs destinations ?

— Des rumeurs ?

— Parmi les gens avec lesquels vous travailliez. »

Il répondit par un sourire empreint d'une douceur et d'une autosatisfaction qui déplurent à Brunetti.

« Il y a toujours des rumeurs, n'est-ce pas ? » déclara Pozzi. Combien de fois le commissaire avait-il entendu des témoins se comporter ainsi ? Se croyant tellement plus intelligents que la personne qui les interrogeait, ils répondaient par des questions rhétoriques et essayaient tellement de couper les cheveux en quatre que même un jésuite y aurait perdu son latin.

Brunetti saisissait à présent la stratégie de Pozzi : c'était un chat, qui les voyait comme deux petites souris. Donner un petit coup par-ci, un petit coup par-là ; garder les griffes rentrées, au début, ou peut-être tout le temps. Et encore un petit coup, et on continue à s'amuser tout son saoul avec elles. « Est-ce que vous croyiez les histoires qu'on vous racontait, signor Pozzi ? demanda Griffoni.

— Disons que j'en ai trouvé quelques-unes intéressantes », répliqua-t-il.

Griffoni se tut. Brunetti l'observa de profil et vit sa langue humecter ses lèvres. « Et quelles étaient-elles ?

— J'ai entendu dire que certaines cargaisons partaient au Nigeria, d'autres en Campanie.

— Je l'ai entendu dire aussi », confirma-t-elle avec la plus grande indifférence.

Comme pour éveiller son intérêt, Pozzi spécifia : « Et certaines d'entre elles étaient à l'image du petit cochon dans les comptines anglaises. *This little piggy stayed home*[1]. » Sa prononciation révélait que sa connaissance de l'anglais se limitait à la lecture.

1. « Ce petit cochon est resté à la maison. » Comptine anglaise datant du XVIIIe siècle.

« Je crains de ne pas comprendre, dit Griffoni. Non pas votre anglais, nuança-t-elle rapidement – sage précaution que Brunetti vit comme un os à ronger qu'elle lançait à son fier interlocuteur –, mais la signification.

— Certaines des marchandises restaient à la maison, signorina », expliqua-t-il avec un sourire énigmatique, le genre de sourire dont se sert une femme séduisante lorsque sa réponse peut être un oui autant qu'un non.

Pozzi avait dit que certains barils étaient transportés par bateaux. Brunetti visualisa soudain les nombreux lieux et quais de déchargement dont était truffée la zone pétrochimique de Marghera, qui donnaient tous facilement accès à la lagune. Il se remémora les moments où il plongeait et nageait de long en large dans la vaste étendue d'eau pour se rafraîchir, en attendant le retour de Casati, parti collecter ses derniers échantillons. Il avait plongé comme un cormoran et nagé sous l'eau tant qu'il avait du souffle, remontant invariablement à la surface pour inspirer l'air vital.

Casati arrivait ensuite, nageant avec un bras en l'air, de manière à ne pas mouiller ses éprouvettes et pouvoir ainsi envoyer la terre prélevée au laboratoire chargé d'analyser les substances responsables, pensait-il, de la mort de ses abeilles.

« Oh mon Dieu, murmura Brunetti. Ils les déversaient dans la lagune. »

28

Des années plus tard, Brunetti se souviendrait encore du sourire qui se dessina sur le visage de Pozzi lorsqu'il savoura les derniers mots du commissaire. Les lèvres pincées, les coins de sa bouche remontaient très lentement. Puis son expression s'adoucit et ses traits se détendirent un bref instant. Les policiers avaient fini par assimiler ses allusions et ses réponses ambiguës, et l'un d'eux au moins en avait déduit ce qui s'était passé des années auparavant.

Brunetti se tourna vers Griffoni au moment où elle comprit les mots de leur interlocuteur : elle ne souriait pas. Brunetti s'aperçut que Pozzi l'observait également. L'effet qu'elle exerçait sur lui était patent : il plissait les yeux imperceptiblement pour mieux se focaliser sur son visage, appréhender son expression à mesure qu'elle s'imprégnait des informations qu'il détenait. Pozzi se détendit de nouveau et les rides reliant son nez à sa bouche disparurent. Il rajeunit considérablement et l'homme dans la fleur de l'âge qu'il avait été, avant que le feu ne brûle la chair de ses jambes, resurgit brièvement dans la pièce. Puis cet individu, encore capable de s'échapper en courant, s'évapora, et laissa derrière lui cette autre personne : sa coquille ? Son moi mutilé ? L'ombre de lui-même.

Avec les mots de Pozzi, c'était l'horreur qui s'était invitée dans la pièce, avivée par des années de rumeurs, de non-dits et de remarques plus ou moins comprises. Brunetti entendait ce genre d'histoires depuis longtemps, comme par exemple les arbres plantés dans le parc de San Giuliano, près de Marghera, morts en un an à cause, disait-on, des barils de déchets toxiques sur lesquels le parc s'étendait et qui avaient commencé à fuir. Il avait entendu des plaisanteries sans fin sur les palourdes de la lagune, qu'il était bien plus facile de pêcher la nuit car elles luisaient dans le noir. Mais il avait aussi connaissance de faits objectifs : il avait lu les tableaux de statistiques des cancers qui avaient décimé une génération d'ouvriers travaillant dans les usines emplies de matériaux nocifs que GCM Holdings et d'autres sociétés du même type étaient payées pour enlever.

Or Pozzi parlait de comptines comme s'il voyait, dans les dommages que continuaient à subir les autres, une source d'humour et non pas d'horreur, et comme si la pollution de la lagune n'était qu'un pion sur un échiquier dont il était seul à goûter le jeu. Brunetti eut l'impression que Pozzi voulait les étonner, et ne comprenait pas pourquoi la situation les choquait.

« Ah, fit-il, donc tous les bruits que nous avons entendus courir pendant des années étaient vrais ? »

Pozzi se métamorphosa en un professeur fier de ses étudiants. « Tous, je ne sais pas, signore. Mais une partie, oui.

— Si vous le saviez depuis tout ce temps, pourquoi n'avez-vous jamais rien dit ? »

Brunetti tentait de paraître curieux, et non pas indigné – non, cela, jamais !

Griffoni elle-même s'était transformée en une palourde, collée à un socle dur sous des mètres d'eaux troubles, devenue invisible et respirant à peine. Brunetti gardait les yeux rivés sur Pozzi, comme s'ils étaient seuls dans la pièce.

« Parce que, comme dit la Bible, il vaut mieux investir son talent que l'enterrer », proclama Pozzi, qui sourit en anticipant la réponse de Brunetti.

Ce dernier s'efforça de produire à son tour un large sourire, puis lui cita le même passage, pour lui retourner le compliment : « Qu'avez-vous fait, vous le bon et fidèle serviteur ?

— J'ai fait comme le premier serviteur : j'ai investi sagement mon gain.

— Et comment vous y êtes-vous pris ? » s'informa Brunetti, résolu à se comporter comme si on lui racontait une autre histoire ou une autre comptine.

Pozzi leva les yeux au plafond et le commissaire put l'imaginer en train d'ordonner ses mots, d'agencer son récit de manière à mettre le héros au bon endroit et au bon moment, où il était sûr de prendre la bonne décision. Il remarqua qu'il semblait plus grand qu'à leur arrivée.

« J'ai investi dans mon avenir », finit par lâcher Pozzi, avec un sourire furtif.

Brunetti se permit d'embrasser la pièce d'un regard admiratif, s'attardant plus longtemps que nécessaire sur la bibliothèque, évitant soigneusement le fauteuil où était assise Griffoni, avant de revenir vers Pozzi. Il songea à le féliciter mais, malgré ses efforts, ne put s'y résigner. Il se contenta d'un geste de la main et hocha la tête.

Interprétant effectivement le regard de Brunetti comme un compliment, Pozzi poursuivit : « J'ai mis un certain temps à comprendre que j'avais quelque chose à vendre et que j'avais un acquéreur.

— Comme tout cela semble facile dans votre bouche, répliqua Brunetti, soulagé de retrouver un ton normal.

— J'ai été à l'hôpital pendant des mois entiers, le saviez-vous ? » dit Pozzi. Brunetti secoua la tête, comme pour suggérer à la fois son ignorance et sa compassion. « Puis j'ai été envoyé dans un centre de rééducation. Public. On m'a donné un lit et attribué une heure de rééducation par semaine. Ils m'auraient laissé là jusqu'à ma mort. » Brunetti connaissait bien ce genre d'établissement.

« Après trois mois, quelques-uns de mes collègues sont venus me rendre visite et m'ont parlé des deux ouvriers qui étaient morts, ainsi que de Casati et de Bianchi. Ils m'ont dit que Bianchi avait été accueilli dans une clinique privée et placé dans une maison de santé privée à sa sortie de clinique. » Il laissa ces révélations faire leur effet, puis précisa : « Et je partageais une chambre avec trois autres patients, avec une heure de rééducation par semaine. »

Ni Griffoni ni Brunetti ne soufflaient mot. Leur silence l'incita à continuer.

« J'ai donc appelé GCM et leur ai dit que je voulais parler à un de leurs avocats et lorsqu'ils m'ont demandé à quel sujet, j'ai mentionné l'incendie. » Il marqua une pause pour observer la réaction de Brunetti, lequel joua parfaitement son rôle en se montrant des plus intéressés.

Satisfait de ce qu'il décelait sur le visage de ses interlocuteurs, Pozzi enchaîna : « Lorsqu'ils ont transféré mon appel, j'ai dit à la personne qui j'étais et où j'étais, et pourquoi. Je lui ai dit que j'avais eu beaucoup de temps à l'hôpital pour réfléchir à ce qui s'était passé avant l'incendie et que je voulais en discuter avec eux, avant de contacter les autorités. » Pozzi ne put réprimer un sourire, ce sourire madré que Brunetti n'appréciait guère.

« Les avocats sont venus le lendemain, à deux. Leur réactivité me prouvait que j'avais déjà gagné. Je leur ai dit que je savais quel traitement avait été accordé à Bianchi et que j'exigeais le même, avec en outre des exercices de rééducation tous les jours et une somme suffisante chaque mois pour pouvoir vivre comme je l'entendais. Je leur ai dit que je voulais passer avec eux le même accord que Bianchi. » Pozzi lança sa tête en arrière en un geste de pure joie. « Je ne savais pas ce que Bianchi leur avait donné, mais je savais ce qu'il avait obtenu.

— Vous saviez bien, n'est-ce pas, où étaient envoyés les barils ? s'enquit Brunetti.

— J'étais l'ingénieur en logistique, vous vous souvenez ? Je leur ai dit que j'avais fait des copies des factures de la société et que je les avais déposées en lieu sûr. C'était ma police d'assurance, signora, ajouta-t-il en voyant l'expression de Griffoni.

— Je vois, fit-elle avant de replonger dans le silence.

— Et ? » demanda Brunetti, même si le fait que Pozzi fût un patient de la Villa Flora rendait la suite évidente.

Pozzi sourit de nouveau à Brunetti. « Et j'ai tout obtenu : cet endroit, la rééducation, et même des prothèses pour mes jambes. »

Notant l'expression de surprise involontaire de Brunetti, il répéta : « Oui, je les ai eues. Comme ce Sud-Africain qui a tué sa petite amie. Elles sont dans l'autre chambre. Je leur ai demandé de les laisser là pendant la journée, parce que c'est plus simple de ne pas les utiliser tout le temps. »

Brunetti opina du chef et s'informa : « Est-ce que vous voyez Bianchi ? »

Avant de répondre, Pozzi lança un coup d'œil vers la porte, comme s'il craignait que ses mots puissent glisser sous le battant, descendre les couloirs et se frayer un chemin jusqu'à la chambre de ce dernier. « Je ne l'aimais pas quand nous travaillions ensemble, alors je ne vois pas pourquoi je l'aimerais maintenant. En outre, il ne peut pas lire, donc de quoi parlerions-nous ?

— Bien sûr, bien sûr », murmura Brunetti.

Un air d'autosatisfaction et de suffisance traversa de nouveau le visage de Pozzi. « L'avocat pensait probablement qu'il avait affaire à un handicapé idiot. Il m'a demandé de signer un formulaire attestant que la société avait respecté les plus hautes consignes de sécurité dans les zones qu'elle était chargée de nettoyer. » Puis l'orgueil fit place à la colère : « Pour qui me prenait-il ?

— Il vous sous-estimait, c'est clair, répliqua Brunetti, en toute honnêteté.

— Tout à fait, se rengorgea Pozzi.

— Qu'avez-vous dû donner… ? » commença le commissaire, mais il n'acheva pas sa question, se demandant jusqu'à quel point Pozzi pousserait les aveux devant un policier.

L'expression de ce dernier changea lorsqu'il répondit : « Je ne leur ai rien donné, signore. Je leur ai dit que je comprenais leurs préoccupations et que je n'avais aucunement l'intention de causer des problèmes à qui que soit, du moment qu'ils m'installaient ici. Ce sont des hommes d'affaires, ils ont compris les conditions de l'accord : tant que je serais ici, je ne dirais rien. Ce n'était pas du tout dans mon intérêt.

— Bien sûr », approuva Griffoni.

Songeant qu'il était plus sage de le détourner de ses négociations avec GCM, Brunetti reprit : « Vous avez mentionné le signor Casati...

— C'était un idiot, le coupa aussitôt Pozzi avec un sourire mesquin. Les hommes qui sont venus me voir m'ont dit que Davide avait passé trois mois dans un hôpital public. Pouvez-vous le croire ? »

Il semblait offusqué, telle une douairière à l'idée de devoir faire la vaisselle. Brunetti se limita à lever les sourcils et fut ravi de voir Griffoni secouer la tête à cette seule pensée.

« Puis-je vous offrir quelque chose ? reprit Pozzi. Un café ? »

Certain qu'il cherchait une occasion de les impressionner en donnant un ordre qui serait exécuté, Brunetti répondit avec la plus grande courtoisie : « C'est très aimable à vous, signor Pozzi, mais nous avons pris un café en route et nous devons rentrer en ville pour déjeuner.

— Peut-être une autre fois ? » renchérit Griffoni, son ton chaleureux laissant entendre que ce n'était que partie remise.

Elle s'enfonça dans son fauteuil en gardant son sourire et croisa les jambes. Brunetti décela le vif désir qui sillonna le visage de Pozzi, une réaction qui ranimait l'homme plus jeune et différent qu'il avait été, qui avait encore l'avenir devant lui, et non pas cette inutile petite coquille cramponnée à sa couverture.

Griffoni aussi dut capter son expression, car elle lui demanda, d'un ton empli d'une curiosité et d'une empathie réelles : « Pourriez-vous nous parler de l'accident ? »

Un autre sourire farouche se dessina sur le visage de Pozzi, le renvoyant aux derniers instants de sa jeunesse, puis il rit. C'était un son rouillé, comme s'il imitait un bruit entendu il y a fort longtemps et dont il pensait se souvenir suffisamment bien pour pouvoir le reproduire. Cela dura un bon moment, puis Pozzi finit par appuyer la tête contre le dossier du canapé. Il essuya ses yeux de la main et inspira profondément, attendant de retrouver son souffle.

« Je ne sais pas ce qui s'est passé, déclara-t-il. C'est cela qui est tellement curieux : je n'en ai pas la moindre idée.

— Mais vous étiez là.

— J'étais là, oui, dans mon bureau, à l'arrière de l'entrepôt. J'ai entendu un bruit. Au début, j'ai cru qu'il venait d'un des petits réservoirs que nous utilisions pour le transport des liquides. Ils faisaient parfois beaucoup de bruit, quand on les heurtait contre les quais de déchargement. Mais lorsque je l'ai entendu de nouveau, j'ai compris qu'il provenait de l'autre côté du bâtiment, pas du côté qui longeait le canal. J'ai marché… »

Il marqua une pause après ce verbe, puis reprit : « … jusqu'à la porte qui menait à l'entrepôt et quand je l'ai ouverte, j'ai vu que la partie centrale du hangar était en feu et que le bruit en question était celui des barils qui explosaient. J'étais incapable de réagir, comme de réfléchir. Tout ce que je voyais, c'était une ligne de feu entre la porte et moi. C'était la seule issue. Puis j'ai vu quelques employés bloqués comme moi par les flammes et j'ai couru vers eux. Je ne sais pas pourquoi : j'avais peut-être l'impression que nous serions plus en sécurité si nous étions tous ensemble. Je me suis alors aperçu que c'étaient Casati et un homme que je ne pouvais pas reconnaître, qui hurlait et frottait une substance noire qui avait complètement recouvert son visage. Il est resté là à crier jusqu'à ce que Casati le saisisse et coure vers la porte en traversant les flammes qui se propageaient en ligne droite. Je les ai dépassés parce que je ne portais personne et j'ai sauté par-dessus le feu. » Pozzi fit une pause, répéta le mot « sauté » et s'arrêta. Puis il enchaîna : « J'ai vu la lumière de l'extérieur et j'ai compris que j'étais sain et sauf, mais ensuite, quelque chose m'a frappé par-derrière et m'a terrassé. C'est tout ce dont je me souviens. »

Brunetti vit que, même si Pozzi était saisi de tremblements, son visage était couvert de sueur. L'homme passa la main sur ses yeux à la hâte, puis les essuya l'un après l'autre. Lorsqu'il la retira, son visage était sec.

Griffoni le regarda avec un sourire élogieux. « Eh bien, dit-elle, vous devez être un sacré négociateur. » Comme Pozzi ne répondit pas, elle insista : « GCM a bien dû lire dans les dossiers des pompiers et savoir que l'incendie était dû à un court-circuit.

— Bien sûr. »

Elle sourit de nouveau.

« Donc ils savaient que c'était à la compagnie d'assurances de payer ?

— Oui.

— De payer GCM, spécifia Brunetti. En tant que société. »

Il n'avait pas besoin de pointer du doigt le fait que GCM pouvait prendre ensuite ses propres mesures au sujet des compensations et des soins à procurer aux ouvriers blessés, ni de souligner les délais légendaires que s'autorisaient les employeurs et les compagnies d'assurances en la matière.

Griffoni embrassa la pièce tout entière d'un autre coup d'œil approbateur. « Vous avez obtenu tout cela de leur part ? » s'informa-t-elle, en feignant l'admiration.

Pozzi fit un signe d'assentiment, mais ne dit rien, le regard posé sur eux. Brunetti commençait à regretter d'être allé si loin. Il pensa alors à sa mère et aux principes de base qu'elle lui avait enseignés quand il était enfant : « Ne mens pas », « Dis s'il te plaît et merci », « Sois poli envers les personnes âgées et aide-les si tu peux », « N'embête jamais un handicapé », « Mange tout ce qu'il y a dans ton assiette et ne demande pas plus », « N'emprunte jamais d'argent », « Tiens tes promesses ».

« Où iriez-vous si GCM cessait de payer pour cet endroit, signor Pozzi ? s'enquit-il d'un ton badin et par pure spéculation.

— Quoi ? s'exclama Pozzi, alarmé.

— Si, pour une quelconque raison, GCM résiliait son contrat ici, comme ils l'ont fait avec le troisième lit ? S'ils supprimaient aussi le premier et le second ? Où est-ce que vous iriez, le signor Bianchi et vous ?

— Mais pourquoi le feraient-ils ? » Le visage de Pozzi était devenu blême et ses rides se creusèrent soudain.

« Cela m'a juste traversé l'esprit, signore, dit Brunetti, portant la main à son menton et faisant mine de réfléchir à la question de son interlocuteur. Vous savez qu'une enquête a été menée des années durant sur la question du nettoyage de Marghera. » Brunetti attendit que Pozzi opine du chef. Il évita de spécifier que l'investigation avait duré si longtemps que les gens l'avaient oubliée. « Si votre ancien employeur apprenait que de nouvelles preuves ont fait surface sur son implication dans cette affaire, pensez-vous qu'il pourrait… revoir votre situation ici ?

— On parle de millions d'euros, renchérit Griffoni, pour lancer sa propre attaque, dans le sillage de la question de Brunetti. Je suis certaine qu'ils aimeraient bien arrêter de verser ces sommes astronomiques. » Elle accompagna cette réflexion d'un sourire affable.

Stupéfait, Pozzi ouvrit grand la bouche. Il croisa les mains, puis les sépara et les posa à plat sur ses cuisses, dont Brunetti détourna ses yeux curieux.

N'embête jamais un handicapé. « S'ils viennent à savoir que ces informations proviennent du signor Bianchi ou de vous-même, je pense qu'il faudra vous contenter de ce que vous permettra votre retraite, émit Brunetti.

— Mais je suis sûre qu'ils vous laisseraient garder vos prothèses, signore », ajouta Griffoni.

Pozzi en eut le souffle coupé, comme si elle lui avait donné un coup dans la poitrine et il se pencha en avant, une main sur le cœur.

« Et comme vous venez tous deux du même endroit et que vous avez été collègues il y a longtemps, ils essaieront probablement de vous mettre avec le signor Bianchi dans la même chambre », conclut Brunetti. *C'est ainsi que fonctionne le harcèlement*, songea-t-il : *une personne commence, d'autres la rejoignent, en spirale, en distribuant des coups toujours plus forts, d'autres coups encore une fois que la victime est à terre, puis on l'encercle et on lui assène le coup de grâce.*

Pozzi avait toujours sa main sur le cœur, mais sa respiration s'était ralentie. « Que voulez-vous ? »

Griffoni regarda Brunetti avec une fausse candeur sur le visage. Elle ne souffla mot mais, comme le constata

Brunetti, ils s'étaient mis à tournoyer lentement autour de leur proie, cherchant la faille à exploiter.

« Vous avez dit que "le petit cochon est resté à la maison", signor Pozzi. Pourriez-vous me dire à quel endroit exactement ? » Brunetti parla d'un ton amical, comme s'il demandait où se trouvait le coiffeur qui lui avait fait une si belle coupe.

« Je ne me rappelle pas avoir tenu ces propos.

— Comme c'est étrange, déclara Griffoni. Je me rappelle bien vous l'avoir entendu dire.

— Tout comme moi », affirma Brunetti. Il désigna la poche de sa jupe, qu'il savait être vide. « Le magnétophone était allumé ? »

Elle regarda sa montre et poussa le cadran sur la droite. « Oui, commissaire.

— Quel soulagement de disposer de l'enregistrement, signore, s'il devait y avoir la moindre querelle au sujet de notre conversation. » Brunetti lui fit un sourire qu'il espérait rassurant et reprit : « Comme je disais, où se trouvait donc le petit cochon qui était resté ? »

Pozzi tourna la tête en direction de sa chambre. Brunetti songea qu'il était probablement en train de regarder ses jambes artificielles et de regretter qu'elles soient dans l'autre pièce. En faisant fi de sa honte, il ajouta : « Nous aimerions aussi savoir ce qui s'est passé entre le signor Bianchi et vous. »

Comme un animal traqué, Pozzi poussa un cri perçant, avant même d'avoir reçu le coup de bâton. « Comment savez-vous cela ? » demanda-t-il sans chercher à nier.

Brunetti haussa les épaules ; Griffoni était assise tranquillement et se taisait.

Pozzi regarda la porte qu'il aurait pu gagner s'il avait mis ses prothèses. Sa main fouilla la poche droite de son peignoir ; il tapota son portable, mais ne le sortit pas. Peut-être craignait-il de se le faire confisquer ?

Lorsqu'il comprit qu'il n'obtiendrait aucune réponse, Pozzi expliqua, sur le ton d'un enfant boudeur : « Il m'a parlé de sa conversation avec Casati, qui lui avait dit qu'il allait appeler la police.

— Pourquoi Casati aurait-il fait une chose pareille ? »

Pozzi prit le temps de réfléchir à la question ; son regard se perdit par la fenêtre, la tension autour de ses yeux disparut, et Brunetti sut qu'il s'apprêtait à mentir : après une pause si longue, la vérité ne pouvait être que stressante, alors que le mensonge était un soulagement.

« Bianchi m'a certifié qu'il n'avait rien dit.

— Pourquoi Casati aurait-il fait une chose pareille ? » répéta doucement Brunetti, comme si Pozzi n'avait pas répondu.

Décontenancé, ce dernier ne chercha pas à cacher son irritation : « Comment pourrais-je savoir ce qu'il avait en tête ?

— Je croyais que vous le connaissiez, que vous étiez de bons amis.

— Nous travaillions ensemble, il y a des années de cela. Ce n'était pas de l'amitié.

— De quoi s'agissait-il, dans ce cas ? » intervint Griffoni.

Brunetti l'observa et s'aperçut que c'était une réelle question, qui avait de l'importance à ses yeux. Il attendit.

Pozzi se remit à observer les roses dans le jardin et le commissaire commença à se sentir submergé par la chaleur de la pièce, accentuée par la vision de cet homme enveloppé de laine. Était-ce la perte de ses jambes qui ralentissait la circulation et le rendait ainsi plus vulnérable au froid ? Comment faisait-il en hiver ?

« Je ne sais pas, finit par répondre Pozzi. Bianchi était son ami. Pourquoi n'allez-vous pas le lui demander ?

— Peut-être que ce serait mieux, effectivement », approuva Brunetti, et il se leva.

29

Comme ni l'un ni l'autre ne voulaient avoir affaire à la signora Segalin, ils décidèrent d'un commun accord de retourner tout seuls dans la roseraie, puis ils traversèrent la pelouse en direction de la gloriette. Un homme y était assis dans un fauteuil en rotin. Il leur tournait le dos et semblait parler tout seul. Lorsqu'ils reconnurent la voix du signor Bianchi, ils eurent la sensation gênante de le déranger.

Cependant, avant même qu'ils s'annoncent, Bianchi déclara, d'une voix délibérément puissante : « Je pense que nos hôtes sont revenus, Bardo. Pourquoi ne vas-tu pas leur dire bonjour ? » La tête du chien surgit de sous le fauteuil, suivie de son corps, puis il descendit les marches en trottinant pour aller les saluer. Sans doute les avait-il reconnus à l'odeur, ou bien est-ce la voix de Bianchi qui avait donné le *la* : toujours est-il qu'il vint vers eux joyeusement et s'assit à leurs pieds.

Griffoni se baissa et lui frotta la tête et le cou. La queue du chien balaya le gravier. Bardo se leva, alla vers Brunetti qui se pencha pour lui cajoler la tête. « Cela fait plaisir de te revoir, Bardo », puis, conscient de cet impair, il plaqua ses doigts contre ses lèvres.

« Vous êtes revenus me poser des questions ? demanda Bianchi.

— Oui, confirma Brunetti. Nous venons de nous entretenir avec votre collègue, le signor Pozzi. »

Bianchi tourna sa chaise dans leur direction. Il appela son chien qui monta l'escalier en courant et lui sauta sur les genoux. « J'imagine qu'il ne vous a pas beaucoup aidés. C'est quelqu'un de très évasif. » Puis, d'une voix quasi hospitalière, il ajouta : « On dirait que Bardo vous aime bien, tous les deux, pourquoi ne montez-vous pas vous asseoir avec moi ? La signora n'a pas touché aux fauteuils depuis hier. »

Tandis qu'ils gravissaient les marches, Bianchi précisa, avec une fierté enfantine : « Personne ne peut arriver à mon insu », sans préciser si c'était son ouïe ou celle de Bardo qui les avait détectés et identifiés.

« Mais il n'a pas aboyé, remarqua Brunetti, qui avait pris le fauteuil en face de Bianchi.

— Cela signifie qu'il a confiance en vous. »

Bianchi passa sa main valide sous le cou de Bardo. Brunetti crut entendre le chien soupirer d'aise et décela de la joie dans ses yeux.

« Signor Bianchi, nous voudrions vous poser davantage de questions sur votre vieil ami, Davide Casati. » Comme Bianchi gardait le silence, il ajouta : « Je l'ai connu, mais seulement peu de temps. Nous avons ramé ensemble dans la lagune et passé des journées entières à parler. De tout et de rien.

— C'est bon de parler ainsi à un autre homme, approuva Bianchi.

— Avez-vous ramé avec lui ? demanda Brunetti, en réponse à une sensation fugace qu'il perçut dans la voix de l'aveugle.

— Non, l'eau n'a jamais été mon élément, contrairement à Davide. Dans tous les cas, nous étions beaucoup plus jeunes à l'époque. Et différents.

— Lorsque vous travailliez ensemble ?

— Même avant. Nous nous connaissions depuis fort longtemps.

— Étiez-vous des amis proches ? s'informa Brunetti, parfaitement conscient de son utilisation du simple imparfait.

— Des frères ne pourraient l'être davantage.

— Mais vous vous êtes fâché avec lui ? »

Bianchi baissa la tête, une habitude, peut-être, du temps où il voyait. « Nous étions en désaccord.

— À quel sujet ?

— Il m'a demandé conseil ; je le lui ai donné, mais il ne m'a pas écouté.

— Que vous a-t-il demandé ? »

Bianchi garda les yeux baissés comme s'il n'avait pas entendu la question de Brunetti. Il continuait à gratter le cou de Bardo, puis sa main s'arrêta et il la posa tranquillement sur la tête du chien. « Je ne sais pas de quelle couleur est Bardo, énonça-t-il à leur grande surprise. Et même si quelqu'un me disait qu'il est brun ou blanc, cela ne signifierait rien pour moi, car j'ai oublié comment sont les couleurs. Je ne peux plus me les représenter mentalement. »

Brunetti le vit pincer les lèvres à ces mots et afficher un air de consternation, ou peut-être de résignation. Il poursuivit : « Il m'a dit qu'il allait causer des problèmes.

— À quel propos ?

— Je pense que cela n'a plus d'importance, désormais. J'ai vu trop de problèmes dans ma vie. Je ne veux plus en voir. »

Le mot frappa Brunetti : était-il le seul à l'avoir entendu ? « Qui des deux allait subir ce problème, vous ou lui ? »

Bianchi ne souffla mot.

« Qui de vous deux ? répéta Brunetti.

— C'était son problème ; c'était mon problème aussi.

— Était-ce sur ce point que vous étiez en désaccord ? Parce que vous ne vouliez pas, vous, avoir de problèmes ? »

Bianchi leva brutalement le visage vers lui, les traits déformés par la colère, et Brunetti ne put s'empêcher d'avoir un mouvement de recul. En réponse, Bardo sauta des genoux du vieil homme et alla vers Griffoni. Il posa une patte sur son genou et elle se pencha pour le soulever. Il s'assit tout droit, les yeux alertes, tournés vers son maître.

D'un ton lent et d'une voix très claire, Bianchi précisa : « Je ne voulais pas que *lui* ait des ennuis. Je vous l'ai dit : j'en avais eu beaucoup, je ne voulais pas qu'il en ait aussi.

— Vous aviez déjà eu le même genre de problèmes, tous deux, insista Brunetti. Souvenez-vous, je vous ai dit que j'étais allé nager avec lui et que j'en ai vu les conséquences. » Brunetti se sentait suffoquer sous l'occurrence réitérée de ce verbe « voir ».

« J'ai essayé de lui faire comprendre qu'il ne vivrait jamais en paix s'il ne m'écoutait pas, expliqua Bianchi, la voix affaiblie et ralentie sous le poids de la tristesse.

— Et maintenant, il est mort », assena Brunetti.

Bianchi ne dit rien et tapota ses cuisses à l'endroit où s'était assis Bardo, comme pour retrouver le réconfort que lui procurait la présence de son chien. « Oui. Maintenant, il est mort.

— Parce qu'il ne vous a pas écouté ? »

Bianchi haussa les épaules, ce qui souleva celles de sa veste en laine différente aujourd'hui, mais non moins lourde. Il soupira profondément. En réaction, Bardo sauta des genoux de Griffoni sur les siens et s'y enroula, sa queue battant contre la poitrine de son maître. L'aveugle posa sa main valide sur le dos du chien qui se calma.

« Non, pas à cause de cela, mais parce qu'il ne pouvait écouter personne. Ou ne voulait pas. » Il fit un demi-sourire et nota : « C'est étrange, n'est-ce pas, la manière dont nous disons toujours "ne peut pas", alors que nous voulons dire "ne veut pas". Mais sans doute ne sommes-nous pas assez honnêtes pour le reconnaître ? »

Griffoni leva un bras et fit un petit signe pour capter l'attention de Brunetti. Bardo fut le seul à noter le geste. Elle fit une grimace en signe d'incrédulité, puis leva son index droit et l'agita de droite et de gauche pour signaler son scepticisme. Brunetti aussi avait perçu le changement de ton lors de la digression de Bianchi.

« Que lui avez-vous dit qu'il ne voulait pas entendre ? » insista-t-il.

Bianchi secoua la tête, comme incrédule face à l'obstination de Brunetti à parler de ce sujet. Le commissaire craignit un moment que Bianchi ne fît, en guise de réponse, une remarque énigmatique à son chien : dans ce cas, Brunetti pourrait bien être amené à tourmenter un autre handicapé. Son esprit dériva et il se demanda pourquoi harceler les handicapés était bien pire que les violenter physiquement. Leur corps était endommagé, mais pas leur dignité. S'en prendre à eux moralement signifiait s'en prendre à la fierté qu'ils étaient parvenus à sauver. Sa mère avait su saisir cette subtilité dans l'éducation qu'elle avait donnée à Brunetti.

« … la mort de sa femme », entendit-il, lorsqu'il tourna de nouveau son attention sur Bianchi.

« Je crains de ne pas comprendre », dit-il, dissimulant comme il pouvait son moment d'absence.

Bianchi pencha la tête sur le côté, perplexe. « Je pensais avoir été assez clair, commissaire. Il se reprochait la mort de sa femme, aussi absurde que cela puisse paraître.

— Pourquoi ? » intervint Griffoni.

Bianchi haussa les épaules. « Il m'a dit qu'il ne l'avait pas protégée. Il disait qu'il aurait dû connaître le danger. »

Le silence régna un certain temps. Griffoni le brisa en demandant : « Comment votre relation a-t-elle pris fin ? »

Bianchi s'éclaircit la gorge et répondit à la question de Griffoni le visage tourné vers Brunetti : « Nous nous sommes disputés. C'était la première fois en toutes ces années. J'ai essayé de le raisonner, mais il ne voulait pas m'écouter.

— Parce que vous n'étiez pas d'accord avec lui ?

— Non, pas à cause de cela. Parce que je ne pouvais pas lui expliquer.

— Pourquoi ? demanda-t-elle avec douceur.

— Parce que je lui ai menti sur cet endroit dès mon arrivée. » Sur ces mots, Bianchi baissa la tête et mit sa main valide sur ses yeux, comme s'il voulait se dérober à la vue des voyants.

« Pourquoi ? répéta-t-elle.

— Je ne voulais pas qu'il vienne me rendre visite car il aurait vu comment c'était et aurait su ce que j'avais fait », avoua Bianchi.

Brunetti remarqua que le visage de l'homme était couvert de sueur et que ses lunettes noires avaient commencé à lui glisser le long du nez. Comme Bianchi avait posé entre-temps sa main non abîmée sur la tête du chien, il se servit du pouce de l'autre main pour les remettre en place, un geste que Brunetti observa avec une sensation proche de la répulsion.

« Et s'il l'avait su ? fit-il, pleinement conscient de ce que Bianchi sous-entendait. En quoi cela aurait-il changé les choses ?

— Il aurait compris qui payait pour tout cela. L'offre qu'ils m'avaient faite et que j'avais acceptée. Comme Pozzi. » Il prononça ce nom avec désespoir, tel un chrétien le nom de Judas.

« Alors que lui n'en a pas voulu », compléta Brunetti.

Bianchi hocha la tête. Griffoni et Bardo restèrent immobiles et silencieux, le chien parce qu'il s'était endormi et la commissaire parce qu'elle ne voulait pas détourner l'attention de Bianchi.

« Pourquoi a-t-il refusé cette offre ? »

Avec un rire sec dépourvu d'humour, Bianchi rétorqua : « Parce qu'il était meilleur que nous. » Il se détourna, enleva sa main du chien et l'enfouit dans la poche de son pantalon. Il sortit un mouchoir blanc, le déplia et avec sa main valide, se mit à nettoyer ses lunettes.

Griffoni et Brunetti rivèrent les yeux au sol, jusqu'à ce que Bianchi déclare : « Nous avions tous des soupçons – tous les gens qui travaillaient là-bas en avaient – sur leurs manigances, sur la destination des camions et leurs cargaisons. » Ils le regardèrent de nouveau et virent que son visage était sec, ses lunettes noires de nouveau en place, sans plus la moindre trace de mouchoir.

« Mais c'était il y a si longtemps et qui savait alors, ou se préoccupait de ça ? demanda Bianchi, usant de ce qu'il maîtrisait le mieux, la question rhétorique. Du moment que la marchandise disparaissait, qu'est-ce que cela pouvait nous faire ? En outre, nous étions des ouvriers, des hommes solides, avec femmes et enfants, donc nous n'avions pas le temps de… » Il s'arrêta et commença à caresser le corps endormi de Bardo, veillant soigneusement à aller de la nuque du chien à sa queue.

Brunetti trouvait ce geste étrangement paisible et se tut pendant un certain temps. Lorsque Bardo se retourna dans son sommeil et se mit sur l'autre flanc, Bianchi leva la main et répéta : « Pas le temps de penser à quoi que ce soit ou à qui que ce soit, en dehors de nos petits cercles, et pas le temps de réfléchir à l'avenir et à nos actes.

— Que s'est-il passé ?

— L'accident, bien sûr, répondit Bianchi, déçu de la lenteur d'esprit de Brunetti.

— Non, je veux dire, qu'est-il arrivé à Casati ? Pour le changer ainsi.

— Ah, bien sûr… Je pense que c'est la douleur et l'inertie du temps qui passe. Quand vous souffrez, vous avez besoin de penser à quelque chose qui puisse vous libérer partiellement de la douleur, mener votre esprit vers un lieu dénué de souffrance. Je parle de la douleur qui dure des semaines et des semaines et qui, pensez-vous, ne vous laissera plus le moindre répit de toute votre vie, ajouta-t-il aussitôt, comme pour les empêcher de l'interrompre. C'est cela qui l'a changé. Il est resté à l'hôpital pendant des mois entiers, parce que ses blessures guérissaient mal – c'est souvent le cas avec de graves brûlures –, et il ne cessait d'avoir de nouvelles infections. » Il marqua une pause pour leur céder la parole, mais aucun des deux ne parla.

« C'est là qu'il a changé, pendant ces mois-là. Franca s'est installée dans sa chambre et a refusé de s'en aller lorsque les infirmières le lui ont demandé. Elle a envoyé Federica chez son frère et s'est installée à l'hôpital avec une valise, jusqu'au moment où Davide a été suffisamment d'aplomb pour rentrer à la maison. » Bianchi s'arrêta soudain et resta assis en silence, comme s'il se remettait en mémoire des paroles entendues. Puis, d'un ton encore plus pressant, il déclara : « C'est pourquoi ce fut si terrible pour lui lorsqu'il…

— Quand vous a-t-il raconté tout cela ? l'interrompit Brunetti.

— Oh, il ne l'a jamais fait. Enfin, pas directement, pas en une seule fois. C'est comme si tous ces faits s'étaient glissés dans ses mots au cours de nos années de conversations.

— C'est une longue période. L'avez-vous revu ?

— Non. Parler nous suffisait, répondit Bianchi, mais sans conviction. Davide est allé vivre à Sant'Erasmo. Il pouvait partir à la retraite. Au début, il ne voulait pas la prendre, mais Franca lui a dit qu'il la méritait.

— Il croyait sa femme ?

— Il l'avait vraiment méritée, rétorqua Bianchi.

— Est-ce tout ce qu'il a reçu de leur part ? » Brunetti jeta un coup d'œil éloquent à la gloriette et aux roses. Il comprit à l'expression de Bianchi qu'il n'obtiendrait aucune réponse et demanda : « Et Pozzi ? »

La bouche de Bianchi se crispa à la simple mention de ce nom. Brunetti le regarda réfléchir et prit conscience de tout ce que révèlent les yeux d'ordinaire : cachez-les, et vous perdez une source d'indices. « Il le méritait aussi, finit par dire Bianchi.

— De vivre ici ?

— Oui.

— Et vous ? En quoi l'avez-vous mérité ? » s'enquit Brunetti à brûle-pourpoint.

Le corps de Bianchi se raidit à la brusquerie de la question du commissaire. De nouveau, Brunetti observa l'homme, ses lunettes et son visage impassible. La réponse tarda à venir, puis Bianchi égrena ses raisons d'une voix douce et neutre : « Par la douleur que j'ai endurée. Et aussi par la paresse. La peur. La honte. » Brunetti crut qu'il avait terminé sa liste lorsque Bianchi ajouta : « La cupidité. »

Les deux commissaires échangèrent un regard, mais aucun des deux ne prit la parole.

Bianchi émit un bruit, à mi-chemin entre le grognement et le rire : « Nous sommes un peu comme des animaux en captivité, Pozzi et moi. Nous sommes nés dans la forêt et y avons vécu longtemps. Mais ensuite nous avons été capturés et transformés en animaux domestiques, et maintenant nous sommes trop bien dressés et apprivoisés pour pouvoir retourner à la forêt, donc nous restons là où nous sommes nourris, soignés et protégés. » Il opina plusieurs fois du chef, comme s'il n'avait jamais songé à cette comparaison auparavant et qu'il la trouvait appropriée.

Il posa sa main valide sur la tête du chien. « Même Bardo est plus courageux que nous : il aboie encore, il grogne et il mord. Ils m'ont dit que, la semaine dernière, il a attrapé un bébé lapin et qu'il l'a mis en pièces. » Il sourit de nouveau à cette pensée, fier de son chien. « Alors que Pozzi et moi sommes assis ici et attendons la becquée.

— Tandis que Casati est retourné à la forêt ? »

De nouveau, Bianchi bougea un peu la tête vers la gauche, de façon à ce que son visage pointe bien dans la direction de Brunetti. « Dois-je répondre, signore… Je suis désolé, j'ai oublié votre nom. Et votre rang.

— Brunetti. Commissaire. Non, vous n'avez à répondre à aucune de nos questions. » Il savait qu'il n'était pas forcé d'en dire davantage, mais il précisa tout de même : « Tout du moins, sur le plan légal.

— Ah, vous êtes donc un policier philosophe ? »

Gardant le silence, Brunetti songea à la personnalité de ces deux hommes : Pozzi, grand lecteur d'histoire de l'art et passionné de peinture, et Bianchi, débordant de métaphores et conscient du sérieux de leur conversation.

« Il est difficile de croire que vous ayez travaillé tous deux dans une usine, déclara-t-il.

— Vous pensez à Pozzi et ses tableaux ?

— Oui.

— Et moi, avec mes spéculations ?

— Exactement.

— Nous avons eu vingt ans pour… cultiver de nouveaux centres d'intérêt, conclut-il ironiquement.

— Tout le monde n'aurait pas passé son temps ainsi.

— Tout le monde n'est pas handicapé.

— Que devait faire Casati ? demanda Brunetti après une pause.

— Nous devions être certains qu'il se taise.

— "Nous" ? »

Brunetti, lassé de l'attitude du vieil homme, avait durci le ton. Bianchi baissa la tête pour s'adresser à son chien. « L'heure de la vérité a sonné, Bardo. Heureusement que tu ne la comprendras pas, parce que tu ne m'aimerais plus si tu l'apprenais. » Il posa ses paumes au-dessus des oreilles du chien et continua : « Je leur ai tout raconté. Il y a des années, quand je suis arrivé ici et que Davide est allé à Sant'Erasmo, je lui ai demandé ce qu'il allait faire et il m'a dit qu'il n'avait pas envie de causer des problèmes, que l'accident était notre punition et que pour lui, ça s'arrêtait là. » Il marqua une pause puis ajouta, d'un ton passant de l'ironie à la souffrance : « Il ne m'aurait jamais menti.

— Leur avez-vous répété votre conversation ? demanda Brunetti, craignant d'entendre la réponse.

— Je leur ai dit ce qu'il m'avait dit, qu'il ne parlerait jamais de ce que nous avions fait.

— Comment ?

— Que voulez-vous dire par "comment" ?

— Comment les avez-vous contactés ?

— J'appelais le signor Maschietto tous les deux ou trois mois, ou c'est lui qui m'appelait et quand il a pris sa retraite, je parlais à son fils.

— Pour rapporter tout ce que Casati vous disait ? »

L'acuité de la question surprit Bianchi, mais apparemment sans l'offenser. Après quelques instants de réflexion, il finit par confirmer : « Si cela concernait la société, oui.

— Quel est le dernier élément que vous leur ayez révélé ?

— Qu'il avait trouvé..., commença Bianchi, puis il s'éclaircit la gorge plusieurs fois avant de poursuivre : Qu'il avait trouvé ce qui tuait ses abeilles, qu'il avait les rapports du laboratoire et avait compris ce qui se passait au niveau du sol et de l'eau. »

Bianchi s'arrêta et tourna son visage sur le côté, un geste désormais dénué de signification. « Il a dit que c'était trop pour lui. Qu'il ne pouvait plus le supporter.

— Que voulait-il dire ?

— C'est ce que je lui ai demandé, rétorqua Bianchi, sur la défensive. D'abord il m'a dit qu'il voulait vous appeler.

— Moi ? demanda Brunetti.

— La police. Puis il m'a dit qu'il hésitait.

— Qu'avez-vous fait, signor Bianchi ? »

Le vieil aveugle agrippa les bras de son fauteuil. « J'ai appelé Maschietto et je lui ai tout raconté. »

30

Eh bien, il n'a pas perdu de temps ! se dit Brunetti. On ne venait pas plus tôt de lui faire une confidence qu'il était déjà au téléphone pour l'échanger contre… Contre quoi ? Du poulet grillé pour Bardo ?

Luttant contre son dégoût, il demanda : « Vous avez appelé le fils et lui avez dit ce que vous venez de me dire ?

— Je ne lui ai pas dit que Davide voulait appeler la police. Croyez-moi ! » gémit Bianchi. Sans crier gare, il enleva ses lunettes et plaqua son bras contre ses yeux quelques secondes, avant de le laisser retomber. Brunetti et Griffoni découvrirent sans y être préparés les séquelles de l'explosion advenue il y a si longtemps sur son visage et ses yeux, et la colère de Brunetti retomba.

Le commissaire resta calmement assis pendant un long moment, à la recherche d'un argument ou d'une question et luttant contre la tentation d'évoquer les trente pièces d'argent[1].

Dans d'autres circonstances, il aurait accablé l'homme de sarcasmes, mais la vision fugitive de son visage l'en empêchait.

1. Le prix pour lequel Judas Iscariote a trahi Jésus de Nazareth, d'après l'Évangile selon Matthieu, XXVI, 15.

« J'ai prévenu Davide, poursuivit Bianchi d'une voix ferme. Je lui ai dit de ne même pas songer à en parler à qui que ce soit. » Il agita les doigts vers Brunetti et Griffoni. « Surtout à la police.

— À qui d'autre aurait-il pu se confier ? »

Bianchi leva la main en signe d'exaspération. « Pour autant que je sache, à sa femme. » Il s'interrompit, figé, la paume toujours en l'air. Il la posa lentement sur le bras de son fauteuil, en veillant à ne pas déranger son chien endormi.

Brunetti regarda Griffoni qui ne souffla mot. Elle leva légèrement les sourcils, trahissant son habitude de ne laisser filtrer aucune réaction aux propos d'un témoin. D'un geste, Brunetti l'enjoignit à la patience.

Il s'écoula un long silence, interrompu finalement par Bianchi : « C'était bien ce qu'il aurait fait, il serait allé lui parler. C'est fou, mais il le faisait tout le temps. » Il hocha la tête puis continua, plus lentement, comme si ses mots étaient des pas devenant de plus en plus lourds à chaque marche qu'ils gravissaient. Épuisé, il atteignit le sommet de ce long escalier et conclut : « Et elle lui disait quoi faire. »

Il tourna son visage vers l'endroit où ils étaient assis ; il garda la bouche ouverte, comme s'il ne pouvait trouver de l'air que de cette manière.

Lorsque le son de sa lourde respiration devint insupportable, Griffoni lui demanda avec un timing parfait et la plus grande nonchalance : « La connaissiez-vous ?

— Je l'ai vue quelques fois au fil des ans.

— Comment était-elle ? »

Bianchi réfléchit un instant, puis répondit : « Tout ce dont je me souviens, c'est qu'elle était petite et que je la trouvais à l'époque très jolie. J'ai aussi le souvenir de très grands yeux, très foncés. Mais il ne me reste que la mémoire des mots. Davide l'aimait. Il l'aima éperdument dès leur première rencontre. Et cet amour a duré toute leur vie. Il avait oublié qu'il existait d'autres femmes sur terre. »

La voix de Bianchi était devenue incantatoire ; c'était celle d'une personne racontant un conte de fées. Casati était le prince, sa femme la princesse. Mais où était le dragon ?

« Quand elle est morte, enchaîna le vieil homme sans se soucier de nommer le dragon qui l'avait tuée, après une longue maladie, il s'est senti perdu. Au début, il disait que sa vie n'avait plus aucun sens, si ce n'était aider sa fille et sa famille parce qu'elles avaient besoin de lui. Et puis il y a eu les abeilles ; il disait qu'il avait trouvé une nouvelle raison de vivre, qu'elles aussi avaient besoin de lui. C'est fou, n'est-ce pas ? »

La tête baissée, il opina plusieurs fois pour marquer l'étrangeté de ces propos, puis répéta : « Les abeilles. »

Brunetti songea à demander à Bianchi en quoi les abeilles étaient différentes de Bardo, mais s'en abstint, fidèle à l'injonction de sa mère et certain qu'il était futile d'essayer de rallier les gens à sa conception du monde.

Il eut la sensation qu'il avait fait désormais le tour de la question et qu'il n'apprendrait rien de plus. Il se leva et Griffoni en fit autant. Incapable de renoncer à sa vieille habitude de voyant, Bianchi leva la tête vers eux.

« Je n'avais pas le choix », déclara-t-il d'une voix qu'il s'efforçait de garder calme.

Brunetti voulait répliquer que, même si ce n'était pas un choix facile, il *avait* eu le choix, mais il se tut, tenaillé par la pitié que lui inspirait cet homme.

« Nous devons nous en aller, signore », dit-il.

Bianchi se leva si rapidement que Bardo fit un vol plané. Le chien détala à droite, en raclant le parquet de ses ongles, et alla se réfugier sous le fauteuil de Brunetti avant de lever les yeux sur son maître.

Bianchi tendit sa main valide, mais en se levant, il s'était détourné d'eux, et tous deux préférèrent faire semblant de ne rien remarquer.

Ils partirent aussi furtivement qu'ils étaient venus : personne ne les interrogea sur leur arrivée ni sur leur départ.

Une fois dehors, ils gagnèrent en silence la voiture qui les attendait et s'assirent à l'arrière. Le chauffeur, sans rien dire, démarra et prit la direction de Venise.

Lorsque la villa fut derrière eux, Griffoni se tourna vers Brunetti. « Que s'est-il passé ? » s'enquit-elle.

Il haussa les épaules et regarda par la fenêtre, tandis que la voiture suivait l'autoroute les menant vers la ville. *Quand les choses ont-elles commencé à mal tourner ?* se demanda-t-il. *Quand ces horribles bâtiments, ces usines et ces parkings, ces hypermarchés et centres commerciaux ont-ils commencé à surgir comme des monstres crachés par la gueule du dragon ?*

Il attendit un long moment avant de répondre à la question de Griffoni. « Je ne sais pas. Peut-être que sa femme lui a dit ce qu'il devait faire. Cela a tout l'air d'un accident.

— Mais avant l'incendie ? Comment pouvait-il simplement se contenter de sortir ces matériaux et de s'en débarrasser ? »

Pour Brunetti, la réponse semblait plutôt simple : « Parce qu'il ne vivait pas là et qu'il était plus jeune. Que sa femme était en bonne santé et qu'il n'avait pas d'abeilles, donc il n'avait pas ce genre de préoccupation.

— Tu as dit que c'était quelqu'un de bien.

— Il est devenu quelqu'un de bien, rectifia Brunetti.

— Les gens ne changent pas, répliqua-t-elle, se faisant l'interprète de la sagesse acquise par les Napolitains au fil des siècles.

— S'ils atteignent un certain degré de souffrance, ils changent, rétorqua Brunetti, qui nuança aussitôt : Ou peuvent changer. »

L'attention de Brunetti se détourna de Griffoni et revint à Casati, cet homme solitaire et taciturne. Au moment où il travaillait au service de nettoyage, avec tout ce que cette activité pouvait comporter, c'était un homme marié et un père. Il savait sûrement ce qui était expédié par bateau vers le sud et ce qui était déversé dans la lagune. Et peut-être avait-il même aidé à jeter les déchets toxiques dans ce qui était le parc actuel, avec vue sur la belle silhouette de la ville. Sans que cela l'ait dérangé le moins du monde.

Les gens prennent rarement en considération les conséquences de leurs actes, Brunetti le savait. Le désir justifiait tout. Mais il n'avait aucune idée de ce que Casati avait pu désirer pendant toutes ces années passées, avant de devenir l'homme qu'il était à sa mort. Ni ce qu'il avait bien pu désirer, juste avant de mourir.

31

Lorsque la voiture emprunta la route nationale, Griffoni se tourna vers Brunetti. « Alors ?

— Est-il tombé, ou a-t-il sauté ? » demanda Brunetti de manière rhétorique, rongé par ce doute.

Griffoni parut surprise, peut-être même incrédule. « Tu plaisantes ? »

C'était la première fois qu'elle réagissait aux mots de son collègue et non pas au ton qu'il avait employé, et Brunetti en fut déçu. « À peine », répliqua-t-il sobrement. Les deux possibilités aboutissaient à la mort. Face à cette réalité, toute spéculation se révélait dénuée de sens.

Brunetti avait réfléchi à ces hypothèses pendant des journées entières et il les remaniait en fonction de chaque élément nouveau dont il prenait connaissance. « Il a dû aller parler à sa femme.

— Pour lui dire quoi ?

— Il lui avait probablement déjà avoué que par ses actes, il avait contribué à la tuer. Cette fois, il est allé lui dire qu'il était en train de tuer ses abeilles.

— Tu ne trouves pas que tout cela est un peu trop mélodramatique, Guido ? demanda-t-elle, sans chercher à masquer son exaspération. Les hommes ne se suicident pas parce que leurs abeilles meurent. »

Brunetti avait lu récemment dans un livre que l'épervier pouvait distinguer les veines sillonnant les ailes d'un papillon : qui peut savoir tout ce que l'on peut voir ? Ou sentir. Les possibilités sont illimitées, alors que chacun de nous constitue un univers isolé, doté de ses propres choix et capacités.

« Ce n'est pas le cas pour la plupart des gens, je le sais », approuva-t-il.

Une voiture leur fit face brusquement, sans qu'ils l'aient vue arriver. Le chauffeur jura à voix haute et braqua violemment pour éviter le choc, et le dérapage les déporta sur la droite. L'autre voiture passa sur la voie de gauche et doubla à toute vitesse deux véhicules, puis deux autres encore et ils finirent par la perdre de vue.

« Il y avait un enfant sur le siège à côté de lui, dit le chauffeur d'une voix tremblante, puis il ajouta : Excusez-moi pour mon juron, signori.

— Ce n'est rien », répliqua Griffoni au nom des deux commissaires, comme si une femme pouvait être davantage offensée qu'un homme par un blasphème et se devait donc d'accepter les excuses. Elle se tourna vers Brunetti et déclara : « Je suis en train de devenir vénitienne. Mon cœur bat encore la chamade. » Face à son regard perplexe, elle expliqua : « Les gens conduisent tout le temps ainsi à Naples, mais maintenant, ça me terrifie. » Elle sourit, puis rit et secoua la tête, étonnée de ce constat.

« J'ai changé », poursuivit-elle, et il sentit le sérieux de ses propos.

La peur les avait en quelque sorte rapprochés. Griffoni finit par demander : « Toi qui le connaissais, que penses-tu de cette histoire ? »

Brunetti fit un geste de la main vers l'endroit qu'ils venaient de quitter. « Tu as entendu ce qu'a dit Bianchi : sa vie n'avait plus de sens après la mort de sa femme. À l'exception de sa fille et de ses abeilles. Mais sa fille est mariée, elle a une famille, elle n'a plus besoin de sa protection, et ses abeilles sont en train de mourir. À cause de lui.

— Pourquoi en es-tu si sûr?

— La signora Minati analysait les résultats pour lui, donc il a appris – peut-être pour la première fois de sa vie – le nom des substances dont ils se débarrassaient en les déversant dans la lagune. » Brunetti s'aperçut qu'il avait attiré l'attention de Griffoni et lui communiqua donc le fruit de ses dernières réflexions : « Sa femme est morte d'une forme rare de cancer. Quand nous étions à côté de ses ruches, raconta-t-il en se gardant de lui dire qu'il avait nagé à proximité, j'ai vu une plaque de métal sous l'eau. On aurait dit le couvercle d'un cercueil. »

Griffoni resta longtemps silencieuse, puis lui demanda : « Tu as passé un certain temps avec lui : est-ce qu'il te donnait l'impression d'être capable de cela?

— De quoi?

— D'empoisonner la lagune, rétorqua-t-elle, sans mâcher ses mots.

— L'homme que j'ai connu ne l'aurait pas fait, nuança Brunetti, prenant la défense de son ami.

— Et celui que tu ne connaissais pas? »

Brunetti avait seulement entendu parler de lui : c'était un ouvrier comme les autres, qui tenait à conserver son emploi. Les mots franchirent ses lèvres sans avoir été réfléchis, sans avoir été voulus : « Probablement. Je te l'ai dit. »

Griffoni regarda par la fenêtre. De nouvelles plantes s'insinuaient partout, comme si elles cherchaient à échapper à la vue des immeubles qui leur avaient volé leur espace. Des orties poussaient dans les crevasses du ciment, des vignes rampaient le long des poteaux et des fils électriques ; la terre avait été retournée au bulldozer, mais à la première pluie, elle s'était tapissée de taches vertes. La nature à l'état brut encerclait, puis recouvrait rapidement les pneus abandonnés et les pots de peinture, les tas de gravats jetés çà et là, les bidons de lait, les carcasses de bicyclettes. À l'instar des humains, elle souffrait, puis se transformait et trouvait le moyen de survivre.

Brunetti se remémora la main morte de Casati, ses doigts et ses cheveux ondoyant telles des feuilles. Au moins son corps avait-il été découvert par un ami et non pas par un plongeur inconnu, indifférent à son acte et aux raisons qui l'avaient poussé à l'accomplir.

Ils parlèrent peu durant le reste du trajet. Foa les attendait à Piazzale Roma dans la vedette de la police, et il avait dû capter leur humeur, car il se limita à les saluer et leur ouvrit une des portes battantes de la cabine.

En remontant le Grand Canal, Brunetti fut assailli par la beauté environnante qu'il essaya, comme il le faisait de temps à autre, de regarder avec des yeux neufs, comme pour la première fois. Il jeta un regard furtif à Griffoni qui était assise à l'arrière du côté gauche, face à sa rive préférée du canal.

Ils passèrent devant la gare, puis sous le pont. Brunetti ne cessait de tourner la tête d'une berge à l'autre. Sur la droite s'étendait un jardin desséché dont les roses souffraient visiblement de manque d'eau ; se dressaient ensuite le casino, qui avait mené tant de personnes à la ruine, et le *palazzo* où avait vécu son dernier professeur de grec, puis un autre pont dont on disait que la restauration était enfin terminée.

Il regarda de nouveau Griffoni, mais elle semblait absente. S'il l'avait poussée, elle serait tombée par-dessus bord sans même s'en rendre compte.

Un autre pont encore, puis l'eau s'ouvrit librement sur une des rives ; sur l'autre se dressaient la basilique et le palais des Doges, et Brunetti prit soudain conscience que, même si rien dans ce paysage ne lui appartenait, lui appartenait à tout cela.

Le temps d'arriver à la questure, Brunetti s'était ressaisi et envisageait d'appeler la signora Minati pour lui demander le nom de la substance chimique figurant dans les échantillons de terre de Casati. Il voulait vérifier si c'était celle qui était régulièrement mentionnée dans les articles sur la dépollution de Marghera. Ne voulant bouleverser de nouveau Federica, il songea à interroger Massimo sur l'état d'esprit de Casati les semaines ou les jours précédant sa mort pour l'entendre dire – quitte à l'inventer – que Davide avait tenu des propos nourris d'espoir ou de projets d'avenir. Massimo était capable, à son avis, de mentir allègrement pour assurer la sérénité de sa femme. Puis il songea qu'il y avait peu d'intérêt, finalement, voire quelque risque à lui poser ces questions douloureuses. Si la mort de Casati continuait à être vue comme un accident, il évitait à Federica de souffrir de son inévitable culpabilité de n'avoir pas su sauver son père du désespoir, et donc le détourner du suicide.

Le policier assis à son bureau se leva à leur arrivée et s'adressa à Brunetti : « Il y a un homme qui veut vous voir, commissaire. »

Brunetti leva le menton, en guise d'interrogation silencieuse.

L'agent regarda ses pieds puis leva les yeux, comme sur le point d'avouer une faute. « Je le connais, signore, donc je l'ai installé dans la petite pièce près du bureau des pilotes. » Il s'attendait à ce que Brunetti lui demande l'identité de cette personne, mais comme il s'en abstint, le policier expliqua : « Il a dit qu'il devait vous parler.

— Est-il là depuis longtemps ?

— À peu près une demi-heure.

— Je monte dans mon bureau. Pouvez-vous me l'envoyer dans cinq minutes environ ?

— Oui, signore », dit le jeune homme qui retourna dans son cagibi près de la porte et se rassit à sa table de travail.

Brunetti et Griffoni gravirent les marches. Il attendit qu'elle lui demande ce qu'il allait faire. Il n'en avait pas la moindre idée.

Parvenue à l'étage où se trouvait son minuscule bureau, elle déclara : « Je rentre chez moi. »

Brunetti sourit. « Je vois cet homme, puis j'en fais autant. »

Elle prit sur la gauche pour descendre le couloir et à mi-chemin, elle leva un bras et lui fit un signe.

Brunetti entra dans son bureau et alla regarder par la fenêtre. Les roses sur le mur de l'autre côté du canal grimpaient de manière désordonnée et ne montraient aucun signe de soif. Brunetti se demanda si la terre filtrait le sel contenu dans les eaux du canal et permettait ainsi aux fleurs de fleurir.

Derrière lui, un homme toussa. Il se tourna et vit Massimo, le mari de Federica. Il se tenait dans l'embrasure de la porte que ses épaules semblaient toucher de chaque côté. « Ah ! Massimo ! s'exclama Brunetti avec un réel plaisir. Entre, je t'en prie ; assieds-toi. » Il le tutoyait sur l'île et ne vit pas de raison de renoncer à cette familiarité même s'ils étaient à la questure.

Massimo traversa rapidement la pièce pour aller serrer la main à Brunetti, non sans avoir tout d'abord fait passer sa mallette en cuir de la main droite à la main gauche. Puis il s'assit dans un des fauteuils en face du commissaire.

« Je suis ravi que tu sois venu, commença Brunetti sans préambule, puis pris lui-même de court, il demanda : Comment va Federica ?

— C'est la raison pour laquelle je suis venu, répondit Massimo d'une voix étranglée par la nervosité. Je voulais t'apporter ce paquet. Un bateau de police l'a livré hier à la maison. Je n'avais pas fait attention au nom dessus, c'est pourquoi je l'ai ouvert et j'ai jeté un coup d'œil au contenu, mais il t'est destiné. »

Il ouvrit la mallette, une vieille serviette en cuir avec une poignée en plastique. Il en sortit une enveloppe kraft et la montra à Brunetti qui vit son nom, avec l'adresse de la villa.

Massimo détourna les yeux, s'éclaircit la gorge, puis le regarda de nouveau. « Elle a repensé à l'amour qu'il nous portait. Alors elle accepte l'idée que ce soit un accident. » Son visage et sa voix se tendirent. « Elle ne doit pas savoir. »

Brunetti ne voyait absolument pas de quoi parlait Massimo, ni ce qui était caché dans l'enveloppe. Des reliques de son père ? Une preuve attestant qu'il avait mis fin à ses jours ?

« Qu'est-ce que c'est ? » demanda-t-il.

Massimo fut saisi d'effroi à cette question. « Ce n'est pas toi qui as expédié ce paquet ? Ils ont dit qu'ils te rendaient tes photos.

— C'est la police qui l'a envoyé ?

— Je ne sais pas qui est l'expéditeur, mais c'est un bateau de la police qui l'a amené. »

Brunetti ouvrit l'enveloppe et sortit de nombreuses photos. Il les posa sur la table. En haut de la pile, il y en avait une du *puparìn* renversé et une autre où il reconnut son pied chaussé d'une tennis : c'étaient ses propres clichés, et il avait prié la signorina Elettra de les envoyer à Rizzardi.

Massimo s'éclaircit la gorge de nouveau. Brunetti poussa les photos l'une après l'autre du bout du doigt et sur l'une d'elles, il vit la main gauche de Casati, sa peau gonflée et blanche, sa montre et son alliance qui s'enfonçait dans sa chair pâle. Brunetti mit cette photo de côté après l'avoir regardée. Suivirent les photos du visage enflé de Casati, vu sous chaque angle, qui lui inspirèrent la même horreur qu'au moment où il les avait prises. Il les parcourut rapidement et leva les yeux sur Massimo. « Oui, c'est moi qui les ai faites, confirma-t-il. Mais je ne comprends pas pourquoi elles m'ont été renvoyées. »

Massimo tapota l'une d'elles avec insistance. Brunetti vit la grille familière que Casati utilisait comme ancre et la corde qui s'était entortillée, tel un serpent, autour de sa jambe et qui l'avait bloquée contre cette dernière.

« Tu ne vois pas ? » insista Massimo.

Pour quelle raison, Dieu du ciel, est-il venu ? se demanda Brunetti. L'alliance et la montre, qu'on pouvait deviner au fond de l'enveloppe, et qui lui avaient été renvoyées par la police, n'étaient-elles pas les bonnes ?

« Je ne comprends pas, Massimo, avoua-t-il, en s'efforçant de garder son calme. Je ne comprends pas ce que tu es en train de me dire.

— Mais tu fais de l'aviron, non ? Tu as déjà été sur des bateaux. »

Brunetti regarda la photo de nouveau et revit les mêmes éléments : la grille, le nœud, la corde. Il la rapprocha de quelques centimètres : « Je suis désolé. Je ne comprends toujours pas », répéta-t-il.

Massimo pointa la photo derechef. « Regarde ça. » Il laissa son doigt dessus, en cachant tout ce que Brunetti était censé voir. Quand il l'enleva et qu'il mit sa main sur ses genoux, Brunetti nota que le gendre de Casati avait indiqué le nœud qui attachait la corde à la grille.

« Ce n'est pas un nœud de marin, déclara Massimo, avec la plus profonde certitude. Aucun batelier ne procéderait de cette manière. C'est un nœud de paysan, pas d'un homme de mer. »

Brunetti regarda de plus près. Effectivement, bien que le nœud fût double, ce n'était pas le nœud de bouline que Casati avait effectué maintes fois sous ses yeux. Lorsqu'il l'observa, il eut la sensation qu'il aurait pu être fait par l'un de ses enfants : il s'agissait de deux boucles simples superposées, comme pour s'assurer qu'elles ne se déferaient pas facilement. Ce qui avait bien été le cas.

« D'après toi, ce n'est pas lui qui a fait ce nœud ? » s'enquit Brunetti.

Massimo désigna de nouveau la photo, avec violence : « Au nom du ciel, Guido, Davide *ne peut pas* l'avoir fait. C'est du n'importe quoi, aucun marin n'aurait fait un nœud pareil. C'est stupide, ça ne sert à rien. » Écœuré, il repoussa la photo ; elle glissa et s'arrêta juste au bord du bureau de Brunetti, qui le regarda droit dans les yeux : « Où est la grille ?

— Elle était dans le bateau quand ils l'ont remorqué.

— Et le nœud ?

— Ils ont défait la corde à chaque extrémité de la grille et l'ont enroulée au fond de la barque. »

Brunetti fixa la photo et s'imagina en train de la montrer à Patta ou à un magistrat, pour les persuader que ce nœud n'avait pas été exécuté par le défunt et que la petite blessure sur son front résultait d'un coup, en suite de quoi la corde avait été intentionnellement ceinte autour de sa jambe et…

Puis il envisagea la réaction des juges à cette hypothèse – il n'osa pas la qualifier de preuve – et se rendit compte que cette photo ne pourrait jamais, au grand jamais, comparaître dans un tribunal.

En outre, personne ne pourrait convaincre Bianchi de répéter son histoire au risque de perdre sa situation confortable. Et qui irait mettre en cause la magnanimité de la famille Maschietto ? N'avait-elle pas doté son village d'une église ?

Les institutions préposées à la justice avaient examiné, pendant des décennies entières, ce qui se passait à Marghera, aussi bien avant qu'après la prétendue planification. Tôt ou tard, elles se pencheraient sur la société GCM Holdings et sur sa participation aux opérations de dépollution. Ou peut-être pas.

Les pensées de Brunetti revinrent à Casati. Peut-être était-il quelque part, en train de parler à sa femme et de s'occuper de ses abeilles. La mère de Brunetti aurait apprécié ce scénario car elle aimait les fins heureuses, même si elle en avait vécu fort peu dans sa vie.

« Federica a-t-elle vu ces photos ?

— Non. »

Il ferma les yeux : il voyait Casati en train de discuter avec son épouse, cette petite femme aux grands yeux noirs, et ses abeilles butiner dans la *barena* sans poison ni mort, et rapporter le pollen et le nectar, pour les métamorphoser magiquement en miel, la plus douce de toutes les substances.

Brunetti rouvrit les yeux et regarda Massimo.

« Tant mieux », conclut-il.

Photocomposition Belle Page

Achevé d'imprimer en septembre 2018
par CPI
pour le compte des Éditions Calmann-Lévy
21, rue du Montparnasse, 75006 Paris

PAPIER À BASE DE
FIBRES CERTIFIÉES

CALMANN LÉVY s'engage
pour l'environnement en réduisant
l'empreinte carbone de ses livres.
Celle de cet exemplaire est de :
800 g éq. CO_2
Rendez-vous sur
www.calmann-levy-durable.fr

N° d'éditeur : 3590268/02
N° d'imprimeur : 2039774
Dépôt légal : septembre 2018
Imprimé en France.